이름 없는 자들의 도시

Todos os Nomes
by José Saramago

Copyright ⓒ 1997 by José Saramago & Editorial Caminho, S.A., Lisboa
Korean Translation Copyright ⓒ 2008 by Hainaim Publishing Co. Ltd.
All rights reserved.

Published by arrangement with Dr. Ray-Güde Mertin Inh. Nicole Witt e.K.,
Frankfurt am Main, Germany
through Imprima Korea Agency, Seoul, Korea.

이 책의 한국어판 저작권은 Imprima Korea Agency를 통한
Dr. Ray-Güde Mertin Inh. Nicole Witt e.K., Frankfurt am Main, Germany와의
독점계약으로 (株)해냄출판사에 있습니다.
저작권법에 의해 한국 내에서 보호를 받는 저작물이므로
무단전재와 무단복제를 금합니다.

이름 없는 자들의 도시

All The Names

주제 사라마구 지음 | 송필환 옮김

JOSÉ SARAMAGO

해냄

너에게 붙여진 이름은 알아도
네가 가진 이름은 알지 못한다.
　　―증명서

문 위쪽에 법랑이 덧씌워진 길고 가느다란 쇠판이 하나 있다. 흰색 바탕의 그 쇠판 위엔 검은색으로 중앙 호적 등기 보관소라는 글자가 씌어져 있다. 쇠판 모서리 부분의 법랑은 금이 가거나 떨어져 있고, 문은 낡아 마지막 갈색 칠을 한 페인트는 군데군데 일어나 나무의 결이 노인의 피부처럼 드러나 보인다. 건물의 전면엔 다섯 개의 창문이 있다. 건물에 들어서면 곧 낡은 종이 냄새를 맡을 수 있다. 어느 하루도 밖에서 태어나는 사내아이와 계집아이의 출생을 기록한 새로운 서류가 호적 등기소로 들어오지 않는 날이 없지만 그 냄새는 결코 바뀔 줄 몰랐다. 왜냐하면 모든 새 종이의 운명은, 공장에서 나오는 그 순간부터 낡아가기 시작한다는 것이 그 첫번

째 이유이고, 두번째 이유는, 새 서류들에게도 자주 일어나
긴 하지만 낡은 서류들에게 더욱 빈번하기 마련인 누군가의
사망으로 인한 서류 작성을 단 하루도 거르는 적이 없기 때
문이다. 각각의 서류들은 항상 고약한 것은 아니지만 고유한
냄새를 풍기며, 때론 중앙 호적 등기소의 분위기에 걸맞는
그 어떤 향기를 발산하여 예민한 후각의 소유자들에겐 마치
장미와 국화를 반반씩 섞어 놓은 향수의 내음처럼 느껴지기
도 한다.

문의 뒤쪽으로 직원들이 일하는 거대한 공간으로 이어지
는 통로에는 두 짝짜리의 높은 바람막이 유리가 나타나고,
직원들이 드나들 수 있도록 양쪽 끝부분을 움직일 수 있게
만들어진 긴 접수대가 공간을 가로질러 민원인과 직원을 구
분해 놓고 있다. 공간내의 자리 배치는 당연히 직급의 순서
에 의한 것이지만 잘 조화를 이루고 있고 균형을 고려한 것
으로 미적인 면과 권위 사이의 어떠한 부조화도 존재하지 않
는 것처럼 보인다. 접수대와 평행으로 놓인 첫번째 줄의 책
상들은 민원을 직접 접수하는 여덟 명의 사무보조원들 몫이
고 그 뒤론 중앙 축을 중심으로 문에서 먼 곳에는 네 개의 책
상들이 일렬로 정돈되어 있다. 그것은 조금 더 높은 상관들
의 차지일 것이다. 그들 뒤로 두 명의 부소장들이 보이고 마
침내 당연히 그래야 될 듯이 홀로 분리되어, 책임자라 불리
워지는 소장의 자리가 있다.

일의 분배는 간단하다. 각자는 그가 할 수 있는 모든 일들을 처리해야 할 임무가 있고, 최소한의 일만을 상관에게 넘겨 주면 된다. 말하자면 사무보조원들은 아침부터 저녁까지 잠시도 쉴틈없이 일해야 하고, 일반 직원들은 가끔 올라오는 일들을 처리하고, 부소장들은 정말 드물게 업무에 눈을 돌리며, 소장은 거의 아무 일도 하지 않는다는 것이다. 앞줄의 여덟 명은 앉았다 일어났다를 반복하고 책상과 접수대를, 접수대와 결제함을, 결제함과 서류 보관창고를 잠시도 쉴틈없이 뛰어다니고 있다. 멀리 떨어져 앉은 상급자들은 어떠한 관심도 보이지 않는데 이것은 얼마나 쉽게 이곳에서 위조와 불법적인 일들이 가능한가를 이해하는 데 필수적 요인이 된다.

이러한 일들을 이해하기 위해선 서류의 보관이 어떤 형태로 되어 있는지를 먼저 살펴보아야 한다. 기본적인 구조는, 쉽게 말해서 자연의 법칙에 따라서, 크게 두 부분으로 나뉘어져 있다. 죽은 자들의 서류들과 산 자들의 서류들로. 죽은 자들의 서류들은 사무실의 뒤편에 벽을 맞대고 그리 잘 정리되지 않은 상태로 보관되어 있고 끊임없이 늘어가는 죽음의 숫자로 말미암아 그 높이가 수미터씩 쌓여져가고 있다. 산 자들의 경우는, 항상 새롭게 태어나는 많은 생명들로 인해 걱정스럽긴 해도, 가지런히 책장을 정리하여 서류들을 빽빽히 꽂아두는 방법이나 새롭게 개발된 얇은 종이 덕분으로 지금까진 대체로 만족스럽게 해결하고 있다. 여러 가지 불편한 문제들에도 불구하고 중앙등기소 건물을 설계한 위대한 건축가들의 선견지명은 칭찬받아 마땅하다. 그들은 보수적인 편협한 정신의 소유자들의 반대에도 불구하고 직원들의 자리 뒤쪽으로 거의 천장까지 닿을 만큼의 높고 큰 다섯 개의 서류장을 설치하였다. 그것들은 소장의 거대한 의자에 닿을 듯한 중앙에서 조금 뒤쪽으로 설치되어 있고 좌우 끝쪽의 서류장은 접수대와 가깝게 놓여져 있다. 보는 모든 이들로 하여금 경탄을 자아내게 하는 이 건물은 눈으로 보는 것보다 훨씬 더 넓은 내부를 지니고 있는데 저녁때 서류를 찾기 위해 불을 켜면 더 뒤쪽까지 보일 때가 있기 때문이다. 이 서류장들이 산 자의 무게를 떠받치고 있고 죽은 자들의 서류들은 그들에게 마땅히 주어진 대우보다 훨씬 열악한 조건 속에 방치되고 있어서, 친척들이나 공증사무소 혹은 법률사무소에서 오래된 자료를 복사하고자 할 때 그것들을 찾기 위해 많은 수고를 해야만 할 상황에 놓이게 된다. 게다가 별 관심을 갖지도 않는 소장 나름대로의 판단에 따라 산 자들의 서류 바로 뒤에, 가장 빈번하게 드나드는 장소에 가장 오래된 죽은 자들의 서류를 가까이에 배치한 것이 서류 보관창고의 혼란을 야기하고 가중시키는 결정적 원인이 되었다. 사실 그 서류들은 별볼일없는 애송이 역사가들이, 역시 별것 아닌 발굴을 위해 아주 가끔씩 들춰볼 뿐 누구도 관심을 가지지 않는 그런 것들이었다. 아마도 언젠가 새 등기소가 지어져서 죽은 자들의 서류만을 분리해서 보관하기 전에는 다른 뾰족한 방법이 없을 듯한 상황으로, 때로 부소장들 중의 하나가 기분이 언짢은 날이면 관료적인 어투로 최근에 사망한 사람들의 순서로 혹은 그 반대로, 살아 있을 때 오히려 더 쉽게 해결할 수 있었던 상속이나 유서의 서류 순서를 바꾸라고 하급 직원들에게 너무도 쉽게 명령하곤 하였다. 이러한 작업들이 날마다 늘어나는 엄청난 양의 사망자 서류들을 좁은 공간에 오래된 서류들과 함께 보관할 수 있는 최상의 방법이라 생각하는 것 같았다. 상사로 인한 기분 나쁜 일이나 짜증스런 기분을 풀고자 할 때 또는 자존심 상한 마음을 달래고 싶을 때 부소장들은 사무보조원들에게 이런저런 일들을 시켜 귀찮게 하는 것보다 더 좋은 방법을 아직까지 발견하지 못한 것 같았다. 확실하진 않지만 이러한 방법이 사용된 것은 언젠가 몇 달간의 요청으로 자료를 수집하던 한 연구가가 엄청난 양의 죽은 자들의 서류가 보관되어 있는 창고 속에서 거의 일주일만에 굶주리고 탈진된 상태에서 기적적으로 발견되었기 때문인 듯하다. 그 속에서 엄청난 분량의 오래된 종이 조각들을 삼키며, 실제로 그 종이들은 씹을 필요도 없이 입 속에서 녹아버렸고 위장 속엔 아무것도 남지 않았지만, 간신히 생명을 유지하고 있었던 것이다. 등기소장은 상부 조사관에게 불려갔고 한 역사가를 거의 죽음에 몰아넣었던 그의 경솔함으로 인해 방치되어 왔던 오래된 서류 창고에 대한 감사를 받았고 벌금 외에 감봉 처분과 함께 죽은 자들의 서류 보관창고를 방문하고자 하는 사람들의 모든 편의를 봐주라는 명령을 받았었다.

산 자들의 서류장에서 죽은 자의 서류장으로 문서를 옮기는 작업은 하루도 빠짐없이 이어졌고 그 서류들은 천장에 닿을 듯한 높이로 책장 위에 쌓여가고 있었다. 때론 서류를 찾기 위해 다음날까지 선반 꼭대기를 뒤져야만 하는 적도 있었다. 산 자들의 서류장은 신생아들의 서류가 가장 밑쪽에 자리잡았으므로 자연의 법칙에 따라 위쪽에 자리잡은 서류에 해당하는 자들의 운명은 거의 종말에 가까워지고 있다는 것을 의미하며 걸어갈 길이 얼마 남지 않음을 말해 주는 것이기도 하였다. 그러므로 선반의 끝은 모든 의미에서 종말을 얘기하는 것이었다. 그러나 가끔, 이유는 알 수 없지만, 몇몇의 서류들이 수년 동안 경험을 통해 알고 있는 것보다 오랜 기간 동안 선반 끝에 아찔한 현기증을 일으키며 매달려 있는 적도 있곤 했다. 처음엔 이러한 것이 직원들의 직업적인 호기심을 자극하곤 하지만 나이가 들어 가며 조금씩 자신의 삶을 갉아먹는 인간의 어쩔 수 없는 운명으로 인해 곧 누구도 죽음을 피할 수 없다는 것을 다시 한 번 깨닫게 되고 곧 호기심을 접게 된다. 그러는 동안 끈질긴 생존자들의 서류 겉장은 점점 더 누렇게 변해가고 심지어 시커먼 얼룩까지 져서 살풍경한 선반 윗부분은 그곳을 찾는 시민들의 눈을 거슬리게 하여 등기소장은 사무보조원 하나에게 지시했다. 주제 씨 저기 저 서류들 겉장 좀 갈아야겠는데.

주제 씨는 이름인 주제 외에 당연히 법적으로 등기된, 어머니와 아버지에게서 물려받은, 이름보다 더 긴 성이 있다. 만약 누군가 어떤 필요에 의해 확인하고자 한다면 말이다. 그러나 어떤 이유인지는 모르지만, 그리 중요한 인물이 아닌 경우엔 성이란 것은 언급되지 않기 일쑤이다. 만일 주제 씨에게 이름이 뭐냐고 묻는다거나, 혹은 자신을 소개해야 할 상황에 놓여지게 되면 저는 누굽니다 하고 이름만을 얘기하지 결코 성까지 붙여 완전히 말하는 법이 없다. 누군가 그의 이름 중 첫번째 단어인 주제만을 기억하고 뒤의 성을 덧붙이려 하거나 혹은 그렇지 않은 경우 그것은 서로의 믿음이나 격식, 또는 상대를 정중하게 대하거나 친밀하게 느끼는 정도에 따라 달라진다. 그러나 이곳 중앙 호적 등기소에서는 이름 외에 성까지 붙여 누구누구 씨라고 부를 필요는 전혀 없다. 가장 말단 직원에서부터 소장에 이르기까지 똑같은 방법으로 서로를 부르고 있기 때문이다. 그러나 겉으로 보기엔 그 차이가 없다 할지라도 자세히 관찰해 보면 그 짧은 이름을 부르는 순간에도, 지위 고하의 미묘한 상황에서 나오는, 우월감을 느끼게 하는, 때론 신경질적이거나 비꼬는, 경멸스럽거나 혹은 굴욕적이거나 아부하는 느낌의 말투들을 감지할 수 있었다. 주제라는 두 음절의 이름 뒤에 한 음절의 씨가 붙을 때도 역시 그러한 경우로 볼 수 있다. 누군가에게 불려질 때, 등기소 안에서건 밖에서건, 이런 경멸적이거나, 비꼬는 투나, 신경질적이거나 우월적인 억양들은 항상 구별할 수 있었다. 그러나 그외의 굴욕적이거나, 아부성의, 혹은 듣기 좋은 말투는 주제 씨 같은 사무보조원들의 귀에는 결코 들리지 않는, 너무나 어색한, 그런 말투였다. 사실 이러한 말투는 분명히 앞서 언급했던 경우보다 훨씬 더 복잡한 의미를 가질 때가 많았다. 예를 들어 소장이 주제 씨에게 서류의 겉장 좀 갈아야겠는데라고 지시했을 때, 누군가 주의 깊게 그 목소리를 들었다면 그 속엔 자신이 가진 권력에 대한 확신에서 오는, 직원을 불러 얼굴도 쳐다보지 않고 무언가를 지시하고 나서 또한 그 지시사항을 수행했는지 확인해 보지도 않는 어떤 무관심이 배어 있음을 알아차렸을 것이다. 거의 천장까지 닿은 서류장의 꼭대기에 도달하기 위해 주제 씨는 높은 이동식 손사다리를 사용할 수밖에 없었고, 재수없게 기우뚱거려 아래로 떨어지는 날이면 뼈도 못추릴 것 같은 불안감에 한 칸 한 칸씩 손에 힘을 주어 오르는 길 외에는 다른 방법이 없었다. 밑에서 일하는 같은 직급의 동료들조차도, 상급직원들은 말할 필요도 없고, 주제 씨가 별 탈없이 잘하고 있는지 눈길 한 번 주는 법이 없었다. 그러려니 하는 것이 그들의 무관심을 정당화하는 유일한 방법이었다.

 오래전부터 중앙등기소 직원들 중 하나는 그곳에서 기숙해야 하는 원칙이 적용되고 있었다. 엄밀히 말하자면 등기소 안이 아니라, 등기소 옆면의 벽에 딸린 단출한 집이었다. 마치 거대한 성당의 본채에 달라붙은 보잘것없는 기도소 같은 집엔 두 개의 문이 있었다. 하나는 길거리로 향한 평범한 문이었고 다른 하나는 업무의 원활한 진행을 위해 오래전에 사용되었던, 거의 눈에 띄지 않는 은밀한 보조문으로 거대한 서류 보관 창고로 연결된 것이었다. 그러므로 그곳에 사는 직원은 시내의 복잡한 교통으로 시간을 허비할 필요도 없었고 출근표의 도장을 찍기 위해 아침 일찍 허둥거릴 필요도 없었다. 이런 장점 외에도 그가 병을 핑계로 출근이 늦어질 때 그 말이 사실인지 확인하기에도 용이했다. 불행히도, 등기소가 위치한 지역의 도시개발 계획의 변경으로 건축적으로 보존의 가치를 인정받은 단 한 채의 가옥만을 제외한 많은 가치 있는 집들이 나름대로 이유 있는 도시화라는 명목하에 무너져 내렸다. 그 집이 바로 주제 씨가 살고 있는 집이다. 단지 그 집의 위치가 새 도시계획안에 크게 지장을 주지 않았기 때문에 도시화 계획에서 빠질 수 있었고 주제 씨가 지난 몇 년 동안 지내게 된 것 또한 특별한 이유가 있기 때문은 아니었다. 그러나 세월이 흐름에 따라 특권처럼 보이게 되는 것을 피하기 위해 등기소로 통하는 작은 문은 자물쇠로 잠기게 되었고 더 이상 그 문을 사용할 수 없게 되어 주제 씨는 엄청난 비바람이 치는 날에도 다른 사람들처럼 등기소 정문을 이용할 수밖에 없었다. 그러나 평등이란 명목하에 그 규칙을 따라야 한다는 생각 속에서도 한편으로는 그 방법에 대해 불만을 가지지 않을 수 없었다. 지금도 등기소장의 지시대로 하고는 있지만 솔직히 말해서 아찔할 정도의 높이에서 손을 부들거리며 사다리를 움켜쥐고 낡은 서류의 겉장을 교체해야 하는 일은 더 이상 하고 싶지 않은 일이었다. 그러나 주제 씨는 그의 정신적, 육체적 고통을 쉽게 동료들에게 호소하기보다는 인내하는 편이었고 설혹 고통을 토로한다 할지라도 만에 하나 그가 자신들의 머리 위로 떨어지지나 않을까 불안하게 쳐다보는 것 외엔 어떠한 도움도 주지 않으리란 걸 알고 있었다. 아직도 공포심이 채 가시지 않은 상태에서 아래로 내려왔을 때에도 주제 씨는 가능한 한 자신의 떨리는 마음을 동료들이나 상사들에게 표시내지 않으려 노력했고 그가 처했던 두려웠던 순간들에 대해 한 마디도 하지 않았다.

비록 작은 문의 폐쇄로 인해 등기소와 집을 오고갈 때 불편함은 있었지만 좋은 점도 있었다. 그는 점심시간에 친구가 찾아오는 경우도 없었고, 병이 났을 때에도 직원으로서의 사명감으로 아픈 몸을 이끌고 직장으로 나가 상사에게 모습을 드러내는 그런 인물이었다. 작은 문을 사용하지 못하게 한 후에 예기치 않게 개인의 사생활을 침해받는 경우가 많이 줄었다. 예를 들어 우연히 책상 위에 그가 오랫동안 정성스럽게 모아온, 좋은 의미에서건 나쁜 의미에서건 널리 알려진 국내 유명인들의 기사들을 펼쳐놓은 경우가 그러했다. 외국 인물의 경우는 그가 유명하든 말든 그에겐 관심밖의 일이었다. 기사들을 정리한 책자는 자신만이 알아볼 수 있는 글씨로 쓴 겉장을 만들어 손사다리로도 닿기 힘든 높은 곳에 보관해 두었다. 흔히 볼 수 있는 이 주제 씨 같은 종류의 사람들은 우표, 동전, 메달, 물병, 엽서, 성냥갑, 책, 시계, 운동복, 유명인들의 사인, 돌, 인형, 음료수 캔, 선인장, 오페라 프로그램, 라이터, 볼펜, 뮤직 박스, 기념 수저, 수석, 그림, 컵, 파이프, 크리스털 공예품, 도자기 인형, 오래된 장난감, 가면 등 어떻게 보면 골치 아플 수도 있는 것들을 수집하는 데 인생의 많은 시간을 투자하곤 한다. 아마도 그들은 이 세상의 혼란을 더 이상 두고 볼 수 없어 스스로 성자가 되어 그의 부족한 힘으로나마 신의 도움도 없이 가지런히 정리해 보고자 노력하여 아주 짧은 기간 동안, 그의 수집품에 애정이 남아 있는 동안엔 성공한 듯 보이지만, 수집가가 죽거나 혹은 싫증이 나서 그 모든 것이 지겨워지면, 어떤 경우나 항상 그런 때가 오지만, 원래의 상태로 돌아가 다시 혼란스러워지게 되는 그런 인간형이었다.

조금은 유치해 보이는 것들에 대해 주제 씨가 많은 관심을 가진다는 사실 외에 왜 그토록 유명인들의 기사나 사진들을 신문이나 잡지를 오려가며 수집하는가에 대해선 아무도 알지 못했다. 단지 유명한 인물이면 정치가, 배우, 건축가, 음악가, 축구선수, 경륜선수, 작가, 무용가, 살인자, 은행가, 사기꾼, 모델 등 누구라도 그의 은밀한 수집의 대상이었다. 그는 몇 안 되는 친한 동료들에게조차도 이런 사실에 대해 언급한 적이 없었는데 그것은 자신이 우스꽝스럽게 보일지 모른다는 생각보다는 무의식적인 습성이라고 할 수 있었다. 이런 그의 사생활에 대한 지나친 은폐는 등기소 직원들에게 더 이상 누구든지 그 집에서 등기소로 통하는 작은 문을 사용할 수 없다는 결정이 있은 후 얼마 되지 않아 생긴 것이었다. 그러한 갑작스런 은밀함의 필요는 흔히 있는 일처럼 순간적으로 생겨난 일로, 살다 보면 누구나 아무 이유도 없이 내리게 되는 그런 결정 같은 것이었다. 즉 순간적으로 머리를 스쳐 행동으로 옮긴 후 시간이 지난 다음 왜 그렇게 했을까 곰곰히 생각해 보면 전혀 그 이유를 찾을 수 없는 것과 같은 경우이다.

 어느 초저녁, 집에서 한 추기경의 서류를 정리하면서 주제 씨는 그것이 그의 삶을 뒤바꿔놓을지도 모른다는 생각을 가지게 되었다. 엄청난 두께의 벽 저편에, 하루 종일 소장의 책상 위에 작고 창백한 전구가 켜진 채 매달린 복도와 산 자와 죽은 자들의 무게를 느끼게 하는 방대한 서류가 보관된 높디 높은 책장 사이의 칠흑 같은 어둠과 적막하고 외로운 등기소에서의 삶과는 판이한 갑작스런 생각이었다. 물론 생각하기에 따라 앞서 얘기한 것처럼 정신적 혼란으로 인한 순간적인 것일 수도 있겠지만 모든 것이 가능했다. 순간 그가 깨달은 것은 중요한 무엇인가가 빠져 있다는 것이었다. 그것은 일반적으로 기사에서 관심의 대상이 되는 유명 인물의 출생, 족보 등에 관한 사실들이었다. 그는 아무것도 알지 못했다. 예를 들어 추기경의 부모가 누구인지, 그의 세례에 참석한 대부는 누구인지, 심지어 정확한 출생지조차도 모르고 있었다. 이러한 것에 대한 정보는 오로지 중앙등기소, 확실히 그곳밖엔 없었다. 흔히 있는 일이지만 시중에 떠도는 정보들은 그다지 믿을 만한 것이 못 되었다. 아마도 기자들이 잘못 들었다거나 교정가들의 실수 때문일 것이다. 문제의 해결 방법은 그다지 어려운 일이 아니었다. 등기소장은 그의 절대적 권한으로, 한 번 입에서 나온 명령은 어떤 경우건 엄격하고도 철저히 지켜지도록 하였고 명령을 받은 부하 직원은 어떠한 핑계나 이유로도 그것을 피해갈 수 없었다. 그러나 중요한 것은 등기소로 직접 연결되는 작은 문의 열쇠가 아직 주제 씨의 손 안에 있다는 것이었다. 만약 그가 수집하고 있는 추기경에 대한 자료에 어떠한 공식적인 증명 서류도 없다면 어디에도 쓸모없이 서랍 속에 처박혀서 누구도 기억하지 못하게 될 것이 뻔한 일이었다.

  주제 씨는 떨리는 가슴과 흥분된 마음으로 마침내 최초로 금지된 문을 열었다. 마치 어떤 신의 무덤이라도 발견한 듯 오한과 불안이 그를 입구에서 얼어붙게 하였다. 서류로 가득 찬 책장들이 까마득히 높은 천장을 뚫고 시커먼 하늘로 치솟은 듯 보였고, 소장의 책상 위로 희미하게 빛나는 불빛은 멀리서 깜박이는 별빛 같았다. 비록 내부의 구조를 손바닥처럼 잘 알고는 있었지만 중간중간 놓여 있는 가구들을 건드리지 않고 빠른 시간 내에 추기경의 서류들, 먼저 약력을 기입해 둔 파일과 그리고 개인 신상기록부를 찾기 위해선 보다 많은 빛이 필요했다. 손전등이 열쇠를 보관했던 서랍에 하나 있었다. 그것을 찾으려 움직였고, 손에 들었을 때 그 불빛은 그에게 새로운 용기를 북돋아주는 듯했다. 과감하게 책상 사이를 돌아 들어가 산 자의 서류들이 길게 보관되어 있는 접수대로 다가가서 재빠르게 추기경의 약력 파일을 찾아내었고, 운좋게도 개인 신상기록부도 그다지 멀지 않은 책장에서 발견할 수 있었다. 즉, 손사다리를 사용할 필요는 없었지만 한편으로 시커먼 하늘이 시작되는 책장의 위쪽 부분으로 올라가야만 한다면 그의 삶은 어떻게 될 것인가 하고 가슴 졸이며 생각해 보기도 했었다. 서류함을 열어 여러 형식의 증명서 용지를 꺼낸 다음 통로의 작은 문을 열어둔 채 집으로 돌아왔다. 아직도 떨리는 손으로 책상에 앉아 추기경의 증명서류들을 가지고 온 새 증명서에 써내려가기 시작했다. 하나의 철자도 틀리지 않고, 하나의 성도 빠뜨리지 않은 이름 전부와 출생일, 고향, 대부의 이름과, 세례받은 성당의 이름과, 그것을 기입한 등기소 직원의 이름까지, 모든 이름들을.

그 짧은 일들을 끝냈을 때 그는 완전히 탈진되어 있었고 손은 땀으로 가득했으며 등골이 오싹해짐을 느꼈다. 공무원의 신분으로서는 감히 행할 수 없는 크나큰 죄를 저질렀음을 그는 너무도 잘 알고 있었다. 사실 어떤 싸움에서 인간을 탈진시키는 것은 스스로의 정신보다는 죄의식이었다. 비록 정당한 일이라 할지라도 그 서류를 공개한다는 것은 도덕과 양심에 걸리는 일이었다. 그 정보들이 비밀스럽게 보관되어 있기 때문이 아니라, 사실 어떤 비밀도 없지만, 어느 누구라도 등기소에 와서 어디에 쓸 것인지, 무슨 이유 때문인지를 설명하지 않더라도 추기경에 관한 서류를 복사해 달라고 부탁할 수도 있지만, 상사의 허락이나 부탁도 없이 마음대로 자신의 직분에 위배되는 행동을 실행했다는 것 때문이었다. 심지어 모든 것을 되돌려놓고, 불법적으로 작성해 놓은 서류들을 찢어버리고 열쇠를 소장에게 되돌려주며, 소장님, 등기소에서 무언가 없어진다 하더라도 제겐 아무 책임도 없습니다라고 말할까도 생각해 보았다. 그러나 추기경에 대한 모든 사실을, 모든 것을 알게 된다는 것이 그에겐 더 큰 만족과 자부심을 가져다 주리라 생각했다. 그는 기사들을 수집해 놓은 상자가 보관된 서랍장을 바라보곤 희열에 찬 웃음을 지었다. 그리곤 며칠 밤 동안 추기경에 대한 기사들과 정성들여 써놓은 가짜 증명서를 가지런히 정리할 일만 남았다고 생각했다. 게다가 손사다리를 사용할 필요조차 없었음에 행복함마저 느꼈다.

등기소로 돌아간 그는 추기경의 서류들을 원래의 위치에 조심스럽게 놓아두었고 일을 마친 후 평생 느껴보지 못했던 자부심마저 느꼈다. 손전등으로 주위를 한 번 비춰보고 자신이 오랫동안 꿈꿔왔던 것을 마침내 이루었다는 느낌을 받았다. 그리곤 잠시 멈춰서서 창백한 전등불이 높은 곳에서 내리 비치고 있는 소장의 책상을 바라보았다. 그는 다가가 의자에 몸을 기댔다. 오늘부터 진정한 등기소의 주인은 바로 그였다. 그만이 그럴 수 있었다. 원한다면, 낮 시간에 형식적으로 잠시 근무하고 저녁에는 그가 원하는 무엇이든 할 수 있는 생활이 계속될 것이다. 해와 달은 이 세상의 중심인 중앙등기소 주위를 쉼없이 돌 것이다. 사람들은 무슨 일이나 시작할 때 항상 아침을 기준으로 말하지만 하루는 밤부터 시작되는 것이고 밤은 낮의 조건이다. 밤이 없다면 그 밤은 영원이리라. 주제 씨는 소장의 의자에 앉아 산 자들의 서류가 살랑대는 소리와 죽은 자들의 꽉 찬 침묵을 들으며 아침이 밝을 때까지 그곳에 있었다. 도시에 불빛이 사라지고 정문 위의 다섯 개의 창문으로 회색빛이 감돌 때에야 그는 의자에서 일어나 집으로 돌아와 뒤로 등기소와 연결된 작은 문을 잠갔다. 세수와 면도를 한 후, 간단히 아침 식사를 마치고 추기경의 서류들을 잘 정리하고 가진 것 중 제일 좋은 옷으로 단장한 다음 시간이 되었을 때 거리로 난 다른 문을 통해 밖으로 나와서, 건물을 빙 돌아서 등기소로 들어갔다. 동료들 중 어느 누구도 누가 들어왔는지 알지 못했고 습관처럼 주제 씨 좋은 아침입니다라고 인사를 건넬 뿐이었다. 그들은 누구와 말하고 있는지도 알지 못했다.

다행히도 유명인의 숫자는 생각한 것보다 많지는 않았다. 광범위하고 장황스럽지만 나름대로의 기준이 있는 주제 씨의 수집은, 작은 나라에 한정되어 있었기 때문이다. 수많은 유명시들을 읽고 그 작가들을 포함하고서야 원하는 수를 채울 수 있을 만큼 진정한 유명 인물을 선정한다는 것은 결코 쉬운 일은 아니었다. 그러나 그의 포괄적 개념으로 인해 수집된 인물의 숫자는 백 명을 상회했지만 백이란 숫자는 그에게 일종의 한계, 흔히 말하듯 한 말들이 항아리와 같았다. 즉 한 말 이상의 양은 결코 담을 수 없는 그릇과도 같은 것이었다. 그러므로 주제 씨는 그의 수집품으로 유명한 인물들로 백 명을 뽑고, 비록 많지는 않지만 그 외의 인물들은 상황에 따라 백 명 속으로 들어갈 수 있는 후보자로 분류해 놓았다. 명성이란 지나가는 바람 같은 것이어서 별 뾰족한 이유도 없이 이름도 몰랐던 사람을 한순간에 유명하게 만들어놓기도 하고, 또한 그토록 요란스럽게 떠들다가도 얼마 지나지 않아 이름조차도 기억하지 못하게 되는 일도 그리 드문 경우는 아니다. 이러한 슬픈 사실로 인해 주제 씨의 수집 역사에도 많은 인물들의 영광스런 상승과 비극적인 추락은 언제나 있어 왔다. 누군가는 후보자의 명단에서 영예롭게 주전으로 선발되고 또 누군가는 항아리 밖으로 넘쳐 떨어지고. 그것은 인생과도 같은 것이었다. 가끔씩 밤을 지새기도 하며 열심히 작업에 매달린 결과, 수차례에 걸친 인물 선정으로 인해 많은 시간이 소요되기는 했지만, 백 명의 유명 인물에 대한 자료 수집과 정리는 두 주가 채 못 되어 끝났다. 정리된 서류들을 책장의 맨 윗칸에 놓아두기 위해 사다리의 꼭대기에서 아슬아슬한 곡예를 했던 이루 형용할 수 없는 많은 순간들이 있었지만 무엇보다도 고통스러웠던 것은 가끔씩 중앙등기소의 모든 거미들이 다 내려와 쳐놓은 듯한 먼지 가득하고 촘촘한 거미줄에 얼굴이 휘감길 때였다. 그 불쾌감, 아니 솔직히 말해 그 공포는, 순간적으로 팔을 허공에 휘저으며 섬뜩한 접촉을 피하게 했고 다행히 사다리와 허리를 연결하는 안전띠가 있기는 했지만 만약 그 연결이 부실하다면 바닥으로 곤두박질쳐서 수백 년 동안 쌓였던 먼지와 함께 떨어져 내린 엄청난 양의 서류에 깔릴 수도 있었다. 이러한 고통의 순간이 이어지자 안전띠와 사다리의 연결 고리를 풀어버리고 약간의 위험을 감수할까 하는 극한 생각도 해보았다. 만일 우려했던 일이 발생한다면 그의 이름과 그에 대한 기억은 영원히 수치로 얼룩지게 될 것이다. 소장이 아침에 출근해서 주제 씨의 모습을 발견한다면 아마도 이렇게 말할 것이다. 주제 씨가 책장들 사이에서 허리엔 안전띠를 두르고 사다리에 매달린 채, 머리는 부서지고 골이 밖으로 튀어나온 우스꽝스런 모습으로 죽었다고. 그렇다면 안전띠의 연결고리를 사다리에서 분리한다는 것은 단지 우스꽝스러운 상황을 모면할 수는 있지만 죽음을 모면할 수는 없는 것이고 그것은 너무나 무모한 짓이라 생각되었다. 여러 가지 힘든 상황 속에서도 목적을 달성하기 위해선 깜깜한 어둠에서도 짧은 시간 내에 그가 원하는 서류의 위치를 찾아내고 그것들을 복사한 후 제자리로 돌려 놓을 수 있는 테크닉이 필요했다. 처음으로 그가 안전띠를 풀고 작업한 것은 사무보조원으로 일을 시작한 이후 가진 가장 큰 승리감이었다. 며칠 밤을 새우며 마침내 백 명의 유명 인물을 선정하고 정리했을 땐 어려웠던 상황들을 모두 잊은 채 행복감마저 들었다. 주제 씨는 그 힘든 일이 어느 정도 마무리되면 며칠간의 휴식을 취하리라 생각했고 마침 내일이 주말이라 남은 일들은 돌아오는 월요일에 다시 시작하리라 마음먹었다. 아직도 사십여 개의 정리할 자료가 남아 있었기 때문이었다. 사다리에서 떨어지는 것보다 더욱 심각한 일들이 있으리라곤 생각하지도 않았다. 사다리에서의 추락은 단순히 생명을 잃는 것뿐만 아니라 그의 개인적인 명예를 실추시키는 일임이 분명했다. 휴식을 위한 그 토요일과 일요일의 시간은 마치 영원한 것처럼 너무나 더디게 지나갔다. 신문과 잡지의 기사를 오리느라 시간을 보냈고 가끔씩 연결 통로의 작은 문을 열고 들어가 거대한 등기소를 감싼 적막을 느껴보기도 했다. 그토록 많은 유명인들의 사생활 속으로 들어가 볼 수 있다는 사실에 자신이 하고 있는 일에 대해 어떤 때보다 큰 애착을 느꼈다. 모든 사람들이 쉬쉬하는, 예를 들어 그렇고 그런 관계에 있는 사람들의 딸이 누구라든가, 어느 도시의 무슨 동네에서 태어났다든가 하는 분분한 소문들이나 떠도는 얘기들을 자신만은 정확히 알고 있다는 행복감도 느꼈다. 이러한 생각 때문에, 왕성한 호기심으로 재무장한 주제 씨는 월요일이 되자 한편으론 강한 욕구와 다른 한편으론 계속되는 떨리는 마음으로 더욱 과감한 새로운 야간 작업을 실행하리라 결심했다. 그러나 일은 아침부터 뒤틀리기 시작했다. 예산담당 부소장이 지난 두 주간의 서류용지와 파일이 등기소에 등재되는 소비량과 비교해서 지나치게 많이 소비되었다는 것을 소장에게 보고했기 때문이었다. 보고를 받은 소장은 즉시 이러한 사실에 대해 감사를 지시했고 다시는 이런 일이 되풀이되어선 안 될 것이라는 지시를 내렸다. 부소장은 이 사실이 외부로 흘러나가지 않게 은밀히 진행되어야 한다고 설명했지만 소장은 늘 하던 딱딱한 말투로 말했다. 이미 알려졌으니 감사를 시작하시오. 다시는 이런 일들이 내 귀에 들어오지 않게 하시오. 책상으로 돌아온 부소장은 한 시간 가량을 골똘히 생각하더니 다시 소장에게로 다가가서 문제가 된 서류용지 보관함에 자물쇠를 설치하고 자신이 열쇠를 관리하겠다는 의견을 전했다. 소장은 그 의견에 동의했고 부소장은 모든 직원들이 보는 앞에서 보관함에 튼튼한 자물쇠를 설치했다. 주제 씨는 너무나 놀랐지만 한편으로 수집의 중요 부분을 이미 마쳐놓았다는 사실에 안도했고 집에 용지가 얼마나 남아 있나를 생각해 보았다. 아마도 열둘 아니, 열다섯쯤 될까, 죽고 살 만큼 중요한 일은 아니니까, 다 쓰고 나면 일반 용지에 남은 삼십여 개의 신상을 기록하면 되겠지, 보기에 약간의 차이는 있겠지만 하고 스스로 위안했다. 서류용지를 빼돌렸다곤 하지만 같은 직급의 다른 동료들보다 주제 씨가 더 의심을 받을 만한 이유는 없었다. 한 번은 그의 동료가 등기용지와 겉장을 옆에서 작성하는 걸 보며 자신의 소행임을 알고 있지나 않을까 하는 양심의 가책을 받을 때도 있었지만. 사건에 대한 감사는 직원 하나하나에 대한 질의가 있었지만 무사히 넘어갔다. 주제 씨는 그러한 상황에 맞게 목소리와 얼굴 표정을 지으며 서류용지의 사용에 대한 엄격성을 강조했다. 먼저 천성적으로 그러한 일들에 엄격한 자신을 얘기했고 공무원으로서 등기소의 모든 비품들은 국민의 피나는 세금으로 사들여진 것임을 항상 명심하고 아껴야 한다고 역설하기까지 하였다. 어느 모로 보나 완벽한 그의 주장은 상사들에게 잘 먹혀들어갔고 불려 들어간 다른 동료들에게도 비슷한 질문을 던졌지만 등기소 같은 곳에 어울리지 않는 소장의 쉽게 잊어버리는 성격으로 인해 다시 일상적인 직무로 돌아가게 될 것이었고 더 이상의 얘기도 없으리란 것을 수년 전, 주제 씨가 입사한 이래로 겪은 경험을 통해 알 수 있었다. 그러나 방귀 뀐 놈이 화낸다라든가 도둑이 제 발 저린다는 심리적 성향을 통해 주제 씨의 말투에 뭔가 이상한 점이 있다고 생각한 것은 바로 부소장이었다. 이를 눈치 챈 주제 씨는 더 큰 화를 피하기 위해 당분간 집에서 꼼짝 않고 있어야겠다고 마음먹었다. 방에서 나가지도 말고, 등기소를 기웃거리지도 않고, 아무리 호기심이 발동하더라도, 예를 들어 신의 공식적인 출생일을 알아주면 수만금을 준다 해도 서류를 찾으려 하지 않으리라. 똑똑한 사람은 상황에 빠르게 적응해야 한다. 비록 지난 며칠 동안 그의 행동에 약간은 비정상적인 면이 있었다 할지라도 어떤 물증도 남기지 않았기에 수집 작업을 한두 주가량 멈춘다면 그동안 남아 있을지도 모르는 의심을 말끔히 지울 수 있으리라.

습관처럼 간단한 저녁 식사를 마친 주제 씨는 저녁 내내 아무 할 일이 없었다. 방 안에서 삼십 분가량을 마음을 가다듬기 위해 유명 인물의 기사를 정리해 보았지만 그의 생각은 집 안에 안정하지 못하고 등기소의 어둠 속을 헤매고 있었다. 마치 무언가를 찾아 어슬렁거리는 시커먼 강아지처럼. 차라리 두서너 장의 서류를 책장에서 꺼내와 저녁시간에 작업을 하면 훨씬 잠이 잘 오지 않을까 하고 생각하기 시작했다. 조심스러워야 한다는 마음이 그를 붙잡았지만, 모두 다 알다시피 조심성이란 그 어떤 것에 이미 관심이 없을 때나 잘 지켜지는 것으로, 벌써 문을 열게 만들었고, 서너 장의 서류를 꺼내곤 아냐, 다섯 장이라도 괜찮을 거야, 겉장은 다음에 기회를 봐서 가져와야지, 사다리를 써야 하는 번거로움이 있으니까. 이미 결정은 내려졌다. 떨리는 손으로 손전등을 비추며 거대한 등기소의 내부로 들어가 서류함으로 접근했다. 마치 책장들 사이에서 수많은 시선들이 자신을 노려보고 있는 듯한 불안한 마음으로 고개를 좌우로 돌려보았다. 아직 아침의 충격을 회복하지 못한 상태였다. 고통으로 떨리는 손을 재빠르게 움직여 서랍을 열고 여러 종류의 필요한 서류를 꺼내고 다시 서랍을 닫았다. 잠시 서류를 잘못 꺼내서 지체되긴 했지만 마침내 다섯 명분의 후보자 서류를 손에 넣을 수 있었다. 쿵쾅거리는 가슴을 안고 마치 어둠 속에 존재하는 모든 귀신들에게 쫓기는 듯 집으로 뛰어갔다. 따라오는 귀신들의 얼굴을 문으로 막으며 두 번 열쇠를 돌려 잠그곤 오늘 밤에 다시는 등기소로 용지를 가지러 가는 일은 없으리라 생각했다. 가슴을 진정시키기 위해, 좋은 일이 있을 때나 혹은 기분 나쁜 일이 있을 때를 생각해 보관해 둔 싸구려 위스키를 한 모금 들이켰다. 즐기지 않던 술을 급히 마셨던지 갑자기 기침이 연거푸 튀어나왔고, 다섯 장이라고 생각했던, 손에 든 용지들이 기침으로 인해 바닥으로 떨어져 흩어졌다. 그러나 다섯 장이 아니라 그것은 누가 봐도 하나, 둘, 셋, 넷, 다섯, 여섯이었다. 한 모금의 술 때문에 잘못 본 것이 아니었다.

호흡을 가다듬고 그것들을 줍기 위해 몸을 숙였다. 하나, 둘, 셋, 넷, 다섯 그리고 여섯. 확인을 위해 차례차례 이름들을 읽어보았다. 원했던 유명인의 다섯 이름이 모두 그곳에 있었다. 한 명을 제외하고. 조급하고 불안한 마음으로 서둘러 서류들을 집어들었다. 다섯 명의 약력을 적는 것은 서둔다면 그리 많은 시간이 소요되는 일은 아니었다. 삼십 분가량이면 일을 마치고 문을 다시 열 수 있으리라. 내키진 않았지만 주제 씨는 여섯 장의 서류를 챙겨 들고 자리에서 일어났다. 다시 등기소로 들어갈 마음은 추호도 없었다. 그러나 다른 방법이 없었다. 서류는 다음날 아침 제자리에 꽂혀져 있어야만 했다. 누군가 그 서류를 찾을 때 만약 그것이 제자리에 없다면 상황은 달라질 것이었다. 끊임없는 의심과 수사가 이어질 것이고 누군가 그가 등기소와 지척인 곳에 살고 있다는 것을 주시하게 될 것이고 그렇게 된다면 회수되지 않은 열쇠는 어디에 있는지도 물어볼 것이 뻔했다. 어찌되었건 간에 서류를 제자리에 가져다 놓아야 한다는 생각에 다른 것을 생각할 겨를도 없이 주제 씨는 문으로 향했다. 발걸음을 옮기다 갑자기 멈춰섰다. 집어 온 서류가 남자 것이었나 여자 것이었나. 다시 돌아가 확인을 위해 잠시 책상에 앉을 수밖에 없었다. 그 신상 카드는 서른여섯 살 된 여자의 것이었고 한 번의 결혼과 한 번의 이혼 기록이 등재되어 있었다. 이런 종류의 신상 카드는 등기소에 수천, 수만 장이 있었다. 주제 씨는 어떻게 이 서류가 자신의 손에 있게 되었는지 이해할 수 없었다. 서류를 골똘히 바라보았지만 한편 그것은 공허하고 황당한 시선이기도 했다. 어떻게든 서류가 있었던 곳을 찾을 만한 단서가 있어야만 했다. 주제 씨는 서류의 필체에서 무언가 얻을 수 있을까 하며 몇 번이고 바라보았지만 자신의 것이 아닌 고전적인 필체였다. 삼십육 년 전, 한 사무 보조원이 여자아이의 이름과, 부모와 대부의 이름들과, 생년월일과, 처음 태어나 고통을 느꼈던 곳의 거리 이름과, 번지 등을 적어 놓았으리라. 자라면서 누구는 백과사전이나, 역사책이나, 자서전이나, 신문지상에 이름을 남겨 수집이 되었겠지만, 누구는 구름처럼 지나간 흔적도 없이, 혹 비가 되어 내릴지라도 땅을 적시지도 못하겠지, 약간의 차이는 있겠지만, 나처럼. 하고 주제 씨는 생각했다. 자신의 방에 있는 책장 속엔 거의 매일 신문지상에 이름이 오르는 남자와 여자들로 꽉 차 있었고 책상 위엔 전혀 알지 못하는 한 사람의 출생기록부가 있었다. 순간 그는 소스라치게 놀랐다. 책장에 있는 백 명을 모두 모아놓아도 이름 모를 한 명보다 더 무게를 갖지 못함을 느꼈기 때문이었다. 천칭 위에 한쪽은 백 명을, 반대쪽은 한 명을 올려놓았을 때 어떤 차이도 나지 않음을 깨달았다. 그 하나가 백 명의 가치를 가진 것이었다. 오 하나님, 저는 그저 사무보조원일 뿐입니다. 오십이 되도록 정식직원도 못된 보조원일 따름입니다. 제가 만일 저 책장 속에 보관되어 있는 백 명 중의 하나, 아니 그보다 덜 유명한 다섯 명의 후보자 중 한 사람이기만 해도 이런 수집 같은 것은 하지 않을 겁니다. 그럼 왜 갑자기 저 알지도 못하는 여자의 기록부를 다른 그 어떤 것들보다 중요한 것처럼 바라보고 있느냐, 바로 그것입니다, 하나님, 알지 못하기 때문이죠, 하지만 등기소의 보관함엔 모르는 사람들로 꽉 차 있잖느냐, 물론이죠, 하지만 등기소 보관함이지 이곳은 아니죠, 그러면, 나도 잘 모르겠다, 이런 경우 너무 골똘히 생각하지 말아라, 너는 그런 방면엔 별 재주가 없어 보이니, 가서 신상기록부를 보관함에 꽂고 편히 자거라, 그것이 저녁 내내 제가 원했던 것입니다. 대답의 분위기는 약간의 위안이 되었지만 주제 씨는 아직 한 가지 덧붙일 말이 있었다. 하나님, 그럼 재주 있는 사람은 어떻게 합니까.

바랐던 것과는 달리 주제 씨는 평소처럼 편히 잠을 자지 못했다. 가지고 온 알 수 없는 여인의 신상기록부로 인해 그다지 영리하지도 못한 머리를 쥐어짜느라 밤새 혼란의 미로를 쫓아다녔고 예기치 못한 상황에서 발생된 사건에 어떠한 결론도 내리지 못했다. 단지 왼손으로 기록부를 잡고 오른손으로 재빠르게 옮겨 썼던 것과, 자신도 놀랄 만큼, 어떠한 불안과 두려움도 없이, 손전등을 꼭 붙잡고 중앙등기소로 들어가 여섯 장의 기록부를 제자리에 꽂아두었던 것만을 기억할 수 있었다. 마치 생생한 현실처럼. 마지막으로 알지 못하는 여자의 기록을 찾기 위해 손전등의 불빛이 흐려지는 마지막 순간까지 서류를 뒤졌었다. 그러다가 거의 불빛이 꺼지려는 순간 서류가 알파벳 순서로 정리되어 있다는 것이 생각나 철자 하나 앞과 하나 뒤를 찾아 그 사이를 확인해 보았지만 여전히 그곳엔 하나의 기록부가 빠져 있었다. 그뿐이었다. 어설픈 잠에서 깨어난 자정에도, 극도로 피곤했지만 불을 켜고 일어나 속옷 위에 외투를 하나 걸치고 책상에 다시 앉았다. 그리고 얼마인지도 모르는 시간이 흐른 후 피곤한 머리를 오른팔 위에 누이고, 왼손은 복사한 기록부 위에 올려놓은 채 잠이 들었다.

주제 씨의 결심은 이틀 후에 내려졌다. 일반적으로, 별일이 아니라 하더라도 자신의 직무에 충실하거나, 권력을 갖지 못한 사람들에게 있어서 어떤 일을 진행할 것인가 아니면 그만둘 것인가, 가능성이 있는가 아닌가 라는 것에 대해 결정을 내리는 상황은 그다지 흔히 있는 일은 아니다. 대개 한동안 머리를 싸매고 고심하다가 마지막 순간에 결정을 내리곤 하는 것이다. 그렇지만 이번 일은 그렇게 지나갈 문제가 아니었다. 사실 배가 고프지 않을 때 먹고 싶다는 생각이 드는 사람은 아무도 없다. 식욕이란 개개인의 의지와 상관없이 때가 되면 신체의 필요에 의해 저절로 느껴지는 것이다. 그것은 생체화학적인, 일종의 만족감을 충족시키는 해결 방법인 것이다. 이는 식탁의 내용물로 결정된다. 꼭 원했던 기사가 있으리란 기대를 하지 않았더라도, 만약 신문을 사기 위해 거리로 나간다면 그 아주 단순한 행동에서도, 어쨌든 간에 기대했다면 이미 그것은 신체의 특정한 생체화학적 활동의 영향으로 인한 욕구의 표현인 것이다. 예를 들어 신문을 배달하는 차량이 늦지 않고 제시간에 도착했겠지라거나 혹은 신문 판매대의 주인이 개인적인 이유로 문을 닫지 않았겠지라는 일상적 행위에 대해 무의식적인 확신이나 믿음, 희망이 그 속에 존재하는 것이다. 즉 강렬하게 희망한다면 우리는 그것을 가질 수 있는 것이다. 그러므로 어떤 일이 발생했을 때 우리들 중 누가 결정을 내리고 누가 그 일을 실행할 것인가에 대하여 명확하고 사려 깊게 판단해 보아야만 할 것이다. 엄격히 말하자면, 우리가 결정을 내리는 것이라기보다는 우리에게 결정이 내려지는 것이다. 삶을 살아가며 끊임없이 수많은 일들이 있지만 제때에, 적절히 모든 것을 해결하기보다는 생각하지 못했던 우연한 기회에 그 해답을 발견할 때가 많다. 점심을 먹을 때라든가, 신문을 사러 갈 때라든가 혹은 생판 모르는 여자를 찾을 때.

이러한 이유 때문에, 어떤 혹독한 심문 속에서도 어떻게, 왜 이런 결정을 내리게 되었는지에 대해서 설명할 방법이 없었다. 설명을 들어봅시다. 제가 말씀드릴 수 있는 것은, 지난 수요일, 집에 있었는데, 너무나 피곤해서 저녁을 먹을 생각도 없었고, 게다가 높은 사다리 위에서 종일 일했기 때문에 그때까지도 머리가 어지러웠습니다. 아마 부소장님도 제가 그런 아찔한 일을 할 만한 나이가 아니란 걸 이해하셨을 겁니다, 꼭 병 때문이 아니라 하더라도요. 병이라니 무슨 병, 이를테면 어지럼증이라거나 고소공포증 같은 거죠. 한 번도 불평을 제기해 보지 않았나. 전 그런 걸 좋아하지 않습니다. 좋은 자세군, 계속해 보게. 잠자리에 들려고 신발을 벗었는데 갑자기 결심을 했습니다. 왜 그런 결심을 했나. 제가 결심을 한 것이 아니라 결심이 저에게 들게 된 것 같습니다. 보통 사람들이 결심을 하지 어떻게 결심이 자네에게 들게 된다는 건가. 수요일 저녁때까지만 해도 저도 그렇게 생각했습니다. 수요일 저녁에 무슨 일이 있었는데, 그걸 제가 말씀드리는 겁니다. 머리맡에 전혀 모르는 여자의 신상기록부가 있었습니다. 저는 그것을 난생처음 보는 것처럼 바라보았습니다. 그 이전에 본 적이 있었단 말인가. 월요일부터였죠. 집에서 다른 일은 거의 하지도 못했습니다. 그렇다면 결심을 하기 위해 심사숙고했단 얘긴가. 그 반대일 수도 있죠. 알았네, 알았어, 그 얘긴 그만두고 계속해 보게. 신발을 다시 신고, 윗도리와 외투를 걸치고 밖으로 나왔습니다. 넥타이는 맸는지 기억이 나질 않습니다만. 몇 시쯤이었나. 아마 열 시 반쯤 되었을 겁니다. 그리고 어딜 갔는데. 그 모르는 여자가 태어난 주소로요. 뭣 때문에. 그 집을 보려고요. 이제서야 자네 스스로 내린 어떤 결심이 있었다는 걸 인정하는군, 아닙니다 선생님, 저도 모르게 그래야만 할 것 같았습니다, 그래서, 찾던 집은 거기에 있었고 창에 불이 켜져 있었습니다, 그 여자의 집을 말하는 건가, 예, 그 다음 어떻게 했나, 그곳에 잠시 동안 서 있었습니다, 거길 바라보면서, 예, 바라보면서, 단지 바라보기만 했단 말인가, 예, 단지 바라보기만, 그리곤, 그게 다였습니다, 문을 두드리지도, 들어가지도, 뭔가 물어보지도 않았단 말인가, 그렇다면 도대체 무슨 이유로 그 늦은 시간에 그곳엘 갔었단 말인가, 그때가 몇 시였나, 아마도 열한 시 반쯤 되었을 겁니다, 걸어갔나, 예, 선생님, 돌아올 땐, 역시 걸어왔습니다, 그 얘긴, 아무 목격자도 없었단 말인가, 목격자라뇨, 예를 들어 그 집에 들어갔었다면 누군가 있었을 테고 버스나 전차를 탔다면 운전수 같은 사람 말이야, 만약 있다고 해도 그 사람들은 왜요, 진짜 그 모르는 여자의 집에 갔었는가를 알기 위해서지, 그래서요, 이 모든 것이 꿈이 아니란 걸 증명할 수 있으니까, 사실입니다, 맹세코 사실만을 말씀드리는 겁니다, 그럴지도 모르지, 한 가지만 빼곤, 한 가지라뇨, 넥타이 말이야, 아니, 넥타이가 무슨 상관입니까, 중앙등기소 직원의 신분으로 넥타이도 매지 않고 외출을 한다는 것은 있을 수 없는 일이야, 말씀드렸다시피 전 제정신이 아니었습니다, 그 결심에 저는 이끌렸을 뿐이었습니다, 그건 지금 당신이 꿈을 꾼 것을 얘기하고 있다는 또 하나의 증거가 될 수 있는 것일세, 그렇지 않습니다, 두 가지 측면에서, 하나는, 누구나 그렇듯이 어떤 결정을 스스로 내린 상태에서, 지금 그것을 추궁하고 싶진 않지만 자네가 신분을 망각한 채, 그 알 수 없는 여자의 집을 찾기 위해 넥타이도 매지 않은 상태로 나갔었다면 그렇게 믿어줄 의향도 있지만 만약 계속해서 그 결심이 자넬 그렇게 하도록 했다고 우긴다면 그건 꿈에서나 있을 수 있는 일이란 거야, 다시 말씀드리지만 제가 그런 결정을 내린 것이 아니라 신상기록부를 보았고, 신발을 신었고, 나갔을 뿐입니다, 그렇다면 그건 꿈을 꾼 거야, 꿈이 아니라니까요, 누웠다가 잠이 든 사이에 꿈속에서 그 알지도 못하는 여자의 집으로 간 것이야, 거리를 설명할 수도 있습니다, 그 전에 이미 그곳을 알고 있었는지 어떻게 증명할 수 있겠나, 집이 어떻게 생겼는지도 말씀드릴 수 있습니다, 이봐, 이봐, 밤엔 모든 집들이 다 비슷하게 보이는 거야, 도둑고양이들이 밤엔 다 검게 보이는 것처럼 집들도 마찬가지라구, 제 말을 믿지 못한단 말씀이군요, 그래, 왜요, 왜냐하면 자네가 말한 것이 내겐 이해가 안 되니까, 이해가 안 되는 걸 어떻게 믿으란 말인가, 육신이 꿈을 꾸는 것은 현실입니다, 감히 말씀드리자면, 몸이 꿈을 꾸고 있을 때 그 꿈은 현실이 되는 겁니다, 꿈의 현실은 꿈속에서만 존재하는 거야, 말하자면 나에게 있어 유일한 현실이란 이런 거야, 예, 생생한 삶의 현실 말이죠, 이제 가서 일해도 되겠습니까, 좋아, 하지만 준비하고 있게, 아직 넥타이 건에 대해 얘기할 게 남았으니까.

분실된 서류에 대한 감사원의 질문에서 어느 정도 결백하다는 믿음을 주었다고 생각한 주제 씨는 지금까지 했던 얘기들을 더욱 구체화시키기 위해 이야기 속에 보다 새로운 것을 만들어내야겠다는 생각을 했다, 조금 황당하고 무리한 주장일지라도 더욱 조심스럽게 준비한다면 쉽게 상황을 극복할 수 있을 것이라 생각했다. 게다가 자기 자신마저도 속일 수 있다는 확신마저 들었고 이어 어떠한 양심의 가책도 느끼지 않으리라 생각했다. 그 모르는 여자의 집의 문에 귀를 바짝 대고 안에서 들려오는 소리를 듣기 위해 몸을 잔뜩 웅크렸던 것조차도 전혀 기억하지 못하는 것처럼. 그 집의 초인종을 누르진 않았다. 그 부분은 사실이었다. 하지만 어두운 문 밖에서 한참 동안을 꼼짝하지 않고, 잔뜩 긴장한 채로 안에서 들려오는 소리를 듣기 위해 서 있었다. 갓난아이의 칭얼거리는 울음소리가 들렸다. 아마도 사내아이인 듯했고 자장가를 부르는 여자의 목소리도 들렸다. 그녀이리라. 갑자기 다른 쪽에서 남자의 목소리도 새어나왔다. 아이는 울음을 그치지 않았고, 주제 씨의 심장은 쿵쾅거리기 시작했다, 만일 문이 열리면 그 다음 일은 불을 본 듯 뻔한 일이었다, 남자가 나가려다 문 앞에서 마주친다면, 당신 누구요, 뭐하고 있는 거요 하고 물어볼 것이었다. 이제 어떡하지, 스스로에게 물었다.

그러나 불쌍한 주제 씨는 꼼짝도 못하고 그 자리에 서 있기만 했다. 하지만 불운한 것은 아이의 아빠였다. 그는 저녁식사 후 친구들과 카페에 앉아 노닥거리는 오래된 습관을 오늘은 할 수 없게 되었기 때문이다. 아이의 울음소리가 다시 들려왔으므로. 주제 씨는 불도 켜지 않고 깜깜한 계단을 천천히 내려왔다. 넘어지지 않게 왼손으로 난간을 쥔 채. 계단의 폭은 굉장히 좁았고 난간의 굴곡도 심해서 혹시 누군가 눈에 띄지 않게 계단을 조심스럽게 올라오는 사람이 있다면 그의 머리가 가슴팍에 부딪힐 수도 있을 테고 그렇게 된다면 등기소의 책장 꼭대기에서 거미줄이 얼굴을 휘감는 것보다 더욱 곤란한 경우가 될 것이었다. 혹은 등기소의 누군가가 여기까지 추적해서 자신을 체포한다면 이제까지 깨끗했던 호적에 붉은 줄이 쳐질지도 모르는 일이었다. 계단을 내려와 거리로 나왔을 때 주제 씨의 다리는 후들거렸고 이마는 온통 땀으로 범벅이 되어 있었다. 십년감수했네, 하고 스스로 자책했다. 그러나 엉뚱하게도, 갑자기 머리가 뒤죽박죽이 된 상태처럼, 문 안에서 들려온 어린아이의 울음 소리가 삼십육 년 전에 그 알지도 못하는 여자의 울음 소리였다면, 그는 열네 살의 소년이었고 게다가 이런 시간에 아무런 이유도 없이 무언가를 찾아 헤매고 있지도 않았으리란 생각이 스쳐 지나갔다. 인도에 멈춰서서 예전에 한 번도 본 적이 없었던 것처럼 거리를 바라보았다. 삼십육 년 전의 가로등은 지금보다 더욱 창백했었고, 도로는 아스팔트로 포장되지 않은 상태였었고, 길모퉁이의 가게 간판엔 패스트푸드가 아닌 구두가게라고 씌어 있었던 것을 기억했다. 시간이 모든 것을 조금씩, 그리고 급격히 바꿔버렸던 것이다. 모든 것이 너무나 급작스러운 변화였다. 마치 계란에서 튀어나온 병아리처럼. 거리는 넓어지고 변모되었고, 건물들이 새로 생기고 또 사라졌으며 색깔도 바뀌었고 모양도 달라졌다. 마치 아침이 오기 전에 새로운 모습으로 변해야 하는 것처럼 모든 것들은 성급하게 자신의 모습을 바꾸고자 조바심을 내고 있는 듯했다. 다시 시간은 흐르기 시작했고 잠시 전의 멈췄던 시간을 보상하기라도 하듯이 그 속도를 높였다. 집으로 돌아왔을 때 주제 씨는 다시 쉰 살의 나이로 돌아와 있었다. 울고 있었던 그 아이는 시간상으로 한 시간 더 늙어 있을 테고 시계가 우리들에게 그 사실을 깨닫게 하려고 하지만 모든 사람들에게 그런 의미만은 아닌 것이다.

  주제 씨는 힘든 밤을 보냈다. 별로 알아낸 것도 없었다. 그러나 짧은 야간 외출 동안 가졌던 강렬한 열정에도 불구하고, 습관처럼 하던 손수건을 접어 귀 위쪽을 닦는 일조차도 하지 못한 채, 누가 보면 너무나 지쳐 깊은 잠에 빠진 사람처럼 자리에 쓰러져 있었다. 그러나 갑자기 누군가 그의 어깨를 흔들어 깨우기라도 한듯이 벌떡 일어났다. 정신이 번쩍 드는 기막힌 것이 떠올랐기 때문이었다. 그것은 알지도 못하는, 신상기록부의, 자장가를 부르던 여자에 대한 모든 고민을 일순간에, 시작과 동시에 털어버릴 수 있는 방법에 관한 것이었다. 그녀에 대한 관심을 끊는 거야, 그러나 오히려 관심을 끊는다는 사실이 그를 더욱 고통스럽게 만들고 있었다. 그는 자신에게 그 이유를 물었다. 원하던 것을 실현하지 못한다면 이제 뭘 할 것인가, 아무 일도 없었던 것처럼 신문이나 잡지에서 기사나 사진들을 모으겠지, 그럴 순 없을걸, 왜, 고민이란 한 번 생기면 그렇게 쉽게 사라지는 게 아니니까, 아무 신상기록부나 골라서 그 사람을 찾아다닐 수도 있을 거야, 그렇겐 하지 마, 그랬다가 그 알지도 못하는 여자의 문제가 발생된 것이잖아, 모르는 사람들은 책장에 수없이 많아, 하지만 그들 중 하나를 골라야 하는 특별한 동기가 없잖아, 다른 사람도 아니고 특별한 어떤 한 사람을, 아무런 의미도 없는 그런 사람이 아닌 어떤 사람을, 누군가를 운에 맡긴다는 것이 좋은 삶의 규칙은 아니라고 봐, 좋은 규칙이든 아니든, 편리하든 아니든 간에 그 신상기록부도 우연히 네 손에 들어왔잖아, 그 여자가 바로 그 여자라면, 그 여자라면 그 여자는 우연이 아니란 말이야, 별다른 일도 없었잖아, 별다른 일이 아니라고, 이봐, 삶을 우리에게 끊임없이 다가오는 기차라고 생각한다면, 우리는 단지 그 기차의 앞면밖엔 바라보지 못하는 거야, 그 말은 우리에게 뭔가 다른 일이 생길지도 모른다는 얘긴가, 뭔가 다른 게 아니라 모든 게 달라질 수도 있는 거지, 무슨 말인지 이해가 안 되는데, 우리는 너무나 정신없이 바쁘게 살아가기 때문에 어떤 일이 일어날지 순간순간 잊고 있단 말이야, 하지만 어떤 일이라도 일어날 수 있단 말이야, 그건 한 가지 문제가 다른 문제를 만들 수도 있다는 얘긴가, 수많은 문제를 만들기도 하지, 이틀 전만 생각해 봐도 알 수 있잖아, 이렇게 되리라고 상상이나 했었어, 골치 아프게 생겼잖아.

주제 씨는 자신과의 대화에서 아무런 해답도 가질 수 없었기에 잠은 오지 않았지만 침대에 누웠다. 바로 그 여자라면, 바로 그 여자라면 그놈의 신상기록부를 발기발기 찢어버리고 다시는 생각하지 말아야지. 하지만 모든 것이 낙담하는 자신을 속이려 한다는 것을 알고 있었고 그렇게 되지도 않으리란 것을 알고 있었다. 그것은 마치 한 조각의 나무판자에 의지한 채, 이름 모를 신비의 무인도를 찾기 위해 출발하려는 상태와 같은 것이었다. 그러나 마지막 순간에 지도를 잘 이해하는 누군가가 나타나, 갈 필요없어, 네가 찾고자 하는 그 미지의 섬이 바로 이곳이야, 잘 봐, 위도와 경도도 맞고, 항구와 도시들도, 산과 강들도, 그 모든 것이 각자의 이름과 역사를 가지고 있잖아, 포기해 버리는 것이 최선의 방법이야. 그러나 주제 씨는 포기하고 싶지 않았으며, 아득히 멀기만 한 수평선을 끊임없이 바라보았다. 그러다 갑자기 마치 검은 구름 사이에 햇빛이 드러나듯 자신을 깨웠던 그 생각이 잘못된 것이었음을 깨달았다. 그는 신상기록부에 두 개의 날짜가 기록되었던 것을 기억해 냈다, 하나는 결혼한 날이었고 또 하나는 이혼한 날이었음을. 그 집에 있었던 여자는 분명히 결혼한 여자였고 그렇다면 재혼에 대한 기록이 되어 있어야만 했다. 비록 가끔씩 등기소의 잘못으로 기록되지 않은 경우도 있었지만 주제 씨는 그런 경우는 생각하고 싶지 않았다.

어쩔 수 없는 개인적인 이유로, 물론 설명하진 않았지만, 처음으로, 언제나 성실하고 철저했던 지난 이십오 년 동안의 직장 생활 동안 단 한 번도 있은 적이 없던 한 시간 빠른 조퇴를 허락해 달라고 요청했다. 중앙 호적 등기소의 복잡한 직급의 성격에 따라 직속 상관에게 먼저 의향을 비쳤고, 상사직원은 좋든 싫든 그날의 담당 부소장에게 요구를 전하게 되고, 이러저러한 이유를 덧붙이기도 하고 혹은 빼기도 하며 설명을 하면, 최종 결정에 약간은 영향을 미치게 되는 것이다. 그러나 이런 문제들은 어떤 명확한 기준이 있는 것은 아니었다. 어떤 기준으로 소장이 허가를 하느냐 혹은 거절하느냐는 오직 그만이 알고 있는 사항이었다. 수년 동안 그것에 대한 어떤 자료나 어떤 규정이나 심지어 말로조차도 그 기준에 대해 들어본 적이 없는 사항이었다. 그러므로 어떻게 주제 씨가 한 시간 먼저 근무 시간 중에 나갈 수 있게 허가가 떨어졌는지 그 이유는 영원히 알 수 없는 일이었다. 상상할 수는 있겠지만, 확인할 수는 없는 일이었다. 보고한 직원 때문인지, 부소장의 영향인지, 아마도 그의 부재로 인해 바쁜 시간을 보내야 할 직원을 배려하기보다는 부하직원들에게 아량을 보이려는 소장의 의도 때문이 아닌가 하는 것이 보다 가능성 있는 추측일 수 있었다. 허가 결정을 전해 들은 주제 씨는 해야 할 일을 마친 후, 목적지에 늦게 도착하지 않으려면, 직장에서 돌아온 그 집의 가장과 마주치지 않으려면, 그의 삶에 비해서 조금은 고급스럽지만 택시를 타야겠다고 생각했다. 그를 기다리는 사람은 아무도 없었다. 아니면 그 시간에 아무도 집에 없을 수도 있었다. 그러나 무엇보다도 그 참을성 없어 보이는 남자 곁에서 아이를 안고 있을 여자에게 이런저런 질문을 한다는 것이 더욱 힘든 일이라고 생각했다.

 문을 열어준 것은 남자가 아니었고 안에서 그의 소리도 들리지 않았다. 아마도 아직 직장에 있거나 집으로 오는 중일지도 몰랐다. 그리고 여인은 아이를 안고 있지도 않았다. 주제 씨는 그가 찾던 모르는 여자가 자신 앞에 서 있는 여자는 절대 아니라는 걸 곧 알아차렸다. 아무리 잘 가꾸고 시간을 피해간다 하더라도 서른여섯의 여자가 스물다섯의 얼굴과

몸매를 가질 수는 없기 때문이었다. 주제 씨는 간단한 질문만을 던지고 돌아설 수도 있었다. 예를 들어, 아이구 죄송합니다, 제가 집을 잘못 찾아왔군요라든가, 여기 누구누구가 살지 않았습니까라는 식으로 말을 돌릴 수도 있었다. 그러나 주제 씨는 그 어떤 방법도 쓰지 않았다. 가방에서 신상기록부를 꺼내며, 안녕하십니까 부인, 하고 말했다. 어떻게 오셨어요, 여자가 물었다. 저는 중앙등기소 직원인데 이 집에서 태어난 어떤 분의 등기에 문제가 생겨 그 일을 알아보려고 왔습니다. 저나 제 남편 누구도 이 집에서 태어나지 않았어요, 단지 석 달 된 제 딸 외엔요, 설마 그 아이를 말씀하시는 건 아니겠죠, 아닙니다, 제가 찾는 분은 삼십육 세의 여자분입니다, 저는 스물일곱인데요, 그럼 아니시군요, 주제 씨는 말했다. 그리곤 곧, 성함이 어떻게 되십니까, 여자는 대답했으며 그는 잠시 미소를 지었고 다시 물었다. 이 집에 사신 지 얼마나 되셨습니까, 이 년이요, 이전에 여기 사셨던 이분 혹시 아십니까, 하고 그가 찾고 있는 모르는 여자의 이름과 부모의 이름을 읽어 주었다, 전혀 모르겠는데요, 저희가 들어오기 전에 이 집은 비어 있었고 제 남편이 복덕방을 통해 세를 얻어 왔으니까요, 이 건물에 혹시 오래된 세입자가 있습니까, 일 층에 아주 나이 많으신 할머님이 계시는데 제가 알기로는 제일 오래되셨다고 들었어요, 아마도 삼십육 년 전부터 이곳에서 사시진 않았을 테죠, 요즘은 이사를 많이 다니니까요. 글쎄요, 가서 직접 물어보시는 게 좋을 것 같네요. 그리고 이제 그만 들어가봐야 해요. 남편이 곧 도착할 텐데 아무하고나 얘기하는 걸 좋아하지 않거든요. 게다가 저녁 준비를 하고 있던 참이라서. 아무하고나라니요. 전 중앙등기소 직원입니다. 업무를 보러 왔구요, 귀찮게 해드렸다면 죄송합니다. 조금은 언짢은 투의 주제 씨의 말투가 여자의 태도를 조금 누그러뜨렸다. 귀찮게 하긴요. 만약 남편이 있었다면 신분증을 보여달라고 했을 거라는 거죠. 제 신분증을 보여드리죠, 자 보세요. 아, 네, 주제 씨군요. 그러나 제가 말씀드린 것은 신분증이 아니라 이런 조사를 하는 것을 증명할 만한 서류를 말씀드리는 거예요. 저희 소장님은 이런 의심을 받으리라곤 생각하시지도 못했을 겁니다. 생각하기 나름이죠. 일 층의 할머니는 이런 경우 아마 누구하고도 얘기하지 않을 거예요. 문도 안 열어줄 걸요. 저는 그렇지 않아요. 사람들과 얘기하는 걸 좋아하니까요. 그렇게 말씀하시니 제가 감사드려야겠군요. 도움이 되어드리지 못해 안됐군요. 아닙니다, 아주 많이 도움을 주셨습니다. 일 층의 할머니에 대한 것과 신분증에 대한 것도요. 그렇게 생각하신다면 다행이고요. 대화는 그런 식으로 몇 분 더 이어질 수도 있었지만 잠에서 깬 듯한 아이의 갑작스런 울음소리 때문에 멈춰야만 했다. 아드님이 깨셨나 보군요. 주제 씨가 말했다. 딸이에요, 아까 말씀드렸잖아요. 여자가 웃으며 말했고 주제 씨도 따라 웃었다.

그 순간, 일층의 현관문이 덜컹하는 소리와 함께 계단의 불이 켜졌다. 제 남편이에요, 소리만 들어도 알 수 있죠, 여자가 혼잣말로 중얼거렸다. 어서 가세요, 그리고 저와 얘기했다고 하지 마세요, 주제 씨는 내려가지 않았다. 발자국 소리를 죽이며 한 층을 빠르게 올라갔고 거기서 벽에 기댄 채 잠시 서 있었다, 몹쓸 짓이라도 한 것처럼 가슴이 쿵쾅거렸다, 젊은 남자의 씩씩한 발걸음 소리가 점점 커져오고 있었다. 초인종이 울렸고 문을 열고 닫는 사이에 아이의 울음소리가 새나왔다, 그리고 계단엔 깊은 침묵이 가득 찼다. 이어 계단의 불도 자동적으로 꺼졌다. 주제 씨는 그녀와 나눴던 거의 모든 얘기들이, 어두컴컴한 건물 안에서, 마치 서로가 뭔가를 은폐하려는 공범자의 대화 같았다는 생각이 들었다, 공범자라는 말은 예기치 않게 머리를 스친 단어였다, 공범자라니, 무슨, 하고 스스로 물었다. 확실한 것은 그 여자와 첫마디를 나눌 때부터 불은 켜지지 않았다는 것이었다, 계단을 조심스럽고 재빠르게 내려오기 시작했다, 단지 일 층의 문 앞에서 엿듣기 위해 잠시 멈췄을 뿐이었다, 안에서 들리는 소리는 라디오 같았고, 초인종은 누를 생각조차도 하지 않았다, 조사는 주말이나 일요일에 다시 해야겠다고 생각했고 그땐 아무도 의심하지 않게 가짜 조사 서류라도 챙겨와야 하리라 마음먹었다. 가짜 증명서, 공식 용지에 철인이 찍힌 거부할 수 없는 힘을 가진, 그래선 안 되지만 만들 수 있을 것이다, 어떠한 의심도 말끔히 지워버릴 수 있으리라. 소장의 서명도 큰 문제는 아닐 것이라 믿었다. 나이 든 할머니가 소장의 서명을 본 적도 없을 것이고 자신의 뛰어난 재주로 위조하는 것도 그다지 어려운 일은 아니었다. 만약 모든 것이 잘된다면 앞으로도 그러한 어려움이 있을 때나 혹은 어려움이 있을 것 같을 때에 항상 써먹을 수 있겠지, 조사가 일 층의 할머니만으로 끝날 건 아니니까. 아마도 할머니는 그 모르는 여자의 가족과 한 건물에 살았던 적이 있었을 것이다. 서로 잘 알고 지내지 않았을 수도 있겠지만, 최악의 경우라도 이 층의 그 모르는 여자가 시내의 다른 곳으로 이사한 지 오래되지 않았다면 희미하게라도 노인의 머릿속에 여자에 대한 기억이 남아 있을 것이다. 다른 나라나 혹은 다른 세상이라면 어쩌지, 하고 거리로 나왔을 땐 걱정도 되었다. 그가 수집하는 유명 인물의 경우는 그들이 어디를 가건 신문이나 잡지들이 그들의 냄새를 맡고, 행적을 추적해서 하나라도 더 많은 사진과 질문을 따내려고 하지만 보통사람들에 대해선 누구도 알려고 하지 않고, 관심도 없고, 그가 뭘하는지, 무슨 생각을 하고 있는지, 뭘 느끼는지에 대해 누구도 염려하는 사람이 없다는 얘기다. 만일 그 모르는 여자가 외국으로 갔다면 그것은 어쩔 수 없는 일이다, 그것은 죽었다는 말과 같은 것이고 모든 것의 종말을 의미한다, 더 이상 어쩔 수 없는 일이라고 주제 씨는 중얼거렸다. 그러나 그렇진 않겠지 하고 생각했다. 이곳 어딘가에 있다면 어떠한 경우라도 조그마한 단서는 남아 있으리라 여겼다. 꼭 찾아내고 말 테야, 그답지 않은 진지한 태도였다. 이런 결정을 내린 후, 그는 문구점으로 들어가 학생들이 수업시간에 필기하는 데 쓰는 듯한 두꺼운 노트 한 권을 샀다.

  증명서류의 위조에 많은 시간이 필요하진 않았다. 꼼꼼한 상관들과 항상 들볶는 부소장의 밑에서 이십오 년 동안 매일같이 해왔던 일이었기에 어떤 형태의 글자체든, 굵게 가늘게, 심지어 잉크의 농도까지도 완벽하게 파악하여 글자를 쓸 수 있었기에 그가 위조한 증명서는 현미경으로 봐도 진짜와 구별해 내기 힘든 것이었다. 아마도 그 차이를 밝히기 위해선 지문 감식이나 손에서 나온 미량의 땀을 분석해 보는 방법밖엔 없겠지만 누구도 그런 검사를 하려 하지는 않을 것이다. 아무리 전문 필적 감식가라 할지라도 조사한 후에 분명히 소장의 필적이라고 할 만큼 너무나 완벽한 것이었다. 증명서는 그 필체나 사용한 어휘로 보아 상당한 권위를 나타내고 있었다. 짜임새가 있었고, 애매모호한 부분이 없이 명확한 이유를 설명하고 있어서 어린애라도 쉽게 글의 내용을 파악할 수 있었다. 이랬다. 중앙 호적 등기소 소장의 모든 권한으로, 본인이 직접 서명 날인한 이 증명서를 보는 모든 시민이나 군인, 개인이나 단체는 중앙등기소장의 업무를 대신하는 보조서기원인 아무개가 이 도시에서 태어난 모씨의 딸인 아무개의 삶을 조사하는 데 있어서 어떠한 경우라도, 얼마의 기간이 소요될지라도 그 일에 대한 적극적인 도움을 아끼지 말 것을 요청합니다. 아마도 이 글을 읽으면 누구라도, 어떻게 저 순한 천성을 가진, 항상 얌전한 보조서기원인 주제 씨가 다른 것을 베끼지도 않고, 한 번도 등기소에서 필요로 했던 적도 없는 이런 글을 쓸 수 있었을까 하고 놀랄 것이다. 그러나 살다보면, 그럴 수도 있다는 것을 배우게 되고, 착한 사람도 모질고 악한 마음을 먹기도 한다는 것을 알게 될 것이다, 비록 그가 증명서를 위조했든지 말았든지 간에. 사람들에게 용서를 구할 것이다, 그건 내가 아니었다고, 단지 쓰기만 했을 뿐이라고, 그리곤 다른 사람들의 이름을 거명하면 될 것이라 생각했다, 중요한 것은 일에 연관되지 않았음을 밝히는 것이다, 주제 씨는 지금까지 해온 일들이 앞으로 얼마나 큰 문제들을 야기시킬지 결코 예측하지 못한 것 같았다, 그렇지만 그것에 대한 얘기를 미리 할 필요는 없을 것이다.

  토요일이 되자 제일 좋은 양복과 빨아서 곱게 다린 셔츠를 입고 단정하게 넥타이를 매고 안주머니엔 위조한 증명서를 조심스럽게 챙긴 다음 주제 씨는 집 앞에서 택시를 잡았다, 시간이 없어서가 아니라 날씨가 흐려져 비가 올 것만 같았기 때문이었다, 그는 일 층의 할머니 앞에 머리에선 빗방울이 떨어지고 바짓자락은 흙탕물이 튄 꾀죄죄한 모습으로 나타나고 싶지 않았다, 만일 그랬다간 하고 싶은 얘기를 꺼내기도 전에 문전박대를 당할 수도 있다는 생각이 들었기 때문이었다. 나이 든 할머니를 어떻게 상대할까 하는 상상에 일종의 흥분도 느껴졌다. 나이가 많다라는 생각에 그다지 염려되진 않았고 또한 증명서로 인해 별 어려움 없이 해낼 수 있으리라 여겼다. 간혹 예상했던 것과는 달리 까다롭게 반응하는 경우도 있었지만 그렇지 않길 바랐다. 그러나 한편으론 위조된 증명서로 인한 불안감도 없지 않았다, 물론 소장의 서명이나 문체 자체는 충실하지만 너무 딱딱한 느낌을 주지는 않을까 하는 생각이 들었다. 부딪쳐보자구, 크게 숨을 내쉬었다. 먼저 문 안에서 들려온 질문들은 이랬다, 누구세요, 왜요, 누가 보냈어요, 나하고 무슨 상관이 있어요, 상상했던 것보다 그렇게 나이가 들어 보이진 않았다. 콧날이 곧고, 나이 든 많은 사람들이 그렇듯이 노쇠되면서 처져가는 얼굴 피부 때문에 입가가 아래로 내려간, 꼭 다문 가는 입술의 노파는 전혀 아니었다, 아직 오십 대의 나이처럼 느껴졌다. 여인은 문을 완전히 열지 않았고, 이 층의 이웃에 대한 몇가지만을 물어보겠다는 여러 번의 설명에도 자신과는 아무 상관없는 일이라고 되풀이할 뿐이었다, 그러다 주제 씨가 그 알 수 없는 여자의 이름을 대자 잠시 후 문이 조금 더 열렸다, 허리를 약간 앞으로 구부려, 이분을 아십니까 하고 주제 씨가 물었다, 예, 알아요, 여인이 대답했다, 바로 그분에 대해 몇가지 물어 보고 싶어섭니다, 근데, 누구신데요, 말씀드렸다시피 중앙등기소의 직원입니다, 그게 사실인지 제가 어떻게 알 수 있죠, 소장님이 서명하신 증명서가 있습니다, 전 이런 일로 방해받고 싶진 않아요, 이런 경우는 일에 협조해 주셔야 합니다, 이런 경우라뇨, 주민등록상 불확실한 사실들을 확인하는 일이죠, 왜 먼저 그 여자에게 물어보지 그래요, 그 여자의 현주소를 모르기 때문에 그렇죠, 혹시 알고 계시면 말씀해 주십시오, 더 이상 귀찮게 해드리지 않겠습니다, 소식이 끊어진 지 거의 삼십 년이 되어가요, 내 계산이 정확하다면요, 그래 맞아, 아주 어린 꼬마였지, 유일한 그 한 마디로 여인은 대화의 끝을 암시하고 있었다. 그러나 주제 씨는 단념하지 않았다, 이러나 저러나 마찬가지라면 하고 안주머니의 봉투를 꺼내 안에 있는 증명서를 천천히, 약간은 위협적으로 보이게 펼쳐 보이며, 읽어보시죠 하고 지시했다, 아뇨, 제가 읽어볼 필요는 없잖아요, 만약 읽어보지 않으시면 경찰력을 동원할 수밖에 없고, 그러면 더 복잡해질 뿐입니다, 여인은 그가 내민 종이를 받아쥐고, 복도의 불을 켠 다음, 목에 매달린 안경을 쓰고 그것을 읽었다. 잠시 후 종이를 돌려주며 여인은 문을 완전히 열었다, 안으로 들어오시죠, 아마도 다른 집에서 이미 우리 얘기를 듣고 있는지도 모르니까요, 명확한 이유는 알 수 없지만 그런 갑작스런 변화로 봐서 주제 씨는 효과가 있었음을 알 수 있었다. 확실하진 않지만 그것은 그의 삶에서 최초의 객관적인 승리였다, 확실히 부정한 방법이었지만, 그러나 사람들이 결과가 과정을 정당화시킨다고 떠들고 다니면 그는 아니라고 말할 것이었다. 그는 마치 승자가 패자를 굴욕적으로 대하는 모습은 자제하면서도, 그러나 그 위엄은 잃지 않은 자세로, 어떤 거만함도 보이지 않은 채 안으로 들어갔다.

여인은 그를 단정하고 깨끗이 정돈된, 고풍스런 장식의 거실로 안내했다. 앉을 자리를 권했고 그에게 새로운 질문을 할 여유도 주지 않으려는 듯 자리에 앉으며 말했다, 제가 그 아이의 대모였어요. 주제 씨에게 이것만은 예상치 못한 사실이었다. 단순히 소장의 지시를 집행하는 직원으로서 그곳을 찾아간 것처럼 얘기했기에 앞에 앉은 여인이 볼 때 어떤 개인적인 일과 관련된 것이 아니라는 인상을 주기 위해서 예기치 않은 소득을 얻을 수 있으리란 기쁜 표정을 감추기 위한 노력이 필요했다. 다른 쪽 주머니에서 복사한 신상기록부를 꺼내어 마치 거기에 적힌 모든 이름들을 외우려는 듯 뚫어지게 바라보다가, 마침내 물었다, 그럼 남편되시는 분이 대부였습니까, 그렇다고 할 수 있죠, 돌아가셨지만요. 아하, 그러셨군요. 부딪혀야 할 또 다른 한 명이 줄었다는 안도감에 그는 마음속으로 쾌재를 불렀다. 우리들은 잘 맞았어요, 우리와 그 부부를 얘기하는 거예요, 정말 좋은 친구들이었고, 아이가 태어나자 저희들에게 대부, 대모가 되어달라며 초대했어요, 아이가 몇 살 때 이사 갔나요, 한 여덟 살쯤일 거예요,

조금 전엔 삼십 년 동안 연락이 없었다고 하셨잖아요, 그랬죠, 정확히 말하자면, 이사한 후 얼마 지나지 않아서 편지를 한 번 받은 적이 있었어요, 누구에게서요, 그 아이한테서, 뭐라고 썼었는데요, 특별한 건 없었어요, 어휘도 짧은 여덟 살짜리 아이의 편지였으니까, 대모에게 안부를 묻는 정도였죠, 아직도 보관하고 계세요, 아뇨, 그 아이의 부모들은 한 번도 편지를 보낸 적이 없었나요, 없었어요, 이상하다고 생각하지 않으셨어요, 아뇨, 어떻게 그럴 수가 있죠, 그건 말씀드릴 수 없는 사적인 일이에요, 중앙등기소에 사적인 일이란 있을 수 없습니다, 여인은 그를 뚫어지게 응시했다, 댁은 누구세요, 제 증명서를 방금 보셨잖아요, 주제 씨라고 했던가요, 예, 맞아요, 저한테는 어떤 질문이든지 하면서 전 아무것도 물어볼 수 없나요, 저는 상부의 지시를 받아 필요한 질문만 할 뿐 다른 건 잘 모릅니다, 사람이 비밀을 간직한다는 것은 행복한 일이에요, 비밀이 있다고 모두 행복해지는 건 아니겠죠, 행복해요, 그건 그렇고, 설명드렸다시피 전 상부의 지시로 조사를 하기 위해 왔단 말입니다, 비밀이에요, 말씀드릴 수 없어요, 하지만 전 알아야 해요, 말씀하시는 게 좋을 거예요, 무슨 얘기를 하란 말이에요, 방금 말씀하신 사적인 일이라는 걸요, 여인은 이마에 손을 얹으며 천천히 눈을 감았다. 그리곤 잠시 후, 눈을 감은 채 얘기했다. 그 아이의 어머니는 저와 그녀의 남편과의 사이를 의심했어요, 사실 그랬고요, 아주 오래전부터, 그것 때문에 그들이 이사했군요, 그래요, 여인은 눈을 뜨곤 물었다, 이제 비밀을 아셔서 후련하세요, 저의 관심은 그 사람들이지 두 분의 관계가 아닙니다, 그렇다면 그 이후 어떻게 되었는지 궁금하시지 않다는 말씀인가요, 개인적으론 그렇습니다만, 하지만 전 다른 사람들의 개인적인 생활에 관심을 두는 편은 아닙니다, 책장 속의 백사십여 개의 수집한 자료를 잊은 듯 주제 씨는 말했다, 그리곤 덧붙여서, 얘기 듣기론 혼자가 되셨다면서요, 기억력이 좋으시군요, 중앙등기소 직원으로서의 가장 기본적 조건이죠, 이건 아무것도 아닙니다, 예를 들면, 저희 소장님은 이 세상에 존재하고, 존재했던 모든 이름들과 성들을 알고 계신다니까요, 그건 뭐하려고요, 소장님의 머리는 등기소를 복사해 놓은 것 같다니까요, 무슨 말씀인지 모르겠군요, 게다가 그 많은 이름들과 성들의 조합 외에도, 소장님의 머리는 살아 있고 죽은 모든 사람들의 이름을 기억할 뿐만 아니라 그들의 역사를 훤히 꿰고 계세요, 선생님이 소장보다도 더 많이 알고 계시는 것 같으신데요, 무슨 말씀을요, 소장님에 비하면 저는 아무것도 아니에요, 그러니 그분은 소장이시고 저는 일개 보조 서기원일 뿐이죠, 두 분 모두 제 이름을 알고 계신단 말씀이군요, 예 그래요, 하지만 그분은 제 이름밖엔 아무것도 모르시잖아요, 그건 그래요, 그분이 먼저 성함을 아셨고 저는 이 일을 맡은 후에야 알게 되었죠, 그럼 이제 이곳에서 제 얼굴을 보셨고, 제가 남편을 속였다는 사실도 들으셨으니, 이런 얘기는 수십 년 동안 누구한테도 한 적이 없었는데, 이제 선생님과 비교한다면 소장은 아무것도 모르는 사람이 되었네요, 무슨 말씀을요, 뭐 더 하실 질문 없으세요, 질문이라뇨, 예를 들어서, 그 일이 있은 후 결혼 생활은 어땠는지라든가, 업무와 무관한 일입니다, 무관하지 않아요, 모든 이름들이 소장의 머릿속에 있다면 한 사람의 일이 모든 것을 의미할 수도 있으니까요, 부인께선 많은 것을 알고 계시는군요, 당연하죠, 오래 살았으니까, 전 이제 오십입니다만 부인은 어떻게 되시는지 잘 모르겠습니다, 오십과 육십 사이에 무얼 배웠는지, 그게 부인의 연세입니까, 조금 더 먹었죠, 그 일이 있은 후 어떠셨습니까, 관심이 없으신 건 아니군요, 다른 사람들의 삶에 대해 아는 것이 별로 없어서, 댁의 소장님이나 선생님의 등기소처럼, 그런 것 같습니다, 그걸 알고 싶다면 좋아요, 그래요, 흔히 말하듯 서로 용서하라는 말을 필요로 하는 일이 많이 생기죠, 그건 서로 사랑하라는 말로 많이 알려졌죠, 같은 의미죠, 사랑하기 때문에 용서하고, 용서되니까 사랑하는 거죠, 아직도 많이 배우셔야겠네요, 그래야 될 것 같습니다, 결혼은 하셨나요, 아뇨, 한 번도 여자와 함께 살아본 적도 없었나요, 살았다고 말한다면, 한 번도 없습니다, 그럼 잠시 그런 적이 있었다는 얘긴가요, 그런 것도 아니고, 혼자였습니다, 필요한 경우엔 모두 그렇듯이 돈으로 사죠, 이제야 질문에 대답하시는군요, 그래요, 하지만 이젠 별 상관없어요, 살면서 그런 것들을 배우는 것 같습니다, 한 가지 설명드리죠, 말씀하십시오, 결혼에 몇 사람이 존재하는가라는 질문을 먼저 드리죠, 둘입니다, 남자와 여자, 아뇨, 결혼엔 세 사람이 존재해요, 여자와 남자와 그리고 내가 제삼자라고 부르는, 가장 중요한, 남자와 여자가 함께함으로써 존재하는 또 다른 한 사람, 한 번도 그런 생각을 해본 적이 없었습니다, 예를 들어, 두 사람 중 하나가 바람을 피웠다고 한다면, 그것은 너무나 큰 고통이며 너무나 깊은 충격을 가져다주는데 그것은 다른 한 사람에게만이 아닌 두 사람, 즉 부부라는 이름의 두 사람 모두에게 상처를 준다는 것이지요, 두 사람으로 인해 만들어진 그 관계만으로 살아갈 수도 있지, 이미 나는 그 대가를 톡톡히 치렀지만, 그러나 결혼의 가장 중요한 점은 남자나 여자, 혹은 서로가 각각의 옆에서 서로를 지켜봐주는 데 있는 것이란 얘기예요, 그건 제게 너무나 복잡한 얘기 같습니다, 결혼하고, 여자를 하나 구해보면 무슨 말인지 알게 될 거예요, 자, 자, 이제 그만 끝내야 되겠습니다, 차차 아시게 되겠죠, 제가 이곳에 온 건 중앙등기소의 의문을 확인하려 했던 것이지 제 궁금증을 풀고자 했던 것은 아닙니다, 그는 이제 가야 할 때가 되었다고 느꼈지만 그곳에 왔을 때처럼 찾던 여자의 행방에 대해선 아무것도 아는 것이 없었다, 주제 씨는 맥없이 고개를 떨궜다.

여인은 그를 한참 동안 바라보곤 물었다, 조사를 시작하신 지 얼마나 되셨나요, 정식으로 시작한 건 오늘부터지만 빈손으로 돌아온 걸 아시면 소장님이 굉장히 화내실 겁니다, 좀 다혈질이시거든요, 제가 보기엔 직원들에게 그다지 공평하지 않으신 것 같군요, 토요일인데도 일을 시키시는 걸 보니, 오늘 꼭 해야 되는 일은 아니었습니다, 어차피 맡겨진 일이라 제가 서둘러 알아보려 했던 것뿐이니까요, 알아내신 게 없으시니 어쩌죠, 생각 좀 해봐야겠습니다, 소장에게 한 번 상의드려 보시지 그러세요, 이럴 때 필요한 것이 상사 아닌가요, 모르시는 말씀입니다, 그는 어떤 질문도 받아들이지 않아요, 명령을 내리면 그뿐입니다, 그러면 어떻게 하시려고요, 말씀드렸다시피 생각을 해 봐야죠, 그럼 생각해 보세요, 부인께선 정말 그들이 여기서 이사 간 후 어디로 갔는지 모르세요, 편지에 주소도 없었습니까, 있었겠죠, 하지만 그 편지는 이미 어디 있는지 알 수 없어요, 답장을 한 번도 하신 적이 없었나요, 아뇨, 왜요, 죽이느냐 죽게 놔두냐 하는 것 중에 죽이는 게 낫다는 말씀입니다, 어쩔 방법이 없군요, 아니 잠깐만, 왜요, 뭐 쓸 것 좀 줘보세요, 떨리는 손으로 주제 씨는 펜을 건네주었다, 이 신상기록부 뒷면에 쓰셔도 됩니다, 복사한 것이니까요, 여인은 안경을 쓰곤 빠르게 뭔가를 썼다, 이건 그들의 주소는 아니에요, 그 아이가 다니던 학교예요, 아직까지 학교가 거기에 있다면 뭔가 알아볼 수도 있을 거예요. 주제 씨는 그녀의 호의와 오랜 시간을 할애해 준 데 대해 깊은 감사를 느꼈다. 부드럽지만 서둘러 고맙다는 인사를 건넸다. 왜 이제서야 이걸 말씀해 주셨습니까, 사소한 어떤 정보라도 제겐 생사를 좌우할 그런 것이 될 수도 있습니다. 그렇게 과장하진 마세요. 어쨌든, 개인적으로 그리고 중앙등기소를 대표해서 정말 감사드립니다. 하지만 왜 이걸 말씀하시는데 오랜 시간이 걸렸는지 말씀해 주실 수 있겠습니까. 이유는 간단해요, 말할 사람이 아무도 없었으니까요. 주제 씨는 그녀를 바라보았고 그녀도 주제 씨를 바라보았다. 서로의 시선을 설명하기 위해 어떤 말도 꺼낼 필요가 없었다. 하지만 그 순간의 침묵을 깨기 위해 뭔가 한 마디 말을 해야만 했다. 저도 없어요. 그러자 여인은 의자에서 일어나 주제 씨의 뒤에 있던 가구장의 서랍을 열고는 앨범 같아 보이는 한 권의 책을 꺼냈다. 사진이다. 주제 씨는 흥분된 마음으로 짐작했다. 여인은 그 책을 펼쳐 몇 장을 넘긴 다음 곧 원하던 것을 발견했다. 사진은 붙여놓은 것이 아니라 아주 오래된 앨범에서나 볼 수 있듯이 종이로 만든 작은 틀에 네 모서리가 끼워진 것이었다. 여기, 이거 가져 가세요. 여인은 말했다. 제가 가진 유일한 그 아이의 사진이에요. 아이 부모의 사진도 있냐고는 물어보지 마세요. 물어보지 않을 것이었다. 주제씨는 떨리는 손을 뻗어 사진을 받아 들었다. 여덟, 아홉 살쯤 되어 보이는 여자아이의 흑백사진이었다. 얼굴은 창백한 듯 보였고, 눈은 짙은 눈썹 아래에 진지한 빛을 띠고 있었고, 웃으려 했지만 그러지 못한 듯한 입 모양이었다. 주제 씨는 눈물이 핑 도는 느낌이었다. 등기소 직원 같지가 않으세요, 그녀가 말했다. 제 유일한 직업입니다. 커피 한 잔 하시겠어요. 고맙습니다.

  커피를 마시는 동안엔 그다지 많은 얘길 나누지 않았다, 세월이 빠르다느니 하는 그런 종류의 얘기 외엔. 순식간이에요, 마음은 그렇지 않은데 말예요, 얼마 전에 아침인 것 같았는데 밤이 벌써 이만치 와 있어요, 그걸 느낄 때면 이미 너무 늦었다는 걸 깨닫죠. 실제 밖은 어둠이 다가오고 있었다. 아마도 그들은, 그들의 삶에 대해서, 혹은 일반적인 삶에 대해 얘기하고 있었겠지만 대화를 할 때, 집중하지 않으면, 항상 가장 중요한 부분은 듣지 못하고 지나쳐버리기 마련이다. 커피가 끝나자 이야기도 끝이 났다. 주제 씨는 일어나며 말했다, 그만 가봐야 되겠습니다, 사진과, 학교의 주소 고맙습니다. 여인은, 이쪽으로 지나시는 일이 있으시면, 하고 말하며 문까지 그를 따라 나왔다. 대단히 감사합니다, 마치 중세의 기사처럼 그녀의 손등에 입을 맞추었다. 여인은 심술궂은 듯한 묘한 웃음을 지으며 말했다, 어쩌면 전화번호부에서 찾아보는 것도 그리 나쁜 생각은 아니겠네요.

충격이 어찌나 컸던지, 주제 씨는 후들거리는 다리를 이끌고 거리로 나와서도 가랑비가 내린다는 사실을 깨닫는 데 한동안의 시간이 필요했다. 가늘고 투명한 빗줄기는 위, 옆뿐만 아니라 거의 모든 방향에서 떨어지고 있었다. 어쩌면 전화번호부에서 찾아보는 것도 그리 나쁜 생각은 아니겠네요, 여인은 헤어지며 심술궂게 말했었다. 누군가를 해치고자 하는 어떤 악의도 없는 그 말의 한 마디 한 마디가 순식간에 그를 치욕적이고, 참을 수 없는 우매함으로 가득 찬 인간으로 만들어버렸다. 언젠가부터 그토록 감성적으로 변해버렸던 대화 중에서도 그녀는 냉철하게 상황을 판단하였고, 어딘가 멀리 숨겨져 있을 것 같은 무엇인가를 찾으라고 보내진 그 중앙 호적 등기소 직원을, 손을 뻗으면 닿을 수 있는, 눈앞의 것도 제대로 보지 못하는 멍청이로 결론 짓고 있었던 것이다. 그는 모자도 우산도 쓰지 않은 채, 그의 머릿속에서 떠도는 불쾌한 생각들처럼 어지럽고 혼란스러운 빗방울을 얼굴에 직접 맞고 있었다. 그러나 그 모든 것들이 아직 확실하진 않지만 어떤 한곳을 중심으로 조금씩 조금씩 선명해지고 있다는 것을 느낄 수 있었다. 그토록 간단한 것을 왜 생각하지 못했을까, 많은 사람들이 전화번호나 주소를 알기 위해서 전화번호부를 찾는다는 사실을. 그 알지도 못하는 여자의 소재지를 알아내기 위한 첫번째 그의 행동은 당연히 전화번호부를 뒤지는 일이었다. 일 분도 안 되어서 그녀가 어디 있는지 알 수 있을 것이다. 그 다음엔 있지도 않은 등기상의 문제를 명확히 해야 한다면서 등기소 밖에서의 만남을 정하면 될 것이다. 예를 들어 벌금을 내지 않게 하기 위해서라는 핑계로, 그리곤 곧바로 위협적인 태도로 단숨에 말하든가 아니면, 며칠이 지나고, 어느 정도 신뢰할 수 있게 되었을 때 그녀에게 부탁할 수도 있을 것이다. 당신이 어떻게 살아왔는지 얘기해 줄 수 있겠소, 그러나 그런 식으로 진행되진 않았다. 비록 그가 심리학적인 면이나 무의식의 세계에 대해 문외한이라 할지라도, 차분하게 이해하려 노력했다. 꼼꼼히 장비를, 엽총, 탄대, 비상 식량, 수통, 사냥물을 담을 그물과 등산화를 챙기고 있는 한 사냥꾼을 상상해 보자. 수렵모험담의 주인공이나 된 듯이, 개들을 이끌고, 희망에 가득 찬 긴 여행을 준비하는 그를, 그런데 집 앞의 모퉁이를 돌자마자 한 무리의 자고새들이 날 잡아가시오 하며 그의 앞에 나타나 퍼덕거리며 날아보지만 총의 사정거리를 벗어나지 못하고 땅바닥으로 떨어지고, 개들은 그렇게 많은 사냥감들이 한꺼번에 하늘에서 떨어지는 것을 한 번도 본 적이 없었기에 놀라워하면서도 기쁨에 이리저리 뛰어다닌다. 새들이 저절로 날아들어 총구에 머리를 대고 스스로 목숨을 바치는 그런 사냥이 사냥꾼에게 무슨 재미가 있겠는가, 주제 씨는 이렇게 자문하곤, 누가 봐도 당연한 대답을 스스로에게 했다, 전혀 없지, 그리고 덧붙였다, 똑같은 일이 내게 일어났어, 나에게도 다른 사람들의 생각에 구애받지 않고 스스로 생각할 수 있는 그런 능력이 있을 거야, 서로를 잘 알게 되고, 친하게 되면서 깨닫게 되는, 우리를 항상 원하는 그곳으로 인도하리라는 어떤 것이, 그러나 결국엔 다른 길로, 다른 방향으로, 우리가 예상치도 못한 자고새떼가 기다리고 있는 집 앞의 그 모퉁이로 난 길이 아닌, 전혀 엉뚱한 곳으로 이끌려갈 수도 있는 거야, 우리가 이런 것을 안다면, 진정 찾기를 원하고 바란다면, 그것에 도달하기 위해 부지런히 걸어가야 해. 어쨌든, 특별하든 일상적이든간에, 목적을 이루고 난 다음엔 그것이 어떤 방법이었던가는 그다지 중요하지 않아, 너무나 복잡한 생각으로 인해 주제 씨는 안개처럼 흩어지는 가랑비와 마침 그 순간에 우연히 켜진 가로등 불빛에 둘러싸인 채 우두커니 길가에 서 있었다. 그리곤, 가슴 깊은 곳의 회개하고 감사하는 마음으로부터, 일층의 그 나이 많고 친절한 여인에게 가졌던, 다분히 의도적이었고 악의에 찼던 자신의 생각에 대해 후회했다. 어쨌든 그녀는 학교의 주소와 사진뿐 아니라 전혀 해결책이 없을 것 같은 일에 가장 완벽하고 훌륭한 해답을 주지 않았는가. 언제 다시 한 번 들르라는 그녀의 공허한 초대는, 이쪽으로 지나시는 일이 있으시면, 그 문장의 나머지 부분을 생략했다 할지라도 충분히 명확한 것이었다. 언젠가는 일의 진척 상황과 왜 전화번호부를 찾아보지 않고 직접 방문했었는가 하는 진정한 이유를 설명하기 위해 꼭 다시 그녀의 집을 찾아가 보리라 다짐했다. 물론 그것은 그녀에게 증명서가 가짜라는 것과 조사가 중앙등기소의 명령에 의한 것이 아니라 자신의 개인적인 일 때문이었다는 사실을 밝히는 것을 의미하게 되는 것이었다. 그리고, 물론, 그 외의 것에 대해서도 말할 것이었다. 그 외의 것이란, 유명 인물들의 신상에 관한 그의 수집과, 고소 공포증과, 더러워진 종이들과, 거미줄과, 산 자들의 단조로운 서류와 죽은 자들의 혼란스러운 책장과, 곰팡이 냄새와, 먼지와, 낙심과 그리고 마지막으로 어떻게 해서 그 신상기록부가 다른 것들에 딸려 들어오게 되었는지를, 무엇 때문에 그 이름, 내가 이곳에 들고 온 그 여자의 이름을 잊지 못하는가, 쉬지 않고 내리는 가는 빗줄기로 인해서 주머니

속의 사진을 꺼내보지도 않았음을 기억했다. 누군가에게 등기소의 실상을 말할 기회가 있다면 그건 일 층의 그 여인이리라. 그건 시간이 해결해 주겠지, 주제 씨는 이렇게 결론 지었다. 바로 그 순간 그를 집 근처로 데려다 줄 버스가 비에 젖은 많은 사람들을 태우고 도착했다. 이곳 저곳에 흩어져 앉은 다양한 나이와 모습의 남자와 여자들, 더러는 젊고 더러는 나이든, 등기소는 그들 모두를 알고 있었다. 그들의 이름이 무엇인지, 어디에서 누구의 자식으로 태어났는지 그리고 그들 하나하나의 날들을 가감하고 있었다. 예를 들어, 눈을 감고 차창에 머리를 기대고 있는, 대략 서른다섯, 여섯쯤 되어 보이는 저 여인은 주제 씨가 그의 상상의 나래를 펼쳐 보이기에 충분했다. 만약 저 여자가 내가 찾고 있는 그 여자라면, 아냐 그럴 리가, 그렇다고 물어볼 수도 없었다. 살아가면서 모르는 사람을 만날 때가 더 많기에 만나는 사람 모두에게 일일이 물어볼 수는 없는 일이다. 성함이 어떻게 되십니까, 그리고 신상기록부를 주머니에서 꺼내 들고, 이 사람이 바로 내가 찾고 있는 사람입니다 라고. 두 정류장을 지나 그 여자는 내렸고, 버스가 지나가길 바라며 인도에 멈춰 서 있었다. 길 반대편 쪽으로 건너가기 위한 것이었다. 여자는 우산을 쓰지 않았기에 주제 씨는 차창에 달라붙은 빗방울에도 불구하고 그녀의 얼굴을 정면에서 볼 수 있었다. 버스의 출발이 지체되는 것으로 인한 조바심으로 잠시 여자는 고개를 들었고 그 순간 두 사람의 시선이 마주쳤다. 버스가 출발할 때까지 그들은 그렇게 있었고 멀어지면서도 서로의 시선을 떼지 않았다. 주제 씨는 고개를 빼며 점점 멀어지는 그녀를 향했고, 저 멀리서 여자는 멀어지는 시선을 쫓으며 의아한 듯 자신에게 물었다, 저 사람이 누구지, 그는 혼자 대답했다, 그녀다.

 주제 씨가 내려야 할 정류장에서 등기소까지는 호적 서류를 처리하러 오는 사람들의 편리를 생각한 버스회사의 갸륵한 봉사정신으로 인하여 그다지 멀리 떨어져 있지 않았다. 그럼에도 불구하고 주제 씨는 머리에서 발끝까지 흠뻑 젖은 채로 집으로 들어섰다. 그는 재빨리 외투와 신발을 벗었고, 비에 젖은 머리를 수건으로 말렸다, 그리고 이 모든 일을 하는 동안에도 머릿속에서는 끊임없이 질문과 대답이 이어졌다, 그녀야, 아냐, 그럴 수도 있어, 그럴 수도 있겠지만 아닐 거야, 만약 그녀였다면, 신상기록부의 그녀를 만나게 되면 알게 되겠지, 만약 그녀라면, 버스에서 봐서 우리는 이미 안면이 있다고 그녀에게 말해야지, 기억하지 못할 거야, 머지 않아 그녀를 만난다면 기억할 거야, 하지만 넌 빨리 그녀를 만나고 싶어하진 않잖아, 오랜 시간이 지난 후에도 마찬가질지 모르지만, 만약 진정으로 만나길 원한다면 벌써 전화번호부를 찾으러 갔었어야지, 일은 거기서부터 시작이니까, 깜빡 잊었어, 전화번호부는 저 안에 있어, 지금은 등기소로 들어가고 싶은 마음이 없어, 어둠이 무서운 게로군, 무섭긴, 난 저 어둠 속을 내 손바닥처럼 훤히 알고 있어, 넌 네 손바닥도 볼 줄 모르잖아, 네가 그렇게 생각한다면 날 무지한 채로 내버려둬, 새들도 노래하지만 왜 그런지 이유는 모르잖아, 참 시적이군, 난 슬퍼, 네가 살아가는 삶을 보면 당연한 거야, 버스에서 본 그녀가 신상기록부의 그녀와 같은 사람이라고 생각해봐, 다시는 그녀를 만날 수 없고, 그게 유일한 기회였고, 운명이 그곳에 있었는데 네가 그것을 놓쳐버렸다고 생각해보란 말이야, 일을 해결할 딱 한 가지 방법이 있어, 그게 뭔데, 일 층의 그 늙은이가 알려준 대로 하는 거야, 제발 말 좀 조심해, 사실이 늙은이잖아, 노부인이라고 해, 위선은 집어치워, 나이야 우리 모두 먹는 거야, 얼마나 먹었느냐가 문제지, 조금 먹었으면 젊은이고 많이 먹었으면 늙은이지 뭐야, 딴 말이 뭐가 필요해, 그만두자, 그래 그만둬, 번호부를 찾아봐야겠어, 그게 삼십 분 전부터 계속 한 얘기 아냐. 잠옷과 슬리퍼 차림에, 담요를 뒤집어쓴 채, 주제 씨는 등기소로 들어갔다. 그 해괴한 차림새는, 마치 저무는 해처럼, 소장의 책상 위로 높게 펼쳐진 영원한 황금빛의 낡은 서류들에 대한 경외심을 잃어버리는 듯하였기에 그다지 내키지는 않았다. 번호부는 저기, 책상의 한 귀퉁이 위에 있었다. 허락없이 그것을 보는 것은, 그것이 비록 공식적인 요청이었다 할지라도 허용되지 않는 일이었다. 그리고 이제 주제 씨는 예전에 그랬던 것처럼 책상으로 다가가 앉을 수도 있을 것이다. 사실 그곳에 딱 한 번 앉았던 적이 있었다. 결코 느끼지 못했던 승리와 영광을 느꼈던 순간이었다. 그러나 지금은 감히 그럴 수가 없었다. 해괴한 차림새 때문일 수도 있었고, 누군가 다가와서 그를 놀라게 할지도 모른다는, 만약 그렇다면 그는 절대 살아 있는 사람은 아닐 거라는 쓸데없는 두려움 때문일지도 몰랐다. 왜냐하면, 이 시간에 이곳을 돌아다닐 사람은 아무도 없으니까. 차라리 전화번호부를 집으로 가져가서 보는 것이 훨씬 더 편할 것 같다고 생각했다. 집에서라면, 거미가 집을 짓고 먹이를 게걸스럽게 먹어대고 있는, 천장의 그림자로부터 까마득히 아래로 떨어질 것만 같은 높다란 서류장이 주는 위압감도 없을 것이라 생각했다. 그는 마치 끈적끈적하고 먼지투성이의 거미줄이 그의 위로 떨어지기라도 한 듯이 몸을 떨었다. 그리고 하마터면 책상 가장자리에 놓여 있는 전화번호부의 정확한 위치, 좌, 우로 얼마만큼이나 모서리에서 떨어져 있는지, 각도는 얼마나 기울어져 놓여 있는지를 정확히 재어볼 생각도 하기 전에 책에 손을 대는 경솔함을 저지를 뻔했다. 위치를 정확히 따져서 놓아두는 사람이라면 각도에도 예민할 거야. 소장의 이런 꼼꼼한 성격을 몰랐더라면 틀림없이 책을 비슷한 위치에 놓아두었을 것이었다. 잠시 후, 소장이 누가, 어떻게, 언제, 왜 전화번호부를 사용했는지 부소장에게 조사를 명령하지 않아도 될 만큼, 단

일 밀리미터도 틀리지 않고 제자리에 돌려놓을 수 있게 정확히 위치를 계산해 놓은 다음 집으로 돌아왔다. 그는 마지막 순간까지도, 차라리 그 번호부를 가져가지 못하게 할, 어떤 중얼거리는 소리나, 수상한 채찍질 소리 혹은 죽은 자들의 서류 가운데서 갑자기 번쩍이는 섬광 같은, 무언가가 일어나길 바랐다. 그러나 주위는 너무나도 조용해서 딱정벌레의 울음소리도, 나무를 갉아먹는 벌레들의 소리조차도 들리지 않았다.

이제 주제 씨는 담요를 두른 채, 전화번호부를 앞에 두고 그의 책상에 앉아 있다. 첫장을 펼치곤, 마치 그것이 그의 목적이었던 것처럼, 사용법과, 지역번호, 사용료 등을 읽어보느라 시간을 보냈다. 그렇게 몇 분이 흐른 뒤, 갑자기 어떤 충격으로 재빨리 페이지를 훨씬 뒤쪽으로 넘겼고, 앞으로, 뒤로 넘기며 그 모르는 여자의 이름이 나와 있을 자리를 찾았다. 없는 건지 아니면 그의 눈이 그것을 보기를 거부하는 건지. 없다, 그녀의 이름이, 이 이름 뒤에 있어야 하는데, 그런데 없다, 요 이름 앞에 나와 있어야 하는데, 그런데 나와 있지 않다. 내 이럴 줄 알았어, 주제 씨는 생각했다, 언젠가 말했듯이 세상 사는 게 다 이런 거야. 사냥꾼을 기억하며 그는 오히려 정신이 맑아졌고, 이런 게 차라리 기쁨일 수 있지, 어떤 수사관이라도 책상을 치며 불만을 표현하겠지만 주제 씨는 그렇지 않았다. 주제 씨는 존재하지 않는다는 것을 알면서도 무언가를 찾으라고 명령받은 사람처럼 아이러니한 미소를 띠곤 중얼거리며 이름찾기를 계속했다. 그럴 줄 알았어, 그녀는 전화가 없거나 아니면, 이름을 올리고 싶지 않았던 거야. 그는 거듭 만족한 듯, 조금도 망설이지 않고 그 모르는 여자의 아버지의 이름을 찾아보았다. 그것은 있었다. 털끝만큼도 놀라지 않았다. 오히려 그는 지금까지의 모든 생각들을 접어두고, 진정한 조사관만이 경험할 수 있는 어떤 충동에 이끌려, 그 모르는 여자와 이혼한 남자의 이름을 찾아보았다. 역시 그곳에 있었다. 만일 여기 시내 지도 하나만 있었더라면 그녀의 삶의 행적에 대한 조사의 첫번째 다섯 개의 지점을 표시할 수 있었을 텐데, 두 개는 그 사진 속의 아이가 태어난 거리에, 하나는 학교에, 그리고 방금 전화번호부에서 찾은 이것들은, 모든 생명들이 그런 것처럼, 어떤 그림의 밑그림이 되는 것이지, 끊어진 길과, 사거리와, 교차로로 이루어진, 그러나 결코 분기점이 될 수 없는, 왜냐하면, 영혼은 육체의 다리 없인 어디에도 갈 수 없고, 육체란 영혼의 날개가 없다면 꼼짝할 수도 없으니까. 그는 주소를 적은 후에 사야 할 것들을 기록했다. 큰 시내 지도 하나, 그것을 붙일 수 있을 만한 크기의 두꺼운 마분지, 색깔있는 압정 한 통, 멀리서도 눈에 잘 띄게 빨간색으로. 인생이란 그림 같은 것이어서 비록 언젠가 그것을 만져보고, 냄새를 맡고, 맛보기 위해 다가갈지라도 항상 서너 발자국 정도는 떨어져서 그것을 볼 필요가 있는 것이다. 주제 씨는 침착했다, 그 모르는 여자의 부모와 이혼한 남편이 어디에 살고 있는지 알았다는 사실에 그는 동요하지 않았다. 그곳은, 공교롭게도, 등기소와 상당히 가까운 곳에 위치하고 있었다. 물론 조만간 그들의 집을 방문할 것이다. 다만 때가 되었다고 느낄 때, 바로 지금이야 라고 생각될 때만. 그는 전화번호부를 덮고 소장의 책상 위, 책이 있었던 바로 그 자리에 돌려놓은 다음 집으로 돌아왔다. 시계는 저녁식사 시간을 가리키고 있었지만, 그 날의 흥분 때문인지 전혀 시장기를 느끼지 못했다. 다시 앉아, 담요를 덮어쓰고, 다리를 덮기 위해 끝자락을 잡아당기며, 문방구에서 산 노트를 펼쳤다. 이제 조사의 진행상황, 만났던 사람, 대화의 내용, 반성과 계획, 그리고 복잡한 조사에 대한 전략 등을 기록해야 할 시간이었다. 누군가를 찾기 위한 누군가의 발걸음은, 사실 그것이 초기 단계라 할지라도 이야기할 것이 무지하게 많다고 생각되었다. 이게 만약 한 편의 소설이라면, 노트를 펼치며 중얼거렸다, 일 층 할머니 얘기만 해도 한 파트는 될 거야. 적기 시작하려고 펜을 든 순간, 그의 눈길이 써놓은 주소에 멈췄다. 이전에 생각하지 못한, 그 모르는 여자에 대한 그럴 듯한 생각이 떠올랐다, 이혼을 한 후에, 부모와 함께 살고 있다면, 혹은, 전 남편이 집을 그녀에게 남겨주고 그의 이름으로 된 전화번호를 그대로 쓰고 있을지도 모른다는 추측을 해본 것이다. 만일 그렇다면,

그리고 등기소 근처에서 마주쳤던 그 길을 생각한다면, 버스에서 봤던 여자가 찾고 있던 그 여자가 아니라고 누가 말할 수 있겠는가. 갈등이 다시 시작되는 것 같았다, 그 여자였어, 아니야, 맞아, 아니라니까, 그러나 이번엔 주제 씨는 귀를 기울이지 않았다, 그리곤 몸을 앞으로 기울여 이렇게 첫번째 문장을 써 내려가기 시작했다, 건물로 들어갔고, 삼 층까지 계단으로 걸어서 올라갔다, 그리고 그 미지의 여인이 태어났던 집 문에 귀를 귀울였다, 그러자 갓난아이의 울음소리가 들렸고, 아들일 것이라고 생각하는 동시에, 그 아이를 달래는 소리가 들렸다, 그 여잘까, 그 후 나는 그녀가 아니란 사실을 알았다.

일반적으로 외부 사람들이 생각하는 것과는 달리, 관청에서의 생활이란 것이, 중앙등기소의 경우엔 더 심하지만, 그리 호락호락한 것만은 결코 아니다. 이곳은, 모든 사람들의 호적이 보관되어 있기에 태고적부터라고 말할 수는 없지만, 끊임없이 계속되는 거대한 호적 보관소의 업무로 인해, 크고 작은 수많은 대민 업무가 몰려들기 때문에, 일하는 직원들은 그들의 육체적 정신적인 한계에 다다를 때까지 일을 처리하기 위해 잠시도 쉴틈없이 펜을 굴려야 했다. 이러한 상황에서도 주제 씨는 해결해야 할 문제가 있었다. 삼십 분 일찍 업무에서 빠져나갔던 것도 얼마나 눈치가 보였었는지를 잘 알고 있었기에, 그 덕분에 삼 층의 젊은 여자의 남편과 맞부딪히는 극한 상황은 피할 수 있었지만, 일찍 직장에서 나가, 모아놓은 자료들을 확인하기 위해서 돌아다닌다는 사실이 얼마나 힘든 일이라는 걸 상상할 수 있었다. 그 일을 하기 위해선, 한 시간 아니라 두 시간, 아니 세 시간, 아니, 어쩌면 훨씬 더 많은 시간이 필요할지도 몰랐다. 학교를 찾아가고 그의 수집에 필수 불가결한 조사를 할 충분한 시간을 갖자면. 이런 끊임없고 떨쳐버리기 힘든 초조함으로 인해 업무의 부주의함이나, 잠을 제대로 자지 못해 낮 시간에 몽롱해지는 등 여러 가지 면에서 실수를 연발하기 시작했다. 쉽게 말해서, 지금까지 주제 씨는 그의 여러 상관들로부터 능력 있고, 착실하며, 성실한 직원으로 인정받아 왔었지만, 이제는 엄중한 경고와, 문책의 대상이 되기 시작했다. 만약 조심스럽게라도 조퇴 신청을 한다면 단호하게 거절당할 수도 있다는 생각에 말도 꺼내지 못했다. 더 이상 어쩔 수 없는 극한 상황에 이르자, 정식직원들과 부소장은 심각하게 주제 씨의 상태를 분석해 보았지만 어떤 결론도 내릴 수 없었고, 도대체 무슨 일이 있는지 이해할 수 없는 상황이 거듭되자 이제는 소장에게 보고하는 것밖에는 다른 방법이 없었다. 근무에 태만한 직원에겐 그를 사면시켜 주는, 어떠한 인정에 이끌리는 온정도 있을 수 없었고, 만약 그렇게 된다면 그것은 중앙등기소의 오랜 전통을 심각하게 훼손시키는 결과가 될 것이었다. 단지, 심각한 병에 걸렸다면 예외일 수 있겠지만. 근무 태만을 이유로 불려온 주제 씨에게 소장은 바로 그 점을 물어보았다. 어디 아파요, 아닙니다 소장님, 아니라면 요 며칠간 일을 제대로 하지 못했던 건 어떻게 설명하겠단 말이요, 모르겠습니다, 아마도 밤에 잠을 제대로 자지 못했기 때문인 것 같습니다, 그게 어디 아프니까 그런 것 아니오, 단지 잠을 잘 못 잔 것뿐입니다, 잠을 잘 못 잔다는 건 바로 몸이 정상이 아니란 거예요, 건강한 사람은 항상 잠을 잘 자니까, 게다가, 의식 있는 사람이라면 그런 잘못은 스스로 용서하지 않지, 그만큼 책임의식이란 중요한 거요, 예, 소장님, 만약 업무의 실수들이 불면증 때문이고, 그 불면증이 의식의 결핍에서 온 것이라면, 뭘 잘못했는지 알아내야겠지, 어떤 잘못도 저지르지 않았습니다, 소장님, 무슨 소리야, 어떤 잘못도 저지르지 않은 유일한 사람은 나뿐이야, 그리고 지금 뭐하는 건가, 왜 전화번호부를 쳐다보고 있냔 말이야, 잠시 딴 생각을 했습니다, 정상이 아니군, 내가 얘기할 땐 항상 내 말에 주목해야 하는 걸 모른단 말이야, 그건 규칙이고, 다른 곳을 볼 수 있는 유일한 사람은 나밖엔 아무도 없어, 예, 소장님, 무슨 잘못을 했나, 모르겠습니다, 뭘 잘못했는지도 모르는 게 더 나쁜 거야, 전 제가 할 일을 열심히 해왔습니다, 여태까지 당신에 대한 평가는 아주 만족스러운 것이었는데, 이것은, 요 며칠 동안의 업무태도에 관한 보고는 예전의 잘못이 아닌, 최근의, 현재의 잘못에 관해 말해 주고 있단 말이야. 저의 책임의식에 문제가 있다고는 생각하지 않습니다, 하지만 나는 이제 무슨 조처를 취해야만 하네, 예, 소장님, 그리고 이미 결정했네, 예, 소장님, 하루 동안의 정직일세, 아니, 정직이라면 월급의 감봉을 말씀하시는 겁니까 혹은, 업무도 포함한다는 겁니까, 주제 씨는 불현듯 어떤 희망의 빛이 켜지는 걸 느끼며 물었다, 월급, 월급만을 말하는 걸세, 업무는 그것 때문에 더 이상 지체되어선 안 되니까, 게다가 얼마 전에 삼십 분 이른 조퇴를 허락해 주지 않았나, 당신의 잘못된 행동에 상이라도 내리란 말인가, 아닙니다, 소장님, 스스로를 위해서라도 예전의 성실한 직원으로 돌아가길 바라네, 그게 등기소가 바라는 것이니까, 예, 소장님, 이상이야, 그만 가서 일 보게.

거의 울 것 같은 상심한 마음으로 주제 씨는 자리로 돌아왔다. 소장과의 불편한 몇 분간의 면담 동안에도, 동료들인 다른 보조서기원들도, 마치 그들도 나름대로 어떤 벌을 내리려고 작정했던 것처럼, 그의 책상 위엔 많은 일이 밀려 있었다. 게다가, 우연인지, 혹은 나름대로 생각해서 그랬는지, 사람들이 등기소로 들어와선, 긴 접수대에 앉아 있는 눈에 보이는 직원보다 자리에 없는 직원이 더 친절하고 환대해 주리라 생각한 것인지, 몇 사람이 순서를 기다리며 그의 자리 앞에 줄을 서 있었다. 하지만 직원중 몇은 고의적으로 이곳으로 가서 기다리라고 했는지도 모를 일이었다. 그러나 민원인이 제시한 일을 다른 직원에게 넘길 수 없는 등기소의 규칙이 있었으므로 주제 씨는 엄청나게 많은 업무가 뒤따르리란 걸 알면서도 접수대로 갔다. 그는 어떻게 해야 할지를 몰랐다. 이제 소장의 엄중한 경고와 그에 이은 징계로 인해, 있지도 않은 친척의 돌잔치나 장례식에 참석한다는 핑계를 댄다 할지라도 한 시간, 삼십 분, 아니 단 일 분의 조퇴나 지각도 허락받지 못할 것이라 생각되었기 때문이었다. 등기소에서 이런 기억들은 아주 지독한 것이어서 잘 잊혀지지 않을 뿐 아니라 완전히 잊혀진다는 것은 불가능한 일이었다. 십 년이 지나도, 주제 씨의 그다지 심하지 않은 실수는 아주 상세한 내용까지도 누군가에 의해 기억될 것이다. 그래서 아마도 소장이 말했던 가장 큰 잘못은, 바로 뭔지도 잘 모르는 그런 잘못인지도 몰랐다. 주제 씨에게 그날 하루는, 엄청난 일거리와 고통스런 생각들로 가득 찬, 너무나 힘든 시간들이었다. 마음속 한편은 서류를 작성하고 도장을 찍는 등의 민원을 처리하기에 바쁜 시간을 보냈지만 또 다른 한편으론, 지극히 정상적이고 영리한, 한 인간의 상상을 실행해 보지도 못한 채 연기할 수밖에 없는 상황이 되어 버린 따분하고 재수 없음을 한탄하였다. 소장의 말이 옳아, 주제 씨는 생각했다, 등기소의 일이 무엇보다도 우선되어야 해, 내가 올바르고, 정상적으로 살아왔다면, 이 나이에, 이런 자리에서, 배우, 발레리나, 추기경이나 축구선수들에 대해 수집이나 하고 있진 않앉을 거야, 그것은 참으로 바보 같고, 쓸데없고, 말도 안되는, 죽을 땐 모두 그만둬야 할 유산인 것이다, 다행히 물려줄 자식도 없지만, 그러나 이 모든 것들 중 가장 괴로운 것은, 아마도, 누구도 곁에 없다는 것이었다, 결혼을 했었더라면. 이런 상상을 하던 중, 갑자기 생각은 또다시 다른 곳으로 옮겨 갔다, 더욱 혼란스럽게, 이제 벌써 서른여섯의 이혼녀가 된 그 사진 속의 아이를 만나게 된다면, 그런데 왜 내가 그녀를 만나려 하는 거지, 무엇 때문에, 그녀를 만난다면 어떻게 하지, 생각은 그곳에서 다시 멈췄고 몇 걸음 뒤로 물러서서 자신에게 다시 물었다, 이런 상황에서 어떻게 그녀를 만날 수 있다고 믿는 거야, 그는 질문에 대답하지 못했다, 내일이면 필요한 사망증명서가 되어 있을 거라고, 기다리던 줄의 마지막 사람에게 얘기를 하던 때였다.

일을 마치고 집으로 돌아왔을 때, 그의 지친 몸과 낙심한 마음을 또다시 괴롭힌 것은 그 혹독했던 심문이었다. 너무나 피곤한 몸을, 마치 구겨진 헝겊조각처럼 침대에 내던졌지만, 소장의 얼굴과, 공정치 못한 징계는 잊혀지지 않고, 그의 곁에 함께 누워 쉴새없이 속닥거렸다, 넌 그녀를 찾을 수 없어, 그렇게 내버려두지 않을 거야, 이번엔 네가 민원인들에게 소홀했다는 것을 부인할 수 없을 거야, 게다가 소장이 잘못 알고 있다고 네 잘못을 떠넘기려고도 했잖아, 그는 새로운 방법을 강구해 봐야겠다고 생각했다, 그렇지 않으면 모든 것을 단념해야 할 것이다. 그러나 질문은 계속되었다. 그렇게 쉽게 단념한다면, 증명서를 위조했던 것이며, 일 층의 그 친절하고 불쌍한 노부인에게 너의 괴로웠던 과거를 얘기하려 했던 것이 모두 수포로 돌아가게 되는 거야. 그건 너에게 문을 열어주고 자신의 사적인 얘기까지 들려줬던 사람들을 무시하는 일이야. 가짜 증명서에 대한 생각이 떠오르자 그는 깜짝 놀라 일어나 앉았다. 그것은 양복 안주머니에 있었고, 며칠 동안 잊은 상태로 지니고 다녔던 것이다. 잘못해서 그걸 떨어뜨렸다거나, 갑자기 신경이 혼미해서 기절을 했었다면, 동료중의 하나가, 별생각 없이, 호흡을 위해 단추를 풀다가 중앙등기소의 직인이 선명한 흰 봉투를 발견하고, 이게 뭐지라고 말하면, 그 다음엔 정식직원이, 그 다음엔 부소장이, 그 다음엔 소장이. 주제 씨는 더 이상 생각하기도 싫었다. 그는 벌떡 일어나 의자에 걸쳐져 있는 양복으로 다가가 증명서를 꺼내들곤 조심스럽게 주위를 살펴본 뒤, 이놈의 것을 어디다 숨겨야 하나 하고 스스로에게 물었다. 자물쇠가 있는 가구는 하나도 없었다. 누군가 이 장면을 엿보고 있는 귀신이 있다면 틀림없이 금방 탄로가 날 것 같았다. 그리곤 책장 속에 가지런히 정리되어 있는 수집한 기사들을 바라보곤, 그곳이 가장 찾기 어려운 곳이리라 생각했다. 추기경의 파일을 찾아 그 속에 봉투를 끼워 넣었다. 자비스러운 추기경의 기사가 다른 어떤 인물들, 경륜선수나 자동차 경주 선수보다 사람들의 관심을 더 끌진 않겠지. 조금은 안심이 되어 그는 침대로 돌아왔다. 그러나 그곳엔 또 다른 질문이 그를 기다리고 있었다. 아무것도 진행된 게 없잖아, 문제는 그 증명서가 아니잖아, 증명서를 숨기건 보여주건 그게 그 모르는 여자를 찾게 해주는 건 아니잖아, 다른 방법을 찾아본다고 말했잖아, 글쎄, 소장이 너의 손과 발을 꽁꽁 묶어놔서 한 발자국도 움직일 수 없게 해놨는데도, 모든 일들이 조용해질 때를 기다리는 거야, 그 다음엔, 몰라, 뭔가 방법이 떠오르겠지, 지금 당장 그 문제를 해결할 수도 있지 않을까, 어떻게, 그 부모에게 전화를 해서, 등기소라고 말하고, 그녀의 주소를 알려달라면 되잖아, 그럴 순 없어, 어쨌든 내일 그 여자의 집으로 가, 그녀를 만나면 뭐라고 말할지는 모르겠지만, 최소한 너의 상심한 마음을 털어버릴 수는 있을 거야, 아마 그녀가 내 앞에 있다면 아무 말도 하고 싶지 않을지도 몰라, 그렇다면, 뭣 때문에 그녀를 찾으려 하고, 왜 그녀의 삶에 대해 조사하고 다니는 거야, 추기경에 관한 기사들도 수집하러 다니지만 그와 얘기하고 싶은 생각이 있어서는 아냐, 황당하군, 그래 황당한 일이야, 그러나 이미 황당한 일을 시작해 버린 걸, 그 여자를 만나게 되면, 네가 그 여자를 찾았었다는 걸 그녀에게 얘기하지도 않을 것이라고 내게 말하는 거야, 그건 확실해, 왜, 설명할 수 없어, 어쨌든간에 넌 그 여자가 다녔던 학교에 가지도 못할 거야, 학교는 등기소처럼 주말에는 문을 닿으니까. 등기소는 내가 원하면 아무 때나 들어갈 수 있어, 네 집이 그곳과 통해 있잖아. 그건 정말 용기 있는 행동이라 할 수 없지, 넌 한 번도 네 스스로 그곳에 가본 적이 없잖아, 난 네가 가는 곳은 어디든지 따라가고, 네가 하는 일이면 무엇이든지 곁에서 지켜보고 있어, 계속해 봐, 그렇지만 넌, 학교엔 들어갈 수 없단 말이야, 두고 보자니깐. 주제 씨는 일어났다. 늘 그랬던 것처럼 간단한 저녁을 먹을 시간이었다. 저녁을 먹으면서도 생각을 했고, 설거지를 하면서도, 식탁 위에 떨어진 부스러기들을 치울 때도 온통 그 생각뿐이었다. 그리곤, 그 모든 생각의 피할 수 없는 결론이라도 내린 듯, 밖으로 나가는 현관문을 열었다. 길 건너편엔 공중전화박스가 있었다. 스무 발자국만 가면 그곳엔 그의 음성을 전달해 줄 전화기가 있었고, 그 전화기는, 어찌되었든 간에, 어떤 대답을 그에게 들려줄 것이다. 만약 조사가 끝난다면, 조용히 집으로 돌아갈 수 있을 것이고, 소장의 신임도 다시 회복할 수 있게 될 것이고, 그리고, 그의 은밀한 취미도 계속될 수 있을 것이며, 그저 모든 일들이 정상적으로 되길 바라는 사람처럼, 세상은 언제나 그랬던 것처럼 제 궤도를 돌며 평안해질 것이다. 그렇다면 그가 수없이 되풀이했던 그 말들이 약간의 의미를 가지게 될 것이다. 주제 씨는 길을 건너지 않았다. 외투를 걸쳤고, 그리고 밖으로 나갔다.

그의 목적지에 도착하기 위해선 버스를 두 번 갈아타야만 했다. 학교는 기다랗고, 꼭대기층엔 몇 개의 창문이 난 집이 있는, 높은 담이 쳐진 삼 층짜리 건물이었다. 건물의 중간엔 아이들의 놀이터로 보이는, 군데군데 나무가 있는 마당이 있었다. 불이 켜진 곳은 어느 한 군데도 없었다. 주제 씨는 주위를 돌아보았다. 시간이 늦은 탓도 있었지만 학교가 워낙 한적한 곳에 위치하고 있었고, 날씨마저 창문을 열어둘 수 없게 하였기에 거리는 너무나 고요했다. 주제 씨는 그 거리의 끝까지 걸어갔다가 다시 학교쪽으로 방향을 바꾸었다. 특별히 누군가와 만날 약속도 없이, 마치 저녁의 신선한 바람을 쐬러 산보를 하는 사람처럼 천천히 발걸음을 옮겼다. 정문 가까이에서 그는, 마치 신발의 끈을 고쳐 매려는 사람처럼 허리를 굽혔다. 진부한 속임수지만 뾰족한 생각이 떠오르지 않을 때 써먹는 최선의 방법이었다. 팔꿈치로 문을 밀어보았다. 문은 열쇠로 잠겨져 있지 않았던지 조금 움직였다. 몸을 일으켜 문이 더 열리는지 확인하기 위해 발로 툭 차보았다. 그리곤 마치 누군가와 만날 약속이 갑자기 떠오른 듯이 재빠르게 안으로 들어갔다.

  주제 씨는 그 주일의 남은 날들을 마치 원래의 그의 꿈을 실행해 보려는 듯 열심히 일했다. 등기소에서 더 이상 그의 실수는 찾아볼 수 없었다. 집중해서 업무를 보았고, 서류를 뒤바꿔 처리하지도 않았고, 다른 보조원들의 비인간적인 대우와 엄청난 양의 일들을 조용히, 빠르게 처리했다. 이 모든 일들을 그는 한 마디의 불평도 없이 견뎌냈다. 소장은 두 번이나 멀리서 그런 그의 모습을 바라보았다. 알다시피 소장은 그의 부하 직원을 지켜보는, 게다가 말단 직원의 업무를 지켜보는 따위의 일과는 거리가 먼 사람이었다. 그러나 주제 씨의 업무에 대한 엄청난 집중은 등기소에서 확연히 드러나 보이는 것이었다. 금요일 오후, 일을 마칠 무렵, 어떤 예고도 없이, 소장은 모든 규칙을 무시하고, 오랜 전통을 깨는, 다른 모든 직원들을 경악하게 만드는 행동을 했다. 그는 퇴근하며 주제 씨 곁을 지나면서 그에게 물었다, 이제 괜찮나, 예, 괜찮습니다, 다시는 그런 일이 없을 겁니다, 하고 주제 씨는 대답했다. 지난번에 했던 얘기가 효과가 있었구만, 하고 소장이 말했다, 그는 갑자기 무슨 생각이 떠올라 말을 덧붙이려 했었지만 입을 다물었고, 나가버렸다. 징계를 철회한다면 그것은 일종의 규율을 파기하는 조치가 될 것임이 분명했다. 보조원들과 정식직원들, 그리고 부소장들은 마치 주제 씨를 처음 보는 사람처럼 바라보았다, 그에게 건넨 몇 마디 안 되는 소장의 말이, 마치 세례를 받기 위해 한 아이를 데리고 들어갔다가 다른 아이를 데리고 나온 것처럼, 그를 전혀 다른 사람으로 만들어놓았던 것이다. 주제 씨는 책상을 정리한 후, 그의 퇴근 순서를 기다렸다, 언제나 그랬듯이 소장이 나간 다음 고참 부소장이 자리를 뜨고, 다음엔 정식직원, 그 다음엔 보조직원들이 퇴근하는 것이 그곳의 정해진 순서였다,

등기소의 문을 잠그는 것은 또 다른 한 명의 부소장 몫이었다. 늘상 그래왔었던 것과는 달리 주제 씨는 등기소를 빙 돌아 곧장 집으로 향하지 않고, 근처의 세 곳의 상점에 들러, 각기 다른 세 가지의 물건을 구입했다. 봉투 하나엔 돼지비계 반 근을 다른 봉투에는 목욕 수건 하나를, 쌀 필요도 없는, 별것 아닌 손바닥만한 작은 물건은 외투 주머니에 넣고 집으로 돌아왔다. 다시 집을 나왔을 땐 이미 자정이 넘어 있었다. 그 시간엔 버스가 자주 다니지 않았기에 주제 씨는 그 모르는 여자의 신상기록부를 발견한 이후 두 번째로 택시를 타야겠다는 결심을 했다. 심한 흥분으로 가슴이 떨려왔지만 머리는 냉철했다. 아니 어쩌면 무엇을 생각할 수 없는 상태인지도 몰랐다. 겁먹은 듯한 표정으로 택시에 올라탔을 때도 여전히 주제 씨는 앞으로 벌어질 일들이 그의 삶에 어떤 영향을 미치게 될까 생각하고 있었다. 만일 생각했던 것처럼 잘 되지 않는다면, 그러자 생각은 벽 뒤편으로 숨어버렸고, 그곳에서 이렇게 말했다. 택시에서 내리지 마. 그는 자신을 잘 알고 있었기에 그 말을 이해할 수 있었다. 그 생각은, 두려움 때문이 아니라 용기가 없는 자신을 보호하기 위한 것임을. 목적지에 가까워지자 그는 남은 거리를 조금 걸어갈 생각으로 택시를 멈추게 했다. 단추를 꼭 채운 외투의 주머니 속으로 두 손을 넣어 옷 속에 감춘 포장된 비계와 수건을 감싸쥔 채 걸었다. 학교가 있는 거리로 향하는 모퉁이를 돌려는 순간 빗방울이 드문드문 떨어지기 시작했고, 정문에 도착했을 때엔 굵은 빗방울로 변해 거리를 적시고 있었다. 옛말에 운명은 용기 있는 자를 돕는다고 했다. 비가 아니, 하늘이 직접 돕고 있는 거야. 누군가 이 시간에 이곳을 걷고 있었다면, 갑작스런 비를 피하고 있는, 외투를 걸친 중년의 남자를 의심할 사람은 없을 테니까. 가로수 밑에 비를 피하듯 몸을 숨긴 주제 씨의 가슴은 등기소의 높은 사다리 꼭대기에 올라간 것처럼 쉴새없이 쿵쾅거렸다. 거리의 눈을 피해, 그렇게 믿고 싶었고, 나무와 나무 사이를 조심스럽게 지나, 아무도 모르게 학교의 입구에 다다를 수 있었다. 안에 경비원이 없으리라 확신하고 있었다. 그 이유는, 우선, 지난번처럼 지금도 불이 켜져 있지 않다는 것이었고, 다음으론, 특별하거나 예외적인 경우를 제외하곤, 학교란 훔칠 만한 것이 별로 없기 때문이었다. 특별하고 예외적인 경우란 바로 그에게 해당되는 것이었다. 그래서 미리 준비해 두었던 비계 반 근과 수건 한 장 그리고 포장할 필요도 없었던 유리 자르는 칼로 무장을 했던 것이었다. 어떻게 할 것인지를 신중히 생각해 봐야 했다. 정면을 통해 들어간다는 것은 아무래도 경솔한 방법일 것이다. 길 건너편의 고층에 살고 있는 누군가가 비가 계속 오는지 확인하기 위해서 밖을 내다보다가, 학교의 창문을 깨고 들어가는 한 남자를 본다면, 나와 상관없는 일이니까 하고 커튼을 내리고 잠자리에 들어, 누군가 있네라고 말해버리고 마는 많은 사람들이 있는가 하면, 이 세상을 구하고 싶어 안달하는 또 다른 유형의 사람들은 즉시 경찰을 부르고 베란다로 나와 소릴 질러댈 것이기 때문이었다. 도둑이야 하고 소리치는 그 말은 주제 씨에겐 적당한 표현은 아닐 것이다. 비록 위조범이라 할지라도 그것은 우리만 알고 있는 사실이니까. 건물을 한 바퀴 둘러보자. 더 쉬운 방법이 있을지 모르니까. 주제 씨는 이렇게 생각했다. 그럴지도 몰랐다. 대개 건물의 뒤쪽엔, 헌 가구들이나, 다시 쓰기 위해 보관해 둔 상자들이나, 페인트 드럼통이나, 벽돌들이 창문을 통해 들어가려고 마음만 먹는다면 얼마든지 사다리의 역할을 대신할 수 있도록 널브러져 있기 십상이었다. 실제로 주제 씨는 그런 것들을 발견할 수 있었다. 그러나 그 모든 것들은 벽에 붙은, 지붕만 씌워진 작은 창고 속에 가지런히 정리되어 있어서, 이곳 저곳 손으로 더듬어보니, 어둠 속에서 필요한 것들을 꺼내 올라갈 만큼의 높이로 쌓아 올리는 일에도 많은 시간과 노력이 소모될 것 같은 생각이 들었다. 만약, 창고의 지붕 위로 올라갈 수만 있다면, 그는 중얼거렸다. 일단은 훌륭한 생각이었다. 지붕 위에서 가장 가까운 창문까지의 거리는 두 뼘밖에 되지 않았다. 주제 씨는 생각했다. 그렇긴 해도 쉽진 않겠는데, 지붕의 경사가 상당히 심하고 이렇게 비가 오고 있으니 미끄러울 거야. 주제 씨는 점점 자신이 없어지는 것을 느꼈다. 한 번도 이런 경험이 없었고, 심지어 이곳에 대해 사전에 탐색도 해놓지 않았기에, 정문이 열쇠로 잠겨져 있지 않으니 다른 날을 택하는 것이 낫지 않을까, 운이 따라주지만 그 운을 남용하진 않는 것이 나을 거라 생각했다. 주머니 속엔 등기소에서 신상카드를 볼 때 사용했던 손전등이 있었다. 그러나 그것을 사용하고 싶진 않았다. 한편으로는 그것이 어둠 속에서 별 표시없이 사물을 비출 수 있는 것이기도 했지만, 다른 한편으론, 그 반대로, 둥그런 불빛이 자신의 존재를 드러내는, 최악의 상황으로 발전할 수도 있었기 때문이었다. 여보쇼, 여기 내가 있소 하고. 창고 밑에서 몸을 감추고, 쉴새없이 천장에 떨어지는 빗소리를 듣고 있었지만 어떻게 해야 할지를 몰랐다. 저쪽에도 나무가 있었다. 건물의 앞쪽보다 더 높고 무성한, 그 나무들 뒤에 숨는다면 건물에서 그를 볼 수 없을 것 같았다. 즉, 그곳에 사는 사람들도 자신을 발견하지 못할 것이다. 이런 생각이 들자 잠시 후 주제 씨는 아직도 약간은 주저하는 마음으로, 손전등을 켜고 빠르게 움직였다. 과연 그랬다. 생각했던 것처럼 그곳엔 마치 잘 짜 맞춰진 기계처럼 고철 덩어리들을 모아둔 곳이 있었다. 손전등을 다시 켜서, 이번엔 위쪽을 비춰보았다. 고철 덩이 위엔, 가끔 필요에 의해 사용되었던지, 사다리 하나가 놓여져 있었다. 예상치 못했던 발견 때문인지 아니면 중앙등기소의 아찔한 높이를 기억했던 때문인지, 눈앞에 나타난 그것을 보고 탄성을 지르진 않았다. 사다리는 창문에 닿을 만큼 높지는 않았지만 창고의 지붕으로 올라갈 만큼은 되어 보였다. 그리고, 그 후의 일은, 하늘에 맡기는 수밖에 없었다.

 그런 기도 때문인지, 신은 곤경에 처한 주제 씨를 돕기로 결정했다. 세상에 존재하는 그 수많은 도둑들이 훔친 물건뿐만 아니라 온전한 몸을 이끌고 돌아가는 행운을 가진다는 것은 신이 내리는 벌은 아닌 것이다. 그는 물결 모양의, 시멘트 판으로 덮은 지붕을 조심스럽게 디디고 올라섰다. 비용을 줄이기 위해선지 시멘트 판의 마무리는 거칠었고, 표면에는 작은 돌기들이 군데군데 솟아나 있었다. 그런 덕분에, 지붕의 경사가 심한데도 불구하고, 다리는 여기에, 손은 저기에, 끙끙거리기도 하며, 한숨을 내쉬기도 하며, 손톱으로 긁어대며, 발끝에 힘을 모으기도 하면서, 주제 씨는 지붕 끝으로 기어오르는데 성공했고 이제 남은 것은 안으로 들어가는 일뿐이었다. 그러나 주제 씨의 안으로 들어가는 방법은 전문가의 눈으로 보자면 구식이다 못해 그야말로 호랑이 담배 피던 시절의 방법이었다. 언제, 어느 책에서 봤는지 기억할 수는 없지만, 창문의 유리를 깨고 안으로 들어가기 위해선 돼지비계와 표면이 거친 수건이 필수적이란 것을 읽은 적이 있었다. 이런 근거 없는 사실을 맹목적으로 믿고 준비를 해왔던 것이다. 물론 이런 악천후 속에선 주위의 사람들이 소리를 들을 수 없을 테니 단순히 유리창을 주먹으로 내리쳐서 일을 간단히 처리할 수도 있겠지만, 그래도 혹시 모를 가능성을 줄이기 위해 그는 준비한 방법을 쓰기로 하였다. 그는 조심스럽게 지붕 위에 무릎을 꿇고 앉은 다음 다이아몬드로 된 유리 자르는 칼을 문 틈 가까이 꺼내놓았다. 그 다음, 수건으로 유리의 물기를 닦아냈다. 돼지비계가 잘 달라붙게 하기 위해서였다. 두꺼운 비계를 골고루 펴서 유리 전체에 붙인 다음, 수건을 수십 번도 더 비틀어 짠 뒤 그 위에 덮어씌웠다. 이제 적당한 힘으로 유리를 내리쳐야 할 것이다. 너무 약해서 다시 내리쳐서도 안 되고, 너무 강해서 유리조각이 비계에 달라붙지 않고 흩어져서도 안 되었다. 미끄러지지 않게 왼손을 뻗어 수건의 윗부분을 창틀에 대어 붙잡고, 주제 씨는 오른손을 쥐어 뒤로 약간 당긴 다음 정확히 내리쳤다. 다행히도, 마치 소음기를 단 총을 발사하듯, 소리없이 유리는 부서졌다. 훌륭한 솜씨로 단 한 번에 해낸 것이었다. 한두 개의 파편이 안으로 떨어졌지만, 상관없는 일이었다. 어차피 안엔 아무도 없을 테니까. 빗속에서도 주제 씨는 창고 위 지붕에 몸을 낮춘 채로 몇 초간을 그대로 있었다. 기운을 회복하고 승리감을 맛보기 위해서. 잠시 후, 그는 몸을 곧게 세워 부서진 유리 틈으로 팔을 넣어 창문의 잠금쇠를 찾았다. 아이구 하느님, 도둑질도 보통 일이 아니구만. 조금씩 조심스럽게 열었다. 그리고 난간을 붙잡고, 지탱하고 있던 다리를 하나 둘씩 위로 끌어당겼다. 드디어 나뭇잎이 떨어지듯 부드럽게 안쪽으로 내려서면 되었다.

주제 씨는 나뭇잎이 가지에서 떨어지듯 창문의 난간으로부터 그렇게 사뿐히 내려서지 못했다. 그 반대로, 마치 나무 전체가 넘어지듯 바닥으로 떨어졌다. 조심스럽게 발끝으로 바닥을 딛고 서기 위해 노력했지만 너무도 쉽게 미끄러지고 말았던 것이다. 너무나 심한 충격과 고통을 느낀 추락이었다, 그가 떨어진 바닥은 예상과는 달리, 창문 밑에 조금 튀어나온 난간이 건물의 밖과 동일한 형태였고, 그 난간에서 바닥까진 상당한 공간이 있었음을 확인할 수 있었다. 주제 씨는 바닥에 앉은 채로 잠시 동안, 숨을 고르며 팔과 다리가 떨리는 것이 멈춰질 때까지 움직이지 않았다. 그 후, 손전등을 켜고 불빛이 다른 곳으로 새어나가지 않도록 조심스레 바닥의 앞쪽만을 비추었다. 그 곳은 문으로 향하는 복도였고 군데군데 가구들이 흩어져 있는 또 다른 창고였다. 문이 열쇠로 잠겨져 있을지도 모른다는 생각으로 그는 하던 동작을 멈추었다. 만약 그렇다면, 어떤 도구도 없이 그것을 부수고 들어가야 했으므로 약간의 소음은 불가피한 것이었다. 밖엔 계속해서 비가 내리고 있었고, 사람들은 잠들어 있을 것이었다. 그러나 그렇게 확신할 수만은 없었다. 모기의 웽 하는 소리에도 잠이 깨는, 그런 종류의 사람들도 있기에 작은 소리에도 깨어나 부엌으로 가서 물을 한 모금 들이켜며 우연히 창 밖을 내다보다가 학교 벽면에 시커먼 네모난 구멍을 보곤, 이렇게 얘기할 수도 있을 것이다. 이렇게 비가 오는데 창문을 잘 닫아놓지 않고선, 혹은, 내 기억엔 저 창문이 닫혀 있었는데, 바람이 세게 불어서 열렸나라고. 아무도 안에 도둑이 들어갔으리라고는 생각하지 않을 것이다. 다시 한 번 얘기하지만 주제 씨는 도둑질을 하기 위해 그곳에 들어간 것은 아니었다. 차라리 밖에서 알아차리지 못하도록 창문을 닫아버릴까라는 생각이 스쳤지만 곧, 그냥 놔두는 것이 더 나을 것 같다는 결론을 내렸다. 바람이 불어서 열렸거나 직원의 부주의로 열어놓은 채로 가버렸겠지 하고 사람들은 생각할 것 같았다. 만약 창문을 닫는다면, 반사되는 면이 없어서 즉시 유리가 깨진 것을 알아차릴지도 모르는 일이었다. 세상의 다른 모든 사람들도 자신처럼 세밀한 곳에 신경을 쓰고 있으리란 생각으로 결국 주제 씨는 창문을 그대로 놔두기로 했고, 가구 사이를 살금살금 기어가 문에 도착했다. 잠겨 있지 않았다. 안도의 한숨을 내쉬었다. 이제부터 더 이상의 장해물은 없을 거야.

주제 씨는 온몸에 통증을 느꼈다. 무릎이 까졌으리라. 피가 날지도 모르고, 바지와의 마찰로 인해 아픔은 더했다. 게다가 머리끝부터 발끝까지 온통 비에 젖었고 먼지투성이였다. 외투를 벗으며 생각했다. 어디 창문이 없는 방이라면, 화장실 같은 곳이라면 불을 켤 수도 있을 텐데, 적어도 손이라도 씻게 말이야. 더듬더듬 문들을 열고 닫은 끝에 창문이 없는 방을 발견할 수 있었다. 학습도구들을 보관해 놓는 방이었다. 연필, 공책, 종이, 각종 필기구, 지우개, 잉크병, 자, 직각자, 각도기, 그림책, 풀, 클립상자, 그 외엔 없었다. 마침내 불을 켜자, 그 동안의 모험으로 발생된 흔적들을 살펴볼 수 있었다. 무릎의 상처는 생각했던 것만큼 심하지는 않았다. 아프긴 했지만 겉만 살짝 긁힌 것뿐이었다. 대낮이면 필요한 모든 것들을 찾을 수 있을 텐데, 구급약통, 소독약, 알콜, 과산화수소수, 솜, 붕대, 압축포, 일회용 밴드, 하긴 그렇게 많이 필요하지도 않겠지. 문제는 외투였다. 돼지비계가 묻어 있어 알콜이 있어야만 하겠다고 주제 씨는 생각했다. 주제 씨는 화장실을 찾았다. 다행히 가까운 곳에서 선생들이 사용하는 듯한 화장실을 발견했다. 학교 뒤편으로 나 있는 창문은 불투명했고 안쪽으론 나무로 챙을 달아놓아 불을 켜고 씻을 수 있었다. 잠시 후, 어느 정도 옷매무시를 가다듬은 다음, 잠시 쉴 곳을 찾았다. 그의 학창시절을 이런 곳에서 보내진 않았지만, 이 정도 규모와 크기의 학교라면, 어디에나 교장실이 있다는 것은 알고 있었다, 모든 교장들은 그들만의 방을 따로 가지고 있고, 그곳에는 소파가 있을 것이다, 바로 그곳이 지친 그의 몸이 그에게 원하는 것이었다. 계속해서 이곳 저곳의 방문을 열어보았고 밖으로부터 들어오는 희미한 빛은 환상적인 분위기를 연출해 냈다, 학생들의 작은 책상들은 가지런히 정리된 묘지 같았고, 선생님들의 책상은 희생의 어두운 공간처럼 보였고, 칠판은 그 모든 것들을 계산하는 곳처럼 보였다. 마치 세월이 거꾸로 흐른 것 같은 느낌으로 벽에 걸려 있는 천체지도, 세계지도, 인체도, 혈관도, 장기도, 근육도, 신경도, 뼈의 구성도, 복잡하게 얽힌 뇌의 모형도, 안구 단면도, 성기 기능도 등을 바라보았다. 교실은 학교 전체에 길게 뻗어 있는 복도를 따라 계속 이어져 있었다, 그 모든 곳에서 분필 냄새를 느낄 수 있었고, 진흙으로 반죽하여, 하느님이 첫번째 밤에 남자와 여자로 만들었던, 예전에도 그랬었고, 지금도, 앞으로도 먼지로 변할 우리의 몸만큼이나 오래된 분위기였다. 어떤 곳은 마치 검정 천을 씌워놓은 것처럼 너무나 깜깜했고, 어떤 곳은 거리의 가로등 불빛으로는 도저히 그 효과를 낼 수 없는, 마치 수족관에서

나 볼 수 있는 푸른 빛이 가득 비추고 있었다. 소장의 책상 위에 언제나 켜져 있는 그 창백한 불빛을 떠올리곤 혼자 중얼거렸다. 중앙등기소 같진 않아. 그리고 마치 자신에게 꼭 대답해야 하는 것처럼 덧붙였다. 아마 크기가 다르기 때문일 거야. 커도 같을까. 그렇다면, 크다고 다를까. 그 자신도 무슨 얘길 하고 있는지 알 수가 없었다.

그 층엔 교실밖에 없었다. 교장실은 분명히 위층에 있을 것이다. 교실 출입구의 시끄러운 소리와 소음을 피해서. 위층으로 올라가는 계단엔 미등이 있었다. 움직임을 감지하는 센서가 부착된 것이라서 그곳을 통해 올라가면 발을 옮겨놓는 층마다 하나하나씩 어둠을 밝힐 불이 켜질 것이다. 교장실로 가기 전에 주제 씨는 우연히 거리쪽으로 세 개의 창이 나 있는 서무실로 들어가게 되었다. 가구는 그 업무에 맞게 많은 책상과 같은 크기의 의자들, 그리고 캐비닛, 서류철 등으로 가득 차 있었다. 그것을 발견한 순간 주제 씨의 심장은 터질듯이 뛰었다. 바로 그가 그토록 찾던 것이었다. 신상기록부, 성적기록부, 입학과 졸업에 대한 기록 등, 그 모르는 여자의 어린시절의 모든 생활이 그곳에 있을 것이었다. 그는 오늘 이후엔 다시는 학교를 이렇게 찾아오는 일이 없을 것이라 생각했다. 주제 씨는 서류장의 서랍 하나를 열어보았지만 밖에서 들어오는 빛으론 그것이 어떤 기록을 해놓은 서류인지를 분간할 수 없었다. 시간은 충분해. 주제 씨는 생각했다.

지금 필요한 건 조금 쉬는 거야. 서무실에서 나와 두 개의 문을 더 지나자 마침내 그는 교장실을 발견할 수 있었다. 등기소의 검소한 분위기에 비해 그곳은 과장하지 않더라도 가히 화려한 분위기였다. 바닥엔 카펫이 깔려 있었고, 창문엔 두꺼운 커튼이 드리워져 있었으며, 크고 고풍스러운 책상과 검은 가죽으로 씌운 커다란 의자가 있었다. 이 모든 것을 다 보기 위해서 주제 씨는 먼저 손전등을 켰고, 두꺼운 커튼 때문에 불빛이 밖으로 새 나가지 않으리라고 생각한 후 방의 스위치를 올렸다. 의자는 편안했지만 잠시라도 편히 지친 몸을 쉬게 하기 위해선 삼인용 소파가 훨씬 나을 것이라 생각했다. 주제 씨는 시계를 봤다. 세시가 조금 못 된 시간이었다. 벌써 그렇게 시간이 지났는지 느끼지도 못하고 있었다. 그는 갑자기 너무나 피곤해짐을 느꼈다. 더 이상은 못 견디겠는데, 그는 생각했다. 그리고 너무나 신경을 곤두세웠던 탓인지, 억제하지 못하고 흐느끼기 시작했다. 전혀 예상치 못했던 갑작스런 눈물이었다. 선 채로, 마치 아주 오래 전의 학생으로 돌아가, 수업 첫 시간에 잘못을 저질러 벌을 받기 위해 선생님께 불려온 아이처럼. 젖은 외투를 바닥에 놓고, 바지에서 손수건을 꺼내 눈물을 닦으려 했지만 손수건도 옷만큼이나 흠뻑 젖어 있었다. 그제서야 자신이 쥐어짜져 물이 줄줄 흐르는 스폰지처럼, 때 묻은 몸과 고통받은 영혼이란 것을 깨달았다. 그 모든 것이 불행한, 내가 여기서 뭘하고 있는 거지, 자신에게 물었다. 그러나 대답하고 싶지 않았다. 그를 이곳으로 이끌고 온 이유를 알게 되는 것에 대한 두려움이었다. 만일 그것을 알게 된다면, 스스로를 너무나 멍청하고, 황당하고, 정신나간 놈처럼 생각하게 될 것 같았다. 갑자기 목을 뒤로 제치고 흔들었다. 그리고 큰소리로 말했다. 내가 감기 든 걸 보고 싶어할 거야. 이어서 두 번의 재채기를 연거푸 해댔다. 그리고 코를 푼 다음 전혀 엉뚱한 생각을 했다. 영화에 나오는 주인공들은 언제나 옷을 입은 채 물에 빠지고, 홍수 속에서 흠뻑 젖은 채로 나타나, 그 위에 담요를 걸치고 있는 장면들을 수시로 보지만 한 번도 폐렴에 걸리거나, 심지어 가벼운 감기에도 걸리지 않는다. 그런 경우엔 곧 촬영을 멈추고, 배우들을 위해 뜨거운 샤워와 두툼한 가운을 입게 한다는 사실을 모른다면 말도 안 되는 일이라 생각할 수도 있을 것이었다. 주제 씨는 신발을 벗기 시작했고, 다음엔 윗도리와 셔츠를 벗었고, 이어 바지도 벗었다. 그리고 그것들을 방 한구석에 있는 옷걸이에 걸었다. 이제 남은 것은 영화에서 봤던 것처럼 담요를 걸치는 것이었다. 그러나 교장실에선 쉽게 발견할 수 없는 물건이었다. 혹시 교장이 나이 많은 사람이라서 추운 날, 책상에 오래 앉아 있을 때 무릎을 덮기 위해 준비를 해두었다면 모를까. 주제 씨의 예상은 다시 한 번 적중했다. 담요는 커다란 의자 위에 반듯하게 접혀져 있었다. 담요는 몸을 완전히 덮을 수 있을 만큼의 크기는 아니었다. 그러나 발가벗고 밤을 지새는 것보다는 훨씬 나을 듯했다. 주제 씨는 방의 불을 끄고 손전등 불빛에 의존하여, 숨을 크게 내쉬곤, 소파에 몸을 뉘었다. 그리고 담요가 몸 전체를 덮도록 웅크렸다. 그러나 입고 있는 속옷도 젖었던지 여전히 추웠다. 너무 땀을 많이 흘렸기 때문인지도 몰랐다, 비가 그렇게 속까지 스며들진 않았을 테니까. 소파에 다시 일어나 앉아, 속옷들을 벗었다, 위아래 모두를. 그리고 양말까지 벗은 다음, 담요가 마치 자신의 또 다른 피부라도 되는 것처럼 몸을 감쌌다. 그리고 소파에 다시 누워, 그 약간의 온기가 잠시 동안만이라도 눈을 붙일 수 있게 도와주기를 간절히 바랐다. 그러나 희망과는 달리 이런저런 생각들이 그의 머리를 떠나지 않았다. 만일 누가 와서, 벌거벗은 이런 상태에서 발견된다면, 경찰을 부를 것이고, 수갑을 채운 다음, 이름과, 나이와, 직업을 물을 것이다. 먼저 교장이 달려올 것이고, 이어 소장이 나타나, 둘은 냉혹한 시선으로 그를 바라보곤, 여기서 뭘 하고 있는 거야, 하고 물어볼 것이다. 그는 어떤 대답도 할 수 없을 것이고, 그 모르는 여자를 찾고 있었다고 설명할 수도 없을 것이다. 웃음거리가 될 것은 분명했고, 질문은 거듭될 것이다, 도대체 여기서 뭘하고 있는 거야, 모든 사실을 고백하지 않는다면 그 질문은 계속될 것이었다. 이런 끊임없는 상상이 계속되었던 극심한 불면의 시간들을, 마침내 아침이 다 되어서야, 주제 씨는 떨쳐버릴 수 있었다.

잠이 깼을 때 이미 상당한 시간이 흐른 후였다. 꿈속에서 그는 다시 창고에 있었고, 비는 마치 폭포처럼 그의 몸을 적셨고, 그 미지의 여자는, 그가 수집했던 한 여배우의 형상으로, 어깨엔 교장의 담요를 걸치고 난간에 걸터앉아서 그가 올라오기를 기다리고 있었다. 그와 동시에 여자는 그에게 말했다. 정문으로 들어오는 게 더 편할 걸요. 그는 숨을 헐떡이며 대답했다. 여기 당신이 있을 줄 몰랐습니다. 그녀는, 저는 항상 여기 있어요. 아무데도 안 가요. 그리고는 마치 그가 올라올 수 있도록 도와주려는 듯 몸을 앞으로 굽히다간 갑자기 사라져 버렸다. 난간에서 여자는 사라지고, 빗방울만 남아, 주제 씨가 앉아 있는 등기소장의 책상 위로 끊임없이 떨어지고 있었다. 골치는 아팠지만 감기에 걸린 것 같지는 않았다. 드리워진 커튼 사이로 햇빛이 칼날처럼 스며들어왔다. 그것은 즉, 생각했던 것만큼 완벽하게 커튼이 쳐져 있지 않다는 것을 의미하는 것이었다. 누가 이런 데까지 신경 쓰겠어, 그는 그렇게 생각했다. 사실 그랬다. 어른거리는 불빛은 별들의 반짝이는 빛으로 여겨지고, 우리의 눈은 잠시의 안개만으로도 빛을 덮어버리니까. 길 건너편의 이웃이 창문을 통해 엿봤다 하더라도, 그 반짝였던 빛은 유리의 빗방울에 반사된 별빛이거니 생각할 것이었다. 담요를 걸친 채, 커튼에서 조금 떨어져, 주제 씨는 밖의 날씨가 어떤지 살펴보았다. 비는 내리지 않았지만, 마치 커다란 함석판이 지붕에 걸려 있는 듯, 검은 구름 하나가 낮게 드리워져 있었다. 좋아, 그는 생각했다, 거리에 사람들이 다니지 않는다면 더 좋고. 그는 벗어 놓았던 옷들이 입을 수 있을 만큼 말랐는지 군데군데 만져보았다. 셔츠와 팬티, 양말은 그런대로 입을 만큼 말랐지만 바지는 아직 축축했고 양복 상의와 외투는 많은 시간이 필요한 듯 보였다. 긁힌 무릎의 상처 때문에 바지를 제외한 다른 옷들을 모두 입고 나서 그는 구급약이 있는 곳을 찾았다. 논리적으로 보면 그것은 당연히, 사고가 발생할 수 있는 일 층의 체육관실이나 쉬는 시간에 장난을 치는 놀이터 근처에 있을 것이다, 학생들이란 공부하느라 억눌린 에너지를 그런 데서 발산하니까. 정확했다. 과산화수소수로 상처를 씻은 다음, 요오드 냄새가 나는 소독제로 닦고 마치 무릎 수술이라도 한 것처럼 솜과 반창고를 잔뜩 붙인 다음 붕대로 칭칭 동여매었다. 그럼에도 불구하고 걷는 데 큰 지장은 없었다. 바지를 입고 나니, 몸의 군데군데가 불편하긴 했지만, 다른 사람처럼 느껴졌다. 그는 이 한기와 두통을 해결할 무엇인가를 찾아야겠다고 생각했고, 얼마 되지 않아서 이미 그의 뱃속엔 두 개의 알약이 들어가 있었다. 의무실은 예상했던 것처럼 불투명한 유리창이 하나 있을 뿐이어서 외부의 시선에 대해 염려할 필요는 없었다. 그러나 이제부터는 한 발자국의 움직임에도 주의를 기울여야 했다. 필요하다면 고양이처럼 기어가기라도 해야 하고, 평생 도둑질밖엔 다른 일을 해보지 않은 듯 신중해야 했다. 그때 갑작스런 복통으로 인해 주제 씨는 약을 먹기 전에 약간의 음식이라도 먹었어야 했다는 것을 깨달았다. 과자라도 있으면 좋을 텐데, 어디 과자가 있을 만한 곳이 있을까, 하고 스스로에게 물었다. 이제 새로운 문제에 봉착했음을 깨달았다. 바로 먹는 문제였다. 그러나 밤이 되기 전엔 건물에서 나갈 수가 없었다. 밤이 될 때까지, 먹을 것이 필요했다. 먹는 문제를 쉽게 생각하는 사람들은, 집에 도착할 때까지 참지 뭐, 라고 할 것이지만 주제 씨는 참아야 할 필요성으로 어쩔 수 없이 대답했다. 그까짓 하루쯤이야, 몇 시간 굶는다고 죽는 것도 아닌데. 의무실을 나와서 서류를 찾기 위해 삼 층의 서무실로 가기 전에, 단순한 호기심으로 일 층을 한 바퀴 둘러보았다. 곧 체육실이 보였다. 탈의실이 있고, 매트와 기구들이 있었다. 철봉, 뜀틀, 평행봉, 도약대 등 자신이 학교를 다녔던 시절에는 구경할 수도 없었던 완벽한 체육 장비들이었다. 그의 빈약한 체구로 보아선 예나 지금이나 그다지 유용한 것이라고 볼 수는 없었다. 두통은 가셨지만 위장의 통증은 더욱 심해져 신물이 목을 타고 넘어와 입까지 올라왔다. 또 다른 문을 여는 순간, 열이 있는 것 같은데, 라고 생각했다. 그의 호기심에 하늘이 도왔던지 그곳은 식당이었다. 주제 씨의 생각은 날개를 단 듯이 먹을거리를 찾아 쏜살같이 내달렸다. 식당이 있다면, 부엌이 있을 테고, 부엌이 있다면, 더 이상 생각할 필요가 없었다. 부억은 바로 거기에 있었다, 오븐과, 냄비와, 접시와, 컵과, 찬장과, 어마어마한 크기의 냉장고도. 닥치는 대로 그것들을 열어보았고, 다시 한 번 호기심의 신이 도왔는지, 도둑신의 가호가 있었는지, 곳곳에서 음식들이 광명처럼 드러났다. 십오 분쯤 지난 후, 주제 씨는 완전히 새롭게 태어난 듯했다, 몸과 정신을 회복했고, 옷도 거의 말랐고, 무릎도 치료를 마쳤고, 위장도 감기를 위한 두 개의 알약과 적당한 음식의 조화로 정상을 되찾은 것 같았다. 있다가 점심때에 다시 와야지, 이제 서무실의 서류를 찾아봐야겠다, 그는 걸음을 옮겼다, 이제 곧 삼십 년 전의 그 미지의 여자의 삶에 대한 조사가 얼마나 걸릴지 알게 될 것이다, 서랍에 붙은 명패는 그 내용물을 알기 쉽게 해주었다, 알파벳 순으로 학생들의 이름이 정리되어 있었고, 다른 서랍들에는 학급 순서대로, 첫번째 반에서 마지막 반까지 차례대로 적혀 있었다. 주제 씨의 직업적인 안목으로도, 한편은 일반적이고 또 다른 편으론 특수한 목적으로 서류의 열람이 용이하도록 정리한 방식이 마음에 쏙 들었다. 따로 떨어져 있는 서랍의 명패엔 선생들의 파일이 보관되어 있음을 나타내고 있었다, 선생들. 잠시 동안 그곳에서 눈을 떼지 않았다, 철두철미하게 돌아가는 주제 씨의 머리는 재빠르게 상황을 판단했다, 그리곤 물었다, 만약, 이 서랍에 있는 서류들이 현직 교사들의 것들이라면, 여기 있는 기록들은 현재 재학중인 학생들의 기록일 테고, 아무리 종이가 얇게 나온다 할지라도 대여섯밖에 안 되는 이 서랍 속에 삼십 년 전부터의 모든 기록을 보관한다는 것은 불가능한 일이야. 어떤 기대도 없이, 마음을 진정시키기 위해서, 주제 씨는 알파벳으로 정리된 서랍을 열고 그 미지의 여자에 대한 기록을 찾아보았다. 없었다. 서랍을 닫고 주위를 둘러보았다. 옛날 학생들의 기록이 어딘가에 있을 텐데, 졸업생들의 기록을 파기한다는 것은 말도 안 되는 일이었다. 만약 그렇다면 그것은 서류보관의 기본을 무시하는 중대한 잘못이었다. 그 기록이 남아 있다면, 어디에 있는 거지, 생각만으로 그것을 찾을 수는 없는 일이었다. 그는 책장과 책상의 서랍을 모두 열어봤지만 어디에도 없었다. 아이구 머리야, 더 이상 떠오르지 않는 생각 때문인지 더욱 두통이 심해졌다. 주제, 이젠 어쩌지, 자문해 보았다. 찾아봐야지, 자답했다. 서무실 밖으로 나가서 복도의 좌우를 살폈다. 여기에 교실은 없어, 그러므로 교장실을 제외한 다른 방들은 다른 용도로 쓰이고 있을 거야. 그중 하나는 방금 전의 서무실이고, 또 다른 하나는 사용하지 않는 학교의 비품들을 모아둔 창고이고, 그 두 방을 제외한 어느 곳엔가 큰 상자에 차곡차곡 쌓여서, 학교의 오랜 기록들을 보관해 둔, 그런 방이 반드시 있을 거야. 주제 씨는 확신에 찬 미소를 지었다. 그것은 그의 오랜 경험을 통해 얻어진 전문가적인 발상이었다. 그러나 몇 분도 되지 않아 그의 기대는 산산이 부서져버렸다. 예측했던 대로 방은 찾았지만 그곳에 있는 것은 단순한 행정서류와, 받은 편지들, 보냈던 편지들의 복사, 재정결산서, 지도, 교지 등이었다. 다시, 또다시 뒤지고 뒤졌지만 역시 없었다. 그는 낙심하며 복도로 다시 나왔다. 모든 것이 수포로 돌아가 버렸다. 그는 다시 한 번 냉철히 생각해 보기로 했다. 그럴 리가 없어, 그놈의 기록이 어딘가 있을 거야, 아무 데도 쓸모없는, 그토록 오래된 편지를 버리지 않고 보관하고 있다면, 그 중요한 학생들의 기록을 파기했을 턱이 없어, 내가 수집한 인물 중에도 이 학교를 나온 사람이 있을까. 이런 상황만 아니었다면 주제 씨는 그의 수집을 더욱 알차게 하기 위해 몇 명의 기록을 뒤져, 생년월일이나, 학교생활에 관한 자료를 복사했을지도 모를 일이었다. 그러나 그것은 결코 실현될 수 없는 꿈에 불과했다. 자료를 구하기 위해 일일이 학교를 찾아다녀야 한다면, 지금까지 했던 것처럼 갖은 고생을 다하면서 그것을 구해야 한다면, 차라리 집에서 쉽게 구할 수 있는 신문이나 잡지의 기사들을 오려 모으는 방법을 택하리라.

주제 씨는 서무실로 다시 들어갔다. 일반적인 논리가 통한다면, 기록부가 이곳 어딘가에 있을 거야, 그는 말했다. 첫번째 방에서부터 이를 잡듯이 하나하나 꼼꼼하게 기록들을 뒤지기 시작했다. 그러나 수색은 다시 한 번 실패로 끝났다. 그녀에 대한 기록은 어디에도 없었다. 발견한 것은 최근 오 년 동안의 기록이 큰 상자 안에 뒤섞여 있는 것뿐이었다. 다른 기록들은 파기되어, 쓰레기통에 넣어졌거나, 불태워졌을지도 모른다는 생각이 들었다. 더 이상 희망이 없었다. 어쩔 수 없이 남은 일들을 형식적으로 처리하는 것처럼 주제 씨는 두 번째 방의 문을 열고 들어갔다. 그 순간 그의 눈은 어떤 단어로도 표현할 수 없을 만큼 커졌다. 눈앞의 현실을 어떻게 설명할 수 있는 방법이 없었다. 그 좁은 문 뒤로 놓여진 두 개의 책장 바로 거기에 원하던 기록부들이 있었던 것이다. 주제 씨는 그의 노력이 결실을 맺었음을 확신했다. 영광된 노력의 승리를. 만약 그렇지 않았다면 그것은 도저히 받아들일 수 없는 힘든 운명일 것이었다. 인간은 삶이 모순덩어리라 할지라도 그 종말을 확인하기 위해 끝까지 버티는 습성이 있다. 불운이 항상 문 뒤에 존재하지는 않는다. 오히려 그 반대로. 오래된 동화책에서나 나옴직한 보물이 그 뒤에 있었던 것이다. 그러나 보물에 가까이 도달했다 할지라도 괴물과 싸워야 할 일이 남아 있는 법이다. 그러나 이것은 잘라버려야 할 목을 가진 것도 아니었고, 목에서 불이나 연기를 토해내지도 않고, 땅이 진동하는 괴성을 지르지도 않는, 단지 적막하고 무거운, 마치 심연 같은 어둠만이 있을 뿐이었다. 이곳을 지나갈 용기가 없는 기사는 더러운 벌레가 그의 목에 달라붙을 것 같은 공포로 인해 줄행랑을 칠지도 모른다. 용기 있는 사람의 모델이나 보기가 되지는 않지만, 주제 씨는 지난 이 년간의 등기소 근무로 인해, 그의 천성은 아니었지만,

밤이나, 어둠이나, 그늘이나, 적막에 관해선 일가견이 있었다, 그리고 이제, 어떤 두려움도 없이 전원 스위치를 찾기 위해 괴물의 몸 속으로 팔을 뻗을 수 있었다. 마침내 그것을 찾아 켰지만 어떤 불도 들어오지 않았다. 그는 넘어지지 않기 위해 발을 바닥에 질질 끌며 조금씩 앞으로 나가다가 오른쪽 정강이 뼈가 어떤 모서리에 부딪히는 것을 느꼈다. 그 장애물이 무엇인지 손으로 확인하기 위해 몸을 숙이자 바로 그것이 철제 계단임을 알 수 있었고 동시에 잊고 있었던 주머니 속의 손전등이 느껴졌다. 그 앞엔 문쪽보다 더욱 깜깜한 어둠으로 향하고 있는 나선형의 철제 계단이 있었고 그 위쪽 끝은 손전등의 불빛도 미치지 못했다. 계단엔 손잡이가 없었다, 현기증으로 고생하는 그 누군가에겐 전혀 적합하지 않았다, 다섯 계단만 올라가도, 주제 씨는 균형을 잃고, 바닥으로 떨어질 것이다. 그러나 그런 일은 일어나지 않았다. 주제 씨는 아주 우스꽝스런 자세를 취하고 있었다, 그러나 상관없었다, 마치 방금 동면에서 깨어난 도마뱀처럼 계단을 기어오르는 모습을 볼 사람은 아무도 없었기 때문이었다, 계단의 한 칸 한 칸씩을 손으로 더듬으며, 끝날 것 같지 않은 그 꼬불꼬불한 길을 다친 무릎으로 기어 올라갔다. 주제 씨의 손이 다락의 평평한 면에 닿았을 때, 그의 떨리는 영혼과 싸워왔던 육체는 이미 탈진상태에 놓여져 있었기에 쉽게 일어설 수 없었다, 팔과 얼굴은 먼지투성이인 다락 바닥에 대고 엎드린 채, 두 다리는 아직도 계단에 남겨둔 채, 그렇게 한동안 쓰러져 있었다. 안락한 집을 떠나 누구도 이해하지 못할 모험을 감행한 수많은 사람들이 겪어야 하는 엄청난 고통들이었다.

몇 분이 지나서, 아직 엎드린 상태로, 왜냐하면 그 칠흑 같은 어둠 속에서 일어서서 잘못 발을 딛다가 그가 올라왔던 그곳으로 다시 떨어지는 경솔함을 저지를 만큼 어리석진 않았기에, 주제 씨는 다시 한 번 힘을 내, 몸을 뒤틀어서, 바지 뒷주머니에 꽂혀 있던 손전등을 꺼낼 수 있었다. 불을 켜고 앞을 비춰 보았다. 거기엔 흐트러진 종이들과, 몇 개는 옆이 터져 있는 종이상자들이 먼지를 뒤집어쓰고 있었다. 몇 미터 앞엔 의자의 다리로 보이는 것이 눈에 들어왔다. 의자의 상태는 그다지 나빠 보이진 않았다, 그 위로, 나지막한 천장엔 갓없는 전구 하나가 매달려 있었다, 등기소 같구만, 주제 씨는 그렇게 생각했다. 주위의 벽들을 비춰보니 사방엔 책장들로 가득했다. 창고의 지붕처럼 경사가 급하지 않았기에 책장들은 그다지 높지 않았고, 각종 서류들이 용량을 초과하여 크고 작은 상자에 담긴 채 그 책장들에 쌓여져 있었다. 전원 스위치가 어디 있지, 주제 씨는 자신에게 물었다, 대답은 이어졌다, 저 밑에 있었어, 하지만 고장이었잖아, 이 손전등만으론 서류를 다 뒤질 수 없을 것 같은데, 게다가 건전지도 다 되어 가는 것 같아, 미리 생각을 했었어야지, 혹시 여기 다른 스위치가 있을지도 몰라, 그렇다 할지라도 전구가 나갔었잖아, 아냐, 몰라, 아니라면 불이 켜졌어야지, 우리가 알고 있는 사실은 스위치를 올렸는데 불이 켜지지 않았다는 것뿐이야, 그러니까 전구가 나간 거지, 다른 이유 때문일지도 몰라, 어떤 이유, 저 밑엔 전구가 없었는지도 모르지, 그럼 여기 있는 게 나간 거니까 마찬가지지, 두 개의 스위치와 두 개의 전구가, 하나는 계단에, 또 하나는 다락에 따로따로 있는지도 모르지, 하여간 추리하는덴 천재라니까, 그럼 그 스위치를 찾아봐야지. 주제 씨는 그때까지 취하고 있었던 불편한 자세에서 일어나 앉았다, 옷이 완전히 걸레가 됐구만, 그렇게 생각하곤, 계단에서 가장 가까운 벽면을 비춰보았다, 만약 존재한다면, 분명히 여기 있을 거야. 그 순간, 전원의 스위치는 계단 아래밖에 없을 것 같다는 생각이 들었다. 자세를 좀더 안정시키기 위해 한 손을 바닥에 받친 순간 천장의 불이 켜졌다. 스위치를 건드렸던 것이다, 그것은 누군가 계단으로 올라와 쉽게 손에 닿도록 바닥에 설치되어 있었다. 희미한 누런 색의 불빛이 벽의 밑부분을 비추자, 바닥엔 어떤 발자국도 보이지 않았다. 아래에서 보았던 기록부를 떠올리곤, 주제 씨는 큰소리로 말했다, 적어도 육 년 동안은 아무도 이곳에 들어오지 않았군, 그 말의 울림이 사라질 즈음, 주제 씨는 등기소에서 느꼈던 적막을 다시 느낄 수 있었다, 나무를 갉아먹는 벌레도 잠든 듯한. 천장엔 거미줄이 먼지에 가득 쌓여 드리워져 있었고, 그 거미줄의 주인은 오랫동안 먹이를 구하지 못해 이미 생명을 다한 것 같았다. 그곳에는 계단 아래, 문이 닫혀진 곳보다 더, 한 마리의 파리조차도 유혹할 만한 것이 없었다. 종이를 갉아먹는 벌레들도, 나무벌레처럼, 그들이 살고 있는 외부세계에서 이곳으로 옮겨올 이유가 아무것도 없었다. 주제 씨는 일어서서 쓸데없이 셔츠와 바지에 묻은 먼지를 털었다. 얼굴은 한쪽만 먼지가 묻어 마치 광대처럼 보였다. 전등 밑의 의자로 가서 앉은 다음, 혼자 중얼거리기 시작했다. 잘 생각해 보자. 잘 생각해 봐. 옛날 기록부가 여기 있는 건 확실해. 그러나 학생별로 정리되어 있을 가능성은 희박해. 서무실에서 본 것이 확실하다면, 매년 학기가 끝나면, 그 해당년도의 모든 기록부들을 한꺼번에 묶어서 이곳에다 쌓아놓았을 거야. 상자에 넣어 보관했을 리도 없을 거야. 아냐 그럴지도 모르지. 그건 이제 곧 알게 되겠지. 잠깐. 만약 그렇다면, 상자에 연도를 표기해 놓았을지도 몰라. 얼마나 시간이 걸릴지, 얼마만큼의 인내심이 필요한가의 문제였다. 결론은 그런 전제가 큰 문제가 안 된다는 것이었다. 주제 씨는 인내심을 위해선 단지 시간만이 필요하다는 것을 이미 알고 있었다. 시간은 충분했다. 그는 일어서서, 모든 수색작업의 가장 중요한 점은, 어떤 규칙을 정해놓고 한쪽부터 차근차근히 찾아나가는 것이라고 확신하고, 늘어선 책장의 한쪽 끝부터 뒤지기 시작했다. 서류들을 빼먹지 않고 하나하나 확인하기 위해 봤던 것은 한쪽으로 쌓아두기로 했다. 상자 하나를 열 때마다, 한 묶음의 서류를 풀 때마다, 먼지가 구름처럼 피어올랐다. 질식할 것 같은 생각에 수건으로 코와 입을 막아야만 했다. 보조서기원들이 중앙등기소의 죽은 자들의 서류를 정리하기 위해 보관창고로 들어갈 때면 항상 추천하는 방법이었다. 얼마 지나지 않아 손은 새까맣게 변했고 흰 부분이 조금 남아 있던 수건 역시 검은색으로 바뀌었다, 주제 씨는 석탄채굴광에서 다이아몬드를 찾는 광부가 되어 있었다.

첫번째 기록부는 삼십 분 정도 지나서야 발견되었다. 머리의 모양은 바뀌었지만, 열다섯 살에 찍은 그 눈은 여전히 깊은 상심에 빠져 있는 듯했다. 주제 씨는 조심스럽게 그것을 의자 위에 올려놓고, 계속해서 다른 학년때의 생활기록부를 찾기 시작했다. 마치 꿈을 꾸듯, 그렇지만 꼼꼼히 뒤졌고, 불빛에 놀란 좀벌레들이 그의 손가락끝을 도망치고 있었다, 그리고 미세한 먼지들은, 무덤 속의 남은 것들이 변해가듯, 조금씩 조금씩 그의 옷 속으로 스며들고 있었다. 처음에 그가 원하던 기록부를 쉽게 발견했던 것과는 달리, 그 다음부터는 아무런 수확도 없이 수많은 이름들과 사진들이 지나쳐갔다, 수백, 수천 명의 소년과 소녀들의 얼굴이, 그들 앞에 있는 다른 세상의 한 사람을, 이게 누군가 하며 바라보고 있었다. 중앙등기소는 그렇지 않았다, 그곳엔 단지 그자들만 존재할 뿐이었다, 그곳에선 얼굴이 변한 것이나, 변해가는 것을 볼 수 없었다. 무엇보다 중요한 것은 바로 그것이었다. 세월이 바꾸는 것은 이름은 아니었다. 그것은 결코 바뀌지는 것이 아니었다. 주제 씨가 허기를 느꼈을 때, 의자 위엔 일곱 개의 기록이 올려져 있었다. 그중에 두 개의 기록부는 같은 사진이 붙어 있었다. 아마 어머니가 이렇게 말했으리라. 이번엔 작년 사진을 가지고 가려므나, 사진관에 또 갈 필요없이. 그리고 아이는 올해엔 새 사진을 찍을 수 없다는 사실을 안타까워하며 그 사진을 가지고 갔을 것이다. 부엌으로 가기 전에 주제 씨는 손을 씻기 위해 교장실의 화장실에 들렀다. 그는 거울을 보고 소스라치게 놀랐다. 더럽고, 땀이 흐른 자국이 선명하게 드러나 있는 얼굴이 자신이라고 도저히 믿을 수 없었다. 이건 내가 아냐, 한 번도 이런 상태인 적은 없었던 것 같았다. 허기를 채운 다음, 무릎이 허락하는 한, 최대한 빨리, 다락으로 기어올라갔다. 비로 인해 정전이 된다면 일을 마칠 수 없을지도 모른다는 생각이 들었기 때문이었다. 하나도 빠뜨리지 않고 찾아보았다고 생각했기에 이제 남은 건 다섯 장의 기록부뿐이었다. 만일 지금 정전이 된다면, 그의 노력의 결과는 한 부분을 잃어버리게 되는 것이었다. 이 학교에 다시 돌아온다는 것은 상상하기도 싫은 일이었다. 일에 빠져 있었기에 그는 한동안 두통도, 한기도 느끼지 못하고 있다가 이제서야 그것이 더 심한 상태로 발전되었다는 것을 깨달았다. 약을 먹기 위해 다시 내려갔고, 거의 탈진한 상태로 올라와 일을 계속했다. 마지막 기록부를 찾았을 땐 어둠이 드리워지고 있었다. 다락의 불을 끄고, 문을 잠근 후, 마치 유령처럼, 외투를 걸치고, 지난 고행의 자취를 가능한 한 최대로 깨끗이 털어낸 다음, 밤이 되기를 기다렸다.

다음날 아침, 중앙등기소의 업무가 막 시작되어 모든 직원들이 각자의 자리에 앉았을 때, 주제 씨는 연결통로의 작은 문을 조금 열고 가장 가까이 있는 동료 보조서기원을 낮은 소리로 부르고 있었다. 그는 고개를 돌렸고, 눈을 껌뻑이며 상기된 얼굴의 주제 씨를 보았다. 왜 그래, 나지막했지만 지각에 대한 불만을 가득 담은 듯한 뒤틀린 목소리로 그는 물었다. 아파서 오늘 근무를 못 할 것 같아, 주제 씨는 대답했다. 동료는 일어나 그의 자리와 반대 방향인 정식직원이 있는 곳으로 세 걸음을 옮기더니 이렇게 말했다, 죄송합니다, 저기 주제 씨가 아파서 일을 할 수 없다는데요. 직원은 일어나, 직속 부소장이 있는 방향으로 네 걸음을 걸어가서 그 사실을 알렸다. 죄송합니다, 보조서기원인 주제 씨가 아프답니다. 소장에게 보고하기 위해 다섯 걸음을 옮기기 전에 부소장은 그에게로 다가와서 병의 상태를 물었다. 어디가 아픈데요, 감기에 걸린 것 같습니다, 감기가 결근을 할 만한 사유가 됩니까, 열이 있어서요, 그걸 어떻게 알아요, 체온계로 재봤습니다, 정상보다 수십도 높아요, 아닙니다, 삼십구 돕니다, 단순히 감기라면 열이 그렇게 올라가진 않아요, 그렇다면 독감일지도 모르고요, 폐렴인지도 모르지, 설마 그럴 리가요, 그럴 수도 있다는 거지 나쁘게 듣진 말고, 아닙니다, 어쩌다 이렇게 됐나, 비를 많이 맞았던 탓인 것 같습니다, 조심하지 않은 대가지, 맞습니다, 업무로 인해 생긴 병이 아니면 어려운데, 사실 업무를 수행하던 때는 아니었습니다, 소장님께 한 번 여쭤보지, 예, 부소장님, 문을 닫지 말게, 소장님이 뭔가 물어보실지도 모르니까, 예, 부소장님. 소장의 질문은 없었다. 고개를 숙이고 업무를 보고 있는 직원들의 머리 위로 한 번 쳐다보곤, 가벼운 손짓을 했을 뿐이었다. 별것도 아닌 일에 방해를 받았다는 것인지, 아니면 조금 있다가 다시 얘기하겠다는 것인지, 그 거리에서 구분하긴 힘들었다. 게다가 그의 충혈된 눈으론 한계가 있었다. 소장의 시선에 겁먹은 주제 씨는, 자신도 모르게, 조금 더 문을 열었고, 중앙등기소에 온몸을 드러내 보였다. 파자마 위엔 낡은 가운을 걸치고, 슬리퍼에 맨발을 끼워 넣고, 지독한 감기에 걸렸거나, 치명적인 폐렴에 걸린 사람같이 삐쩍 마른 모습이었다. 하긴, 때론 산들바람이 모든 것을 파괴하는 태풍으로 변할 수도 있는 것이 인생이니까. 부소장은 그에게로 다가와, 오늘 아니면 내일, 의사를 보내 공식적인 진단을 할 것이라고 전했다. 그러나 그 다음, 오, 세상에 이런 일이, 중앙등기소의 말단 직원인 주제 씨나 그외의 다른 어떤 사람들도 들어보지 못했던 말을 꺼냈다. 소장님이 쾌유를 빈다고 하시더구만, 이야기를 전하는 부소장도 믿을 수 없다는 표정이었다. 너무나 놀란 주제 씨는 감사드리는 마음으로 소장을 바라보았지만, 중앙등기소에서 우리가 알고 있는 평소의 모습과는 달리, 그는 마치 일에 열중하고 있는 것처럼 고개를 숙이고 있었다. 천천히 주제 씨는 문을 닫았고, 감동과 한기로 몸을 떨며 침대 속에 파묻혔다.

 단지 학교로 들어가기 위해 미끄러운 난간에서 비를 맞았던 것뿐만은 아니었다. 밤이 되었을 때, 마침내 그는 창문을 통해 학교를 나와 거리에 이를 수 있었다. 불쌍한 그에게 어떤 일이 기다리고 있는지 상상조차도 못 한 채. 수차례 다락을 오르내리며 서류를 뒤졌던 그 고통스러웠던 상황 중에서도 특히, 잔뜩 쌓여 있던 먼지는 그를 설명할 수도 없을 만큼 더러운 몰골로 만들어놓았다. 얼굴과 머리는 검정으로 칠을 했고, 손은 숯덩이였고, 게다가 옷으로 말하자면, 외투는 돼지기름과 먼지에 절어 넝마가 되었고, 바지는 석탄덩어리 위를 뒹군 것 같았고, 셔츠는 몇백 년 동안 한 번도 청소하지 않았던 굴뚝을 치우고 나온 듯했다. 아무리 절박한 상황이었다 할지라도 조금은 더 신경을 쓰고 거리로 나왔어야 했었다. 학교에서 두 블록쯤을 걸어나왔을 때 비는 잠시 멈추었다. 어떻게 해서든지 빨리 집으로 돌아가기 위해 주제 씨는 택시를 불러 세웠다. 운전수가 깜깜한 저녁, 갑자기 나타난 시커먼 그의 형상을 보는 순간, 너무나 놀라 가속기를 밟았다. 그리고 그것은 한 번으로 끝난 것이 아니었다. 이후, 세 대의 택시가 멈춰섰지만, 주제 씨를 보고는, 걸음아 날 살려라 하며 줄행랑을 쳤다. 버스도 승차를 거부하긴 마찬가지였기에 그는 꼼짝도 하기 힘든 다리를 이끌고 걸어서 집으로 향해야 했다. 게다가 엎친 데 덮친 격으로, 잠시 그쳤던 비가 다시 내리기 시작했고, 억수 같은 비는 끝날 것 같지 않게, 집으로 향하는 길 내내, 마치 사막처럼 황량한 도시를 걷고 있는 한 남자의 머리 위로, 잠시도 쉬지 않고 내렸다. 우산이라도 있었다면 조금이라도 빗물을 가릴 수 있었겠지만, 하지만, 알다시피, 도둑질하러 가는데 우산을 가지고 가는 경우는 없으니까, 비가 잠시라도 그치기를 기다려 보았지만 소용없었고, 그의 몸은 더 이상 젖을 수 없는 상태가 되어 있었다. 주제 씨가 집에 도착했을 때, 그의 옷중에 유일하게 비에 젖지 않은 부분은 그 모르는 여자의 신상기록이 들어 있던 양복의 왼쪽 안주머니였다. 그는 오른손으로 비를 막으며 그

긴 시간을 한 번도 손을 떼지 않았던 것이다. 누군가 그의 모습을 보았더라면, 심장병 때문에 얼굴을 찌푸리고 있는 것이라고 생각했을 것이다. 이를 덜덜 떨며, 옷을 모두 벗고선, 바닥에 있는 옷들의 세탁 문제는 어쩌지 하고 당황스럽게 자신에게 물었다. 양복, 구두, 양말, 셔츠, 모두를 한꺼번에 세탁소에 맡기는 것은 그다지 좋은 방법이 아니었다. 그 전체를 맡기고 나서 내일 아침, 남은 것들로만 옷을 입는다면, 틀림없이 뭔가 하나는 부족한 것이 있을 것이었다. 그러나 그것은 나중에 다시 생각하기로 하고 일단 그 누더기 같은 옷들을 모두 벗어던졌다. 더욱 짜증스러운 것은 화장실의 가스보일러가 제대로 작동되지 않아 때로는 끓는 듯한 물이, 때로는 얼음 같은 물이 번갈아 나와 깜짝깜짝 놀라기 일쑤라는 것이었다. 그는 스스로를 달래며, 열탕과 냉탕을 번갈아 하는 것이 감기에 효과가 있을지도 몰라, 하고 중얼거렸다. 화장실로 들어가, 거울 앞에 서서 자신의 모습을 바라본 주제 씨는 택시운전사가 왜 그렇게 놀랐던가를 이해할 수 있었다. 아마 자신이 운전수였더라도 그렇게 할 수밖에 없었으리라 생각되었다. 다행히도 보일러는 생각했던 것처럼 그를 놀라게 하지는 않았다. 처음 한두 번, 찬물이 갑자기 쏟아져 몸을 웅크리게 하긴 했지만 그 이후엔 비교적 편안한 샤워를 할 수 있었고, 한두 번의 뜨거운 물은 오히려 더러운 몸을 닦는 데 도움이 되기도 하였다. 화장실에서 나온 주제 씨는 마치 새 사람처럼 보였지만 침대에 눕는 순간 다시 한기를 느꼈다, 침대맡의 서랍에 있던 체온계를 꺼낸 것은 바로 그때였다, 잠시 후 그는 말했다, 삼십구 도, 만약 내일 아침까지 열이 내리지 않는다면 출근도 못 하겠는데. 고열로 인해서인지, 피곤함 때문인지, 혹은 그 둘 모두 때문인지, 그러한 생각은 그치지 않았다, 결근을 하겠다는 것이 그 순간엔 전혀 잘못된 생각이 아니었다, 그 순간 주제 씨는 전혀 평소의 주제 씨 같지 않았다. 혹은 두 주제 씨가 이불을 코에까지 뒤집어 쓰고, 침대에 나란히 누워서, 한 주제 씨는 그의 책임감을 잃어버리고 있고, 다른 주제 씨는 전혀 무관심하게 있는 것인지도 모르는 일이었다. 불을 켜놓은 채, 몇 분 동안 혼미한 상태로 있던 주제 씨는, 깜빡 잊고, 찾았던 기록부를 다락의 의자 위에 두고 나와, 그의 모든 노력이 실패로 돌아가는 꿈을 꾸고 소스라치게 놀라 깨어나기도 하였다. 또 다른 꿈속에서는, 그가 나간 후, 누군가 다락으로 올라와서 열세 장의 기록부 더미를 보곤, 이 쓰레기는 뭐야, 하기도 했다. 어지러운 상태에서도 주제 씨는 자리에서 일어나 저고리 안주머니에 있던 기록부를 꺼내 침대로 가지고 왔다. 기록부는 그의 손자국으로 더럽혀져 있었고 그중 몇몇에는 그의 지문이 선명하게 찍혀 있기도 하였다, 내일 아침에 깨끗이 지워야만 자신의 흔적을 남기지 않을 수 있겠다고 생각했다, 멍청이, 만지는 모든 것엔 지문이 남아, 그걸 지우면 다른 것이 남지,

차이는 보이느냐 아니냐일 뿐이고. 그는 눈을 감았고 잠시 후 다시 잠에 빠져들었다. 손에 들었던 기록부는 머리맡으로 떨어졌고 그중 몇 개는 바닥으로 흘러 떨어졌다. 그 속에는 각각 다른 나이의 한 소녀의 사진이 있었다. 누구도 그의 소유가 아닌 사진을 가질 권리는 없었고, 설사 그에게 기념으로 주어졌다 할지라도 그것을 가지고 다니는 것은 그 영혼의 일부를 소유하는 것이다. 이번엔 잠에서 깨지는 않았지만, 주제 씨는 또 다른 꿈을 꾸었다. 학교에서 나올 때 자신의 지문을 모두 지운다고는 했지만, 그것은 모든 곳에 남아 있었다. 그가 들어갔던 창문과, 의무실과, 서무실과, 교장실과, 식당과, 창고와, 염려할 필요는 없지만 다락에도. 이 일을 어쩌지. 눈에 보이는 지문을 지우기 위해 보이지 않는 또 다른 지문을 그곳에 남겼을 텐데, 만약 교장이 경찰에 신고를 하고, 세밀한 조사가 이루어진다면, 주제 씨는, 불을 보듯이 뻔하게, 감옥으로 끌려가게 되고, 중앙등기소의 위신은 불신과 수치로 얼룩지게 될 것이었다. 자정 무렵, 심한 열로 인해 깨어난 주제 씨는 헛소리를 하기도 했다. 난 아무것도, 아무것도 훔치지 않았어. 사실 도난품은 없는 것으로 판명될 것이다. 교장이 경찰을 불러 아무리 조사를 해봐도 잃어버린 것을 발견할 수는 없을 것이다. 물론 주방에서 일하는 누군가가 음식이 없어졌다고 얘기할 순 있겠지만, 먹기 위해 훔쳤다는 것은, 일반적으로 생각해도, 큰 범죄는 아니었다. 그것은 아마 교장도 동의하리라, 경찰은 비록 다르게 여길지도 모르지만, 그렇지만 중얼중얼거리며 철수할 수밖엔 다른 도리가 없을 것이다, 거기에 의문점이 있다, 누구도, 단지 점심을 먹기 위해 집을 털지는 않는다는 것이다. 혹은, 교장의 공식적인 확인을 통해, 아무것도 잃어버린 것이 없다는 것이 밝혀지고, 수사관들이 지문검사를 하지 않기로 결정해서, 다른 남은 일이나 처리하러 갑시다, 라고 얘기할 수도 있었다, 이런 낙관적인 추측에도 불구하고 주제 씨는 다시 꿈속에서 경찰이 돋보기와 어떤 다른 증거를 가지고 올지도 모른다는 두려움에 잠을 이룰 수가 없었다.

집에는 해열제도 없었고, 의사는 오후나 되어야 나타날 것이었다, 아니면 내일 올지도 모르고, 약을 가지고 오지 않을 수도 있었다, 일반적으로 감기 같은 경우엔 처방을 자제할 테니까. 벗어놓은 더러운 옷들이 아직도 집 한가운데 쌓여 있었고, 주제 씨는 침대에 누워, 마치 그것들이 자신의 것이 아니었으면 하고 바라보았다, 그때까지 남아 있던 약간의 제정신이 물었다, 누가 와서 저 옷을 벗어놓았지, 마침내 바로 그 정신이 골치 아픈 경우를 생각하게 했다, 동료 하나가 소장의 지시에 따라서, 혹은 그 자신의 의지로, 상태를 물어보기 위해 집으로 찾아왔다가 저 걸레 같은 옷을 보게 될지도 모른다는. 침대에서 일어나 앉자, 마치 등기소의 높은 사다리에서 떨어진 듯한 느낌이 들었다, 그러나 그것과는 달랐다, 아마도 고열과 허약함에서 오는 그 무엇인가가 느껴졌다, 그것은 학교에서, 배를 채우기 위해서라기보다는 불안한 신경을 감추기 위해 먹었던 음식 때문인 것 같았다. 그는 비틀거리며, 벽을 의지하면서 의자로 다가가 앉았다. 그 더럽혀진 옷을 어디에 숨길까를 생각하며 정신을 차릴 때까지 잠시 그대로 앉아 있었다, 화장실은 안 돼, 의사들은 항상 나갈 때 손을 씻으니까, 침대 밑은 불가능해, 다리가 높은, 오래된 침대라 허리를 굽히지 않더라도 쉽게 눈에 띌 수 있으니까, 중요 인물들을 보관해 놓은 서류장엔 들어가지도 않을 거야, 어지러움이 덜해졌지만 불쌍한 주제 씨의 머리는 아직도 제대로 돌아가지 않고 있는 것이 사실이었다, 유일하게 그 더러운 옷들이 남의 눈에 띄지 않고 감춰질 수 있는 곳은 깨끗한 옷을 보관하는 곳, 바로 커튼으로 가리워진 옷장뿐이었다, 정말 교양없는 동료나 의사가 아니고선 들춰볼 이유가 없는 곳이었다. 평상시라면 당연했을 그런 결론을 오랜 시간 고민 끝에 내린 주제 씨는 자신이 생각해도 대견한 듯 만족스러워했고, 파자마를 더럽히지 않기 위해 발끝으로 그것들을 커튼쪽으로 밀었다. 바닥은 물기로 인해 커다란 얼룩이 져 있어서 완전히 마르기 위해선 몇 시간이 지나야 할 것 같았다. 갑자기 누군가 들어와 이게 뭐냐고 물으면, 실수로 물을 쏟았다거나 예전부터 있었던 얼룩을 지우려 했다고 설명해야겠다고 생각했다. 옷에 대한 문제가 사라지자, 갑자기 주제 씨의 위장은 따뜻한 한잔의, 우유를 탄 커피와, 한 쪽의 버터 바른 빵을 갈망했다. 남아 있던 빵은 딱딱하게 말라 있었고, 버터는 바닥을 드러내 보이고, 우유와 커피는 남아 있지도 않았다. 초라한 집에서 여자 없이 혼자 살고 있는 대부분의 남자의 삶이 이러하고, 또한 거의 예외를 찾아볼 수 없다는 것은 모두 알고 있는 사실이다. 딱딱한 빵조각으로 허기진 배를 달랜 후, 주제 씨는 남은 힘을 다해 면도를 했다, 그리고 거울 앞에 서서 자신에게 말했다, 열이 좀 내린 것 같다. 거울에 비친 모습은, 몇 발자국만 옮기면 자신을 기다리고 있을 등기소의 일들로 자진해서 돌아가는 것이 보다 훌륭하고 책임감 있는 직원으로 보이게 하지 않을까 하고 생각했다, 무엇보다도 등기소의 일들이 먼저였고, 어떤 일이 있어도 자신에게 충실하고 싶었으며, 밖이 춥기 때문에 건물을 돌아서 등기소로 가지 않아도 자신을 나무라진 않을 것이고, 심지어 소장은 주제 씨의 근무기록부에 투철한 책임감과 헌신으로 업무에 임한다는 좋은 평가를 남길지도 모른다는 생각이 들었기 때문이었다. 그렇지만 그렇게 하지 못했다. 몸의 구석구석이 아팠다, 마치 누군가 그를 데굴데굴 굴리고, 때리고, 마구 흔들어댄 것처럼, 모든 근육이 아팠고, 모든 관절이 쑤셨다, 그것은 단순히 학교에서의 고통스런 작업 때문만은 아닌, 누구나 깨달을 수 있는 다른 고통이었다, 그는 결국 스스로 결론을 내렸다, 난 독감에 걸렸어.

침대에 다시 몸을 누이는 순간, 누군가 등기소로 통하는 작은 문을 두드리는 소리가 들렸다. 어떤 마음씨 착한 동료가 병들고 외로운 자신을 위로하고자 온 것인지도 몰랐다. 아니야, 점심시간은 아직 멀었어, 자선의 시간은 업무시간엔 있을 수 없었다. 들어오세요, 그는 말했다, 문은 열려 있습니다. 문이 열렸다. 부소장이 걱정되는 모습으로 나타났다. 의사가 오기 전에 약이라도 먹었는지 소장님이 알아보라고 했네, 아닙니다, 부소장님, 집에 약이 하나도 없어서요, 그럼 이 약을 먹게, 정말 고맙습니다. 괜찮으시다면, 지금 일어나기가 힘들어서, 얼만지 모르지만 약값은 나중에 드리겠습니다, 소장님의 지시네, 소장님이 얼마를 받으라고 말씀하시진 않으셨네, 잘 알겠습니다, 죄송합니다, 부소장은 그 말이 끝나기도 전에 덧붙였다, 지금 한 알 먹는 게 좋을 텐데, 예, 부소장님, 걱정해 주셔서 감사합니다. 주제 씨는 부소장이 집 안으로 들어오는 것을 막을 수가 없었다, 거기 서, 당신은 들어올 수 없어, 여긴 내 집이야 라고, 첫번째 이유는 상관에게 그런 말투로 얘길 할 수 없다는 것이고, 두 번째는 등기소의 어떤 기록에도, 심지어는 전해오는 이야기에도, 부소장이 소장의 지시에 따라 해열제를 들고 보조서기원을 방문했다는 말은 들어본 적이 없었기 때문이었다. 부소장도 자신이 하고 있는 일에 대해서 약간은 황당한 듯한 표정이었지만, 침착함을 잃지 않고 마치 제집같이 내부를 잘 알고 있는 것처럼 안으로 들어왔다, 하긴 그도 그럴 것이, 이 동네에 도시화가 이루어지지 않았을 때에는 그도 이런 집에서 살았기 때문이었다. 그가 처음으로 주목한 것은 바닥의 커다란 얼룩이었다, 이게 뭐지, 바닥의 수도관이 터졌나, 부소장이 물었다, 주제 씨는 다른 설명을 덧붙이기 싫어서 그렇다고 말하려고 했으나 처음에 생각해 두었던 것처럼 자신의 실수로 물을 쏟았다고 얘기했다, 그렇지 않으면 나중에 수도관을 고치기 위해 기술자가 찾아올 것이고, 그에 대한 자세한 보고서를 등기소에 제출해야 되는 번거로움이 있을 것 같았기 때문이었다, 사실 집이 오래되긴 했지만 그 얼룩과는 아무런 상관도 없었다. 부소장은 평소에 얼굴에 나타나는 권위적인 태도와는 달리, 환자에 대한 예의로, 한 잔의 물과 약을 그에게로 가지고 오는 친절을 베풀었다, 그러다 갑자기, 침대로 다가오던 부소장은 머리맡의 작은 테이블 위에 놓여 있는 모르는 여자아이의 생활기록부에 시선이 머물렀다. 주제 씨는 순간적으로 부소장의 표정을 읽었고, 그것은 마치 하늘이 무너지는 것과 같았다. 뇌에서는 기록부가 있는 쪽의 팔에게 끊임없이 명령을 하달하고 있었다, 이 바보야 그걸 치워버려, 그러나 그와 동시에, 또 다른 명령이 그의 어리석음을 깨달은 듯이 내려지고 있었다, 아냐, 그냥 놔둬, 모르는 척해, 모르는 척. 주제 씨는 부소장의 호의에 감사함을 표시하기 위해 침대에 일어나 앉았다, 한 손을 뻗어 약을 받아 입에 넣고 물잔을 다시 그 손으로 받아쥐고 약이 목구멍으로 넘어가는 고통을 줄이기 위해 물을 들이켰다. 그와 동시에, 다른 팔의 팔꿈치로 침대에 있던 베개를 밀어 기록부를 덮었다. 그리고 손바닥을 편 채 마치, 거기 서, 라는 명령을 내리는 듯 팔을 앞으로 떨어뜨렸다. 그나마 다행인 것은 기록부의 사진이었다. 그것은 학생기록부와 일반적인 출생과 삶을 기록한 등기소의 기록부 사이의 가장 두드러진 차이였다. 만약 등기소에서 거주자의 사진을 매년 받아 붙인다면, 얼마나 많은 보조서기원들이 필요할 것이며, 얼마나 많은 시간을 사진을 자르고, 풀칠을 하며 보내야 하겠는가. 부소장의 표정은 완전히 구겨져 있었다, 마치, 책상들 위에는 일거리가 가득 쌓여 있고, 소장이 그를 불러 정말 일을 제대로 처리하고 있는가를 따질 때처럼. 그 사진 덕분에, 부소장은 부하직원의 머리맡의 테이블 위에 있는 기록부들이 등기소의 것은 아닐 것이라 생각했다, 그러나 주제 씨가 서둘러 그것을 감추는 걸로 봐서, 게다가 마치 의도적이지 않은 것처럼 위장하려고 했다는 것이 오히려 부소장의 의심을 사게 했다. 바닥의 얼룩이 이미 부소장에게 의심을 갖게 했고 또한 어린아이의 사진이 붙어 있는 기록부가 더욱 궁금증을 불러일으켰다. 기록부를 하나하나 세어보진 못했지만, 그 부피로 봐선 최소한 열 장은 되는 것 같았어, 어린아이의 사진이 붙은 열 장의 기록부라, 흔치 않은 일이야, 그걸로 뭘 하려는 거지, 그는 곰곰이 생각해 보았다, 만일 더 곰곰이 생각했다면, 그 기록부엔 동일한 인물의 사진이 붙어 있다는 것과, 마지막 두 장의 기록부 사진엔, 진지하지만 다정한 얼굴의, 다 자란 소녀의 모습을 기억해 낼 수도 있었을 것이다. 부소장은 남은 해열제를 침대 옆의 테이블 위에 올려놓고 돌아갔다. 문 밖으로 나서면서 뒤를 돌아보니 아직도 부하직원은 팔꿈치로 기록부를 덮고 있었다, 소장에게 보고해야겠어, 부소장은 혼자 중얼거렸다. 문이 닫히자마자, 주제 씨는 무슨 잘못을 하다 들킨 것처럼 후다닥, 베개를 들추고 기록부를 보았다. 그곳엔 누구도 너무 늦었어라고 말하는 사람은 없었다. 그리고 그도 그렇게 생각하고 싶지 않았다.

독감입니다, 의사가 말했다, 한 삼 일쯤 지나면 괜찮아질 겁니다. 머리는 여전히 어지러웠고, 다리는 아직도 힘이 없었지만, 주제 씨는 문을 열어주기 위해서 침대에서 일어났다, 밖에서 기다리게 해서 죄송합니다, 혼자 살고 있는 죄죠, 의사는 들어서며 중얼거렸다, 날씨가 아주 변덕스럽구만, 빗방울이 흐르는 우산을 접어 입구에 놓으며 의사는 안으로 들어왔다, 그래, 어디가 어떠세요, 주제 씨가 이를 덜덜 떨며 침대 속으로 들어가는 동안 의사가 물었다, 그리곤 대답을 기다리지도 않고 말했다, 독감이군요. 의사는 맥박을 재어보았고, 입을 벌려보라고 하기도 하였고, 재빠르게 가슴과 등에 청진기를 대어보더니 다시 말했다, 독감입니다, 운이 좋았습니다, 폐렴으로 진행될 수도 있지만, 다행히 독감입니다, 한 삼 일 지나면 괜찮아질 겁니다, 그 다음에 경과를 보죠. 처방전을 쓰기 위해 막 앉을 무렵, 닫혔던 등기소의 열결 통로가 열리며 소장이 나타났다, 안녕하십니까, 의사선생님, 안녕하시냔 말은 따뜻한 진찰실에 있을 때나 어울리는 인사지, 이렇게 궂은 날씨에 환자들을 찾아 거리를 헤맬 땐 안녕 못 하시군요라는 인사가 더 어울리지 않겠습니까, 환자의 상태는 어떻습니까, 소장의 물음에 의사는 대답했다, 한 삼 일 쉬라고 했습니다, 독감입니다, 주제 씨는 열 때문이 아니라 정신을 차릴 수 없는 어떤 혼란으로 인해, 누워 있는 철제 침대가 흔들리도록 떨고 있었다. 소장이 여기에, 우리 집에 오다니, 소장이 그에게 물었다. 어때요, 훨씬 나아졌습니다, 소장님, 내가 보내준 약은 먹었고, 예, 소장님, 효과가 좀 있었나, 예, 소장님, 이제 그 약 대신 의사선생님이 처방하신 약을 먹도록 해요, 예, 소장님, 어디 보자, 별 차도가 없으면 주사를 몇 대 맞도록 하게, 내가 얘기해 줄 테니까. 주제 씨는, 처방전을 조심스럽게 접어 주머니 속에 넣고 있는 사람이 정말 등기소의 소장인지 믿을 수가 없었다. 한 번도 소장의 그런 모습을 본 적이 없었다, 다른 직원들의 건강에 신경을 쓰는 따위의 일은 생각도 못했던 일이었다, 게다가 스스로 보조서기원의 약을 사다준다는 것은 상상만 해도 어리석은 일이었다. 주사를 맞으려면 간호사가 필요할 거예요, 바닥엔

물이 새고, 얼굴엔 허연 수염이 까칠하게 돋아나는, 깡마른 체구의 주제 씨의 생활을 짐작했던지 의사는, 마음은 있지만 그럴 능력이 없어 보이는 이 남자의 어려운 처지를 이해라도 하는 듯 말했다, 그는 이어서, 이 상태론 절대 밖으로 나가선 안 됩니다, 라고 못박았다, 모든 것은 제가 처리하겠습니다, 박사님, 소장이 말했다, 등기소의 간호사에게 전화해서 약을 사오라고 하고 주사를 놓으러 오도록 하겠습니다, 소장님같이 자상하신 분은 처음이군요, 의사가 말했다, 주제 씨는 힘없이 고개를 약간 끄덕였다, 그가 할 수 있는 최선의 방법이었다, 성실하고 복종하는, 그랬다, 항상 그래 왔었다, 그 말들은 그의 존재를 유지시키는 일종의 긍지 같은 것이었다, 그러나 결코 비굴하고 아첨하는 종류의 것은 아닌, 등기소에서 가장 훌륭하신 분이십니다, 누구와도 비교될 수 없으시죠, 이렇게 몸이 아파도 소장님을 위해서라면 그 높고 무시무시한 사다리라도 올라갈 겁니다, 주제 씨는 이제 또 다른 걱정과 불안에 휩싸였다, 만약 소장이 나가기 전에 의사가 먼저 가버리게 된다면, 소장과 단둘이 있게 될 때 그가 퍼부을 끔찍한 질문들을 상상해 보았던 것이다, 바닥에 얼룩은 웬 거죠, 침대밑의 기록부는 뭡니까, 어디서 가져왔어요, 그 사진은 누구 겁니까, 그는 눈을 감고 견딜 수 없는 고통을 얼굴에 나타냈다, 제발 이 고통에서 벗어날 수 있게 해주십시오, 그는 마음속으로 간청했다, 그러나 그는 번쩍 눈을 떴다,

의사가 입을 열었기 때문이었다, 이제 그만 가보겠습니다, 필요하면 다시 부르세요, 폐렴은 아니지만 며칠 쉬는 게 좋을 겁니다, 연락드리겠습니다, 박사님, 소장은 의사를 문 앞까지 배웅하며 대답했다. 주제 씨는 다시 눈을 감았다, 문을 닫는 소리가 들렸다, 그는 생각했다, 이젠 어떻게 하지. 소장의 발자국 소리가 뚜벅뚜벅 그의 침대 쪽으로 다가오다가 멈췄다, 이젠 나를 바라보고 있겠지, 주제 씨는 어찌할 바를 몰랐다, 잠든 척할 수도 있었다, 피곤에 지친 환자가 슬며시 잠에 빠지듯이, 그러나 눈꺼풀의 떨림은 그것이 거짓임을 이미 나타내주고 있었다, 혹은 다른 방법으로, 어떨진 모르겠지만, 가슴이 찢어지도록 기침을 해댈 수도 있었다, 그러나 일반적으로 독감은 그렇게 오랫동안, 심하게 기침을 하진 않는다, 바보가 아닌 다음에야 속을 리가 없었다, 적어도 그가 알고 있는 소장은 그런 바보는 아니었다. 그는 눈을 떴고, 소장은 거기에 있었다, 침대에서 두 걸음 정도 떨어진 곳에서, 얼굴엔 어떤 표정도 드러나 있지 않았고 단지 그를 내려다보고 있을 뿐이었다. 마침내 주제 씨는 자신을 구원해 줄 생각이 떠올랐다, 중앙등기소의 관심에 고마움을 표현하는 것이었다, 정중하고도 자연스럽게, 아마도 그것이 소장의 질문을 피할 수 있는 방법이 될 수도 있으리라 생각했다. 적절한 순간에 적절한 문장을 사용해서, 어떻게 감사드려야 할지 모르겠습니다, 소장님, 소장은 뒤돌아서며 한 마디의 말을 남겼다, 단 한 마디의, 조심하게, 관대하면서도 명령적인 어조였다, 훌륭한 소장만이 할 수 있는, 전혀 다른 두 의미의 말을 하나로 절묘하게 조화시키는, 그런 말투였다. 그렇기 때문에 하급자는 상관을 존경하는 것이다. 적어도 주제 씨는 감사합니다 소장님이라는 인사를 하려고 했었다. 그러나 소장은 이미 나가버렸고, 문은 그의 뒤로 조용히 닫겼다, 환자가 있는 방문을 닫을 때 그래야만 하듯이. 주제 씨는 머리가 아팠지만 그가 들어가야 할 무덤과 비교한다면 그건 아무것도 아니었다. 소장이 나간 후, 그의 첫번째 행동에서부터 그런 혼란은 시작되었다, 먼저 베개 밑으로 손을 넣어 기록부들이 제대로 있는지 확인해 보았다. 상식을 넘어선 것은 그의 두 번째 행동이다, 침대에서 일어나, 마치 도둑이 들까 염려하는 사람처럼, 등기소로 통하는 작은 문의 열쇠를 두 번 돌렸던 것이었다, 침대로 돌아와 다시 누운 것은 네 번째 행동이었다, 세 번째는, 침대로 돌아와 생각해 보았던 것으로, 만일 소장이 다시 온다면, 의심을 사지 않기 위해서 차라리 문을 잠그지 않는 것이 나을지도 모른다는 생각에 다시 잠궜던 문을 열어놓고 왔던 것이다. 주제 씨는 이러지도 저러지도 못하는 혼란의 연속이었다.

　간호사가 나타난 때는 밤이 다 되어서였다. 소장의 명령을 받아, 의사가 처방해 준 약과 주사를 가지고 왔다. 그러나, 주제 씨가 놀란 것은, 아주 조심스럽게 포장된 무언가를 식탁 위에 올려놓고 그가 한 말 때문이었다. 아직 따뜻해요, 새진 않았을 거예요, 그것은 그 속에 음식이 있음을 뜻하는 것이었다. 즉시 그것을 확인시켜 주었다. 식기 전에 드세요, 그러나 그 전에 먼저 간단한 주사부터 맞으셔야겠는데요. 주제 씨는 주사 맞는 것을 좋아하지 않았다. 항상 시선을 피하는 팔에 맞는 정맥주사는 더욱 그랬다. 그래서 간호사가 엉덩이 주사라고 말했을 때 상당히 안심이 되었다. 전혀 예상치 못했던 음식과 팔을 찌르지 않아도 된다는 사실이 주제 씨의 경계심을 풀어놓았다. 아니 그때까지 전혀 깨닫지 못하고 있었다는 표현이 맞을 것이었다. 학교에서 입은 무릎의 상처로 인해서 파자마 바지에 핏자국이 얼룩져 있다는 사실을. 간호사는 주사를 준비하고, 그것을 위로 올려 공기를 빼고, 돌아누우세요라고 말하는 대신에, 그에게 물었다. 이게 뭐예요, 주제 씨는 본능적으로 대답했다. 넘어졌어요. 정말 재수가 없었네요, 넘어지고, 독감에 걸리고, 운이 좋은 건 좋은 소장을 만난 것뿐이네요. 엎드리세요. 무릎은 조금 있다 봐 드릴게요. 따끔한 주사바늘과, 근육으로 천천히 그리고 고통스럽게 주사약이 들어가는 것을 느끼며, 지친 몸과, 영혼과 의지의 주제 씨는 어린아이처럼 울고 싶어졌다. 이게 무슨 꼴이람, 그는 그렇게 생각했고 그것은 사실이었다. 누추한 집의 보잘것없는 침대에 누워, 더러워진 옷과, 결코 마를 것 같지 않은 바닥의 물기를 숨기는, 열이 펄펄 끓는 불쌍한 인간이 바로 그였다. 똑바로 누우세요, 상처를 한 번 보죠, 간호사가 말했다, 주제 씨는 한숨을 내쉬며, 기침을 하며, 그의 말에 따랐다, 힘들게 몸을 돌리곤 고개를 앞으로 들어 올려 간호사가 바지를 무릎 위로 걷어올리는 것을 보았다, 더러워진 반창고를 떼어내고 몇 방울의 소독수를 거즈 위에 떨어뜨리고선, 아주 조심스럽게 그것을 떼어냈다, 다행히도 응급처치는 누가 봐도 훌륭한 솜씨였다, 거의 완벽한 수준이었다. 상처를 본 간호사의 얼굴은, 넘어졌다는 주제 씨의 얘기를, 그의 경험과 상식으론 도저히 이해할 수 없다는 듯한 얼굴이었다. 아니 세상에, 이건 마치 무릎으로 시멘트 위를 뛰어다닌 것 같은데요, 넘어졌다고 했잖아요, 소장님께 말씀드려야겠어요, 업무완 상관없는 일입니다, 그런 일을 상관에게 보고할 필요는 없지요, 주사 때문에 왔지만 이건 그냥 놔둘 수 없는 문제예요, 일부러 내가 그 상처를 봐달라고 하지 않았잖소, 예, 선생님, 부탁하시진 않았지만 내일 아침, 그 상처로 인해 심각한 감염이라도 발생한다면, 그 다음엔 누구에게 책임을 묻겠어요, 바로 저예요, 안이하고 직업정신이 결여되었다고, 게다가 소장님은 모든 것을 알고 싶어하세요, 그게 바로 아무도 신경 써주지 않는 사람들을 돌보시는 소장님의 배려이기도 하고요, 내일 제가 소장님께 말씀드리죠, 꼭 그렇게 하셔야 됩니다, 그래야 확실한 보고서가 되니까요, 보고서라니 무슨 보고서, 제 거요, 별것도 아닌 상처를 보고서에 적을 필요는 없잖소, 아무리 작은 상처라도 중요해요, 이건 며칠만 지나면 흉터도 별로 남지 않을 작은 상처에 불과해요, 예, 몸의 상처는 지워지지만, 보고서엔 항상 남아 있어야 해요, 없어지거나 사라지지 않죠, 무슨 말씀이신지, 등기소에서 근무하신 지 얼마나 되셨습니까, 이십육 년쨉니다, 이때까지 몇 분의 소장을 겪었습니까, 이 소장님까지, 셋이요, 보기에 뭐 다른 점을 못 느끼셨습니까, 다른 점이라뇨, 이전의 소장님들과 다른 점 말입니다, 무슨 말씀을 하시는지 모르겠군요, 소장들이 별 하는 일이 없다는 게 사실입니까 아닙니까, 그건 사실이죠, 모두 그렇게들 얘기하죠, 그렇다면 거기에서 그들의 가장 중요한 관심거리가 무엇인지를 알 수 있잖아요, 모든 직원들이 열심히 일하고 있는 시간에, 시간은 남아돌고, 그러니 뭘 하겠어요, 직원들에 대한 정보를 모으는 거예요, 모든 종류의 정보들을, 그것은 예전부터, 등기소가 존재했을 때부터, 소장이 바뀔 때마다 해오던 일이죠. 순간 놀란 주제 씨가 몸을 떠는 것을 간호사는 놓치지 않고 보았다, 놀라셨군요, 예, 놀랐습니다, 선생님에 대해 보다 확실한 이해를 위해서 그 놀람까지도 제 보고서에 써야 되겠군요, 그렇게는 못 할걸요, 사실, 그렇게 하지는 않을 겁니다, 왜 그런지 제가 설명해 볼까요, 말씀해 보세요, 그걸 써놓으면, 소장이 등기소 직원들에 대한 정보를 수집하고 있다는 사실을 제게 말했다는 걸 알리게 되는 것이고, 그렇게 되면 왜 그런 얘기를 제게 했냐고 물을 것이고, 또한 어떻게 일개 간호사가 이십오 년 동안 등기소에서 아무도 꺼내지 않았던 그런 비밀스런 일을 알 수 있었냐고 다그칠 게 분명하기 때문이니까요, 간호사에 대한 믿음은 대단하죠, 의사보단 못하지만, 그럼 소장이 당신에게 비밀스러운 얘길 하곤 한다는 뜻입니까, 때론 그렇지만 저도 그런 사실을 모른 척하죠, 단지 명령을 받을 뿐이죠, 그럼 그걸 따르기만 하면 되잖습니까, 모르시는 말씀, 단순히 그 명령을 수행하는 것보다 훨씬 더 많은 걸 해야 되거든요, 그 명령을 해석하는 일이죠, 왜요, 왜냐하면, 일반적으로 그가 지시하는 것과 원하는 것엔 큰 차이가 있으니까요, 예를 들어 그가 이곳에 와서 주사를 놓으라고 했다면, 그건 표면적인 것이죠, 이 경우 표면적인 것 외에 또 뭐가 있다는 거요, 상처들을 보면서 얼마나 많은 것을 발견했는지 당신은 아마 상상도 못 할 거예요, 어쩌다 생긴 상처일 뿐인데 뭘 발견했단 말이오, 어쩌다란 말은 많은 의미가 숨겨져 있다는 뜻이기도 하죠, 아니 그럼 내 상처에서 뭘 발견했단 말이오, 무릎으로 벽을 긁고 다니며 뭘 하고 다녔습니까, 얘기했다시피 넘어졌다니까요, 내 생각에 그런 정보는 소장에게 별 쓸모가 없을 것 같은데, 쓸모가 있든 없든간에 그건 내가 알 바 아니고, 더 이상 당신에게 얘기하고 싶지 않아요, 내가 독감에 걸린 건 이미 소장님께 보고드렸으니까, 그렇지만 무릎의 상처에 대해선, 바닥의 얼룩에 대해선 그리고 그 놀람에 대해선 말씀드리지 않았잖아요, 더 할 일이 없으면, 제발 그만 돌아가주시오, 피곤해서 그만 자야겠소, 그 전에, 식사하시는 것 잊지 마세요, 우리 얘기 때문에 음식이 식지 않았길 바랍니다, 아파 누워 있으면 시장한 걸 못 느껴요, 하지만 안 먹고 살 수는 없죠, 소장님이 보낸 음식이니까, 이런 사실을 또 누가 알고 있는 사람이 있습니까, 예, 제가 살고 있는 곳을 아신다면, 그 사람이 누굽니까, 일 층에 사는 나이 든 여자죠, 무릎의 상처, 갑작스럽고 설명할 수 없는 놀람, 일 층의 나이 든 여자, 만일 그것들을 기록한다면, 내 생애의 최고의 보고서가 되겠군요, 그렇게 쓰진 못할 거요, 아니, 쓸 거예요, 그렇지만 단지 왼쪽 엉덩이 주사를 놓아 주었다는 것만, 상처를 봐줘서 고맙군요, 그리고 제게 가르쳐 준 것에 대해선 더욱 고맙구요, 많은 걸 배웠습니다. 간호사가 나간 후, 주제 씨는 꼼짝도 않고 기력과 안정을 되찾을 때까지 얼마 동안을 그 자리에 누워 있었다. 힘든 대화였다, 한 마디 한 마디마다 함정이 도사리고 있는 듯했다, 순간의 실수가 그의 모든 노력을 수포로 돌아가게 할 수도 있었기 때문에 정신을 바짝 차리고, 조심스럽게 말을 해야만 했었다. 일반적으로 믿고 있는 것과는 달리, 뜻과 의미는 결코 일치하지 않는다, 의미는 직설적이고, 분명하고, 설명이 가능한 한 가지의 확실한 무엇이라면, 뜻이란 한마디로 설명할 수 없게, 마치 나뭇가지가 새로운 가지를 치

듯이, 심지어 그 진의를 파악할 수도 없게, 수없이 많은 의미를 가질 수 있는 것이다. 한 마디의 말이 가질 수 있는 그 진정한 의미는 출렁이는 바다에 비치는 별빛 같은 것이고, 이해하기 힘들고, 혼란스럽고 괴로운 것이다.

결국, 주제 씨는 침대에서 나와, 슬리퍼를 신고, 가운을 입었다. 그 위에 한겨울에 방에서 사용하는 담요도 어깨 위에 걸쳤다. 허기를 느꼈지만, 먼저 등기소로 통하는 작은 문을 열었다. 무언가 생소한 느낌이 들었다, 자신이 그곳에 없는 동안 무언가 많은 일들이 있었던 것 같은 느낌이었다. 그렇지만 변한 건 없었다, 민원인들을 맞이하는 긴 접수대도 거기에 그대로 있고, 그 밑에는 산 자들의 신상기록을 보관하는 서랍이 있고, 그 뒤로 여덟 명의 보조서기원의, 네 개의 정식직원의, 두 개의 부소장의, 그리고 높이 전구가 매달린 채 켜져 있는 소장의 커다란 책상도 그대로 있었다. 또한, 천장 꼭대기까지 솟아 있는 죽은 자들의 서류장엔 깊은 어둠이 드리워져 있었다. 등기소엔 아무도 없었지만, 주제 씨는 열쇠로 문을 잠갔다. 간호사가 새로 감아준 붕대 덕분에 걷기가 훨씬 쉬웠다. 상처도 쓰림이 덜했다. 그는 식탁에 앉아 포장을 풀었다, 두 개의 통이 쌓여져 있었는데, 하나는 수프였고, 다른 하나는 스테이크와 감자튀김이었다. 그는 간호사의 말을 떠올리며 혼자 중얼거렸다, 그래도 소장이 신경 많이 써줬잖아, 만약 그가 아니었으면 버려진 개처럼 이곳에서 아무도 모르게 죽었을지도 모르지. 그래, 고맙지, 그는 다시 말했다, 마치 자신을 설득이라도 하는 듯. 식사를 마친 후, 화장실을 다녀온 그는 다시 침대에 몸을 뉘었다. 그의 조사에 관한 상황들을 적었던 노트가 문득 생각났을 때도 잠을 이루기 위해 노력하고 있었다. 내일 아침에 쓰지 뭐, 아냐, 이 새로운 사실들은 먹는 것만큼이나 급한 일이야, 그는 노트를 가지러 갔다. 파자마 상의의 단추를 목 끝까지 채우고, 이불을 돌돌 말아 덮고 침대에 앉아서 지난번 마지막 문장에 이어서 써내려갔다, 소장이 나에게 말했다, 아프지 않다면, 요 며칠 동안의 불성실한 근무태도는 어떻게 설명할 수 있겠소, 잘 모르겠습니다, 소장님, 잠을 잘 못 자서 그런 것 같습니다. 열 때문에 잠을 이룰 수 없었기에 그는 밤이 늦도록 작업을 계속했다.

열이 내리고 기침이 줄어들 때까진 삼 일이 아니라 일주일이 필요했다. 간호사는 매일매일 주사와 음식을 가지고 왔었고, 의사는 이틀에 한 번씩 다녀갔다. 그러나 그런 특별한 관심이, 등기소의 의무진들은 어떠한 상황에서도 최선을 다하기 때문이라고 생각되기보다는, 단순히 소장의 명령에 따른 것으로 여겨질 뿐이었다. 박사님, 저 환자를, 마치 나를 돌보듯이 잘 돌봐주십시오, 중요한 사람입니다. 의사는 소장이 주제 씨에게 보이는 특별한 호의의 이유를 간파하지 못했고, 그저 몇 번, 주제 씨의 집과는 전혀 다른 안락함과 편리함이 있는 소장의 집을, 직업상 방문했을 뿐이었다. 그때까지도 주제 씨는 제대로 면도도 못하고, 침대보조차도 새 것으로 갈지 못한 채 지내고 있었다. 사실 새 침대보가 없을 정도로 그의 생활이 궁핍한 것은 아니었다. 그러나 그만이 알고 있는 어떤 이유로 땀과 얼룩에 젖은 침대보를 갈아 주겠다는 간호사의 호의를 단호히 거절했다. 오 분이면 깨끗이 갈아드릴 수 있어요, 지금 이대로도 괜찮소, 그냥 놔두세요, 어려워마세요, 이것도 제 일인데요, 괜찮다고 했잖아요. 주제 씨는 침대보 밑에 감춰둔 그 미지의 여자의 학생 때의 기록부와 조사의 진행상황을 적어둔 노트가 다른 사람의 눈에 띄는 것을 보고 있을 수만은 없었다. 다른 곳에 감춰야겠는데, 예를 들어 유명 인물들의 기사를 모아둔 파일 같은 곳에, 그러나 비밀을 직접 자기 자신의 몸으로 감추고 있어야 된다는 생각이 너무도 강했기 때문에 그는 쇠약해진 몸을 움직여 그날 저녁 직접 침대보를 갈았다. 아무런 언급도 하지 않았지만 의사나 간호사와 또다시 그 문제를 가지고 실랑이를 하고 싶지 않았고, 침대를 바라보는 간호사의 눈에서 무언가 냄새를 맡은 듯한 느낌을 받았기 때문이었다. 이제 더 이상 의사나 간호사가 귀찮게 하진 않겠지, 그는 화장실로 가서 면도를 하고, 가능한 한 깨끗이 씻은 다음, 서랍에서 낡은, 그러나 깨끗한 파자마를 꺼내 갈아입고 다시 침대로 돌아가 누웠다. 너무나 산뜻하고 쾌적한 느낌에 그는 노트를 꺼내 모든 일들을 차분하고 상세하게 기록하기로 하였다. 건강이 회복되었다고 의사가 소장에게 보고를 한 것은 그리 오래되지 않았다, 환자가 다 나았습니다, 이삼 일 지나면 다시 근무를 할 수 있을 겁니다. 소장은 말했다, 좋아요, 하지만 내색은 마세요, 마치 다른 것을 생각하고 있는 것처럼.

주제 씨는 회복되었지만 몸무게가 엄청 많이 빠졌다, 간호사가 식사를 매일 가져다 주었고, 활동하지 않는 성인의 몸을 지탱하는 하루 열량으로는 충분한 것이었다 할지라도, 그것은 하루에 한 번뿐이었다, 전처럼 열로 인해서 많은 땀을 흘리지 않는다 하더라도, 회복을 위해선 신경을 써야만 했었다. 중앙등기소에선 개인의 건강상태가 어떤가에 대해 그다지 관심을 가지지 않았기 때문에, 마르고 초췌해진 주제 씨의 모습을 두고 동료들이나 상관들의 이러쿵 저러쿵하는 말들은 없었다, 그러나 등기소의 일반적인 관례와 달리, 예외적인 소장의 호의를 받았던 주제 씨에 대한 그들의 시선이 고울 리는 없었다. 누군가 등기소의 사정을 잘 모르는 사람이라면, 다들 과묵하고 일에 열중인 사람들로 생각할 수도 있을 것 같았다. 며칠 동안 출근하지 못했던 상황을 인식해선지, 주제 씨는 아침 일찍 등기소 앞으로 나가, 아침에 문을 열고 오후에 문을 잠그는 임무를 맡고 있는, 두 소장 가운데서 그래도 나이가 적은 부소장이 나타나기를 기다리고 있었다. 등기소 문의 진짜 열쇠는 그야말로, 바로크 시대 연금술의 예술품과도 같은 것이었다, 부소장의 열쇠는 모조품이었고, 진짜는 소장이 가지고 있었다, 그 무게와 장식의 화려함으로 인해 가지고 다니기가 불편한 때문인지 몰라도, 한 번도 그것을 사용하는 것을 본 적은 없었다. 왜냐하면, 규정을 기록해 놓지는 않았지만, 아주 오래전부터 엄격히 지켜져 왔던 것처럼, 건물에 가장 늦게 들어서는 사람은 항상 소장이었기 때문이었다. 주제 씨의 그 미지의 여자에 대한 사건만 없었어도, 이것은 정말 연구해 볼 만한 가치가 있는 등기소 생활의 의문 중 하나였다. 어떻게 그 혼잡한 시내의 교통체증에도 불구하고 모든 직원들이 정해진 순서대로 출근을 할 수 있단 말인가. 먼저 나이에 상관없이 보조서기원들이 도착해서 문의 개폐를 담당하는 부소장을 기다리고, 다음엔 직급순으로 정식직원들이 출근하고, 다음엔 고참 부소장이, 그리고 마침내, 아무도 마음속으로 반기지 않는 소장이 나타나는 것이다. 이 모든 것이 기정사실처럼 받아들여지고 있었다.

주제 씨의 복귀를 바라보는 경멸스런 시선은, 업무가 시작된 지 삼십 분이 지나, 소장이 나타날 때까지 계속되었고, 그의 출현 이후엔 일종의 질투로 변했다. 그러나 다행히도 어떤 말이나 행동으로 표출되진 않았다. 모든 것을 다 안다고 할 수는 없지만, 우리가 알고 있는 인간의 영혼이란 인간적이지 못할 때도 많다. 요 며칠간, 이미 적지 않은 소식들이 알게 모르게 입에서 입으로 전해졌을 것이었다. 소장이 주제 씨의 독감에 각별한 신경을 쓰고 있다는 것을, 간호사에게 음식을 가져다 주게 하고, 적어도 한 번은 집을 방문했고, 그것도 근무시간에 모든 사람들이 보는 앞에서, 더 확인해 보지 않아도 확실한 특별 대우였다. 게다가 소장이 자리로 가기 위해 주제 씨 옆을 지날 때, 이제 완전히 회복되었냐고 묻기까지 했으므로, 누구도, 직급을 막론하고, 어떤 소문도 입밖에 낼 수가 없었다. 더 놀랄 만한 일은 그 전에 있었다, 왜냐하면 이것이 두 번째였으니까, 모든 사람들이 그 일을 기억하고 있었다. 그리 오래전의 일이 아니었는데, 소장은 주제 씨에게 이제 불면증에 시달리지 않느냐고 물어보았던 것이다. 마치 주제 씨의 불면증이, 등기소의 정식직원들에겐, 죽느냐 사느냐의 문제인 것처럼. 직원들은 그들이 들은 것을 도저히 믿을 수 없다는 듯이, 그 둘의 대화를 지켜보고 있었다. 주제 씨는 소장의 호의에 감사했고, 공개적으로 음식에 대한 언급을 했다, 그것은 등기소의 분위기를 더욱 험악하게 만들었다. 소장은, 혼자 사는 불쌍한 직원을 버려둘 수가 없어서 수프 한 그릇 보낸 것이 무슨 큰 일이냐고 얘기했다. 주제 씨는 소장의 관대함에 이렇게 얘기를 꺼냈다, 고독이란 결코 좋은 친구는 아니었습니다, 큰 슬픔과, 큰 유혹과, 큰 실수는 항상 삶에서 저를 고독하게 만들었습니다, 어떤 힘든 일이 있을 때에도 상의할 친구도 하나 없는, 저에게, 슬픔은, 도대체 슬픔이란 무엇입니까, 소장님, 전 그렇다곤 생각하지 않습니다, 아마, 제가 약간은 우울한 면은 있지만, 그게 큰 결점은 아니라고 생각합니다, 주제 씨는 스스로 이렇게 대답했다. 그리고 유혹은, 사실 그것에 끌릴 나이도, 처지도 안되지만, 말씀드리자면, 그것을 찾아다닌 적도, 그것이 나를 찾아온 적도 없습니다, 그럼 실수는, 지금 말씀드리려는 것입니다, 소장님, 업무에 대한 실수를요, 난 지금 일반적인 실수에 대해 말하고 있는 겁니다, 업무에 관한 실수야, 빠르건 늦건, 해결할 수 있는 문제니까, 적어도 제정신일 땐 결코 누구를 해친 적이 없습니다, 이것만은 맹세할 수 있습니다, 그럼, 자기 자신에 대한 실수는, 많았겠죠, 아마도 그렇기 때문에 이렇게 외톨이인 것 같습니다, 또 다른 실수를 저지르기 위해서 말인가, 주제 씨는 자리에서 일어나 소장쪽으로 다가갔다, 그러자 갑작스럽게 다리의 기운이 쭉 빠지는 것을 느꼈고, 온몸은 땀으로 뒤범벅이 되었다. 핏기가 싹 가신 얼굴의 주제 씨는 책상을 붙잡아보려 했지만 그것도 여의치 않았다, 주제 씨는 의자에 다시 앉아야만 했고 그와 동시에 중얼거렸다, 죄송합니다, 소장님, 죄송합니다. 소장은 전혀 얼굴을 읽을 수 없는 표정으로 몇 초 동안 그를 바라보다가 자신의 자리로 향했다. 그는 주제 씨를 담당하는 부소장을 불러, 낮은 목소리로 무언가를 지시했다. 직원을 거치지 않고 부소장이 직접 명령을 받았다는 사실은, 그것이 어느 한 보조서기원에 대한 것이고, 일반적 규칙과, 관습과 전통을 무시하고 부소장이 직접 일을 처리하라는 뜻이었다. 이미 이전에, 소장이 바로 그 부소장을 불러, 주제 씨에게 약을 갖다 주라고 했을 때에도, 등기소의 위계질서는 허물어졌었다. 그러나 그때는 명령을 받은 직원이 그것을 완수할 만큼의 능력이 없을지도 모른다는 불신감 때문이었다고 생각될 수도 있었다. 단지 해열제를 전달해 주는 것뿐만 아니라, 그를 관찰한 후 소장에게 자세히 보고를 해야 했기 때문에. 정식직원 누구에게라도 지시를 내릴 수 있었다. 그렇지만 부소장을 직접 보낸 것은, 의도를 파악하지 못하는 직원의 대부분은, 자기 나름대로의 해석으로, 바닥의 얼룩은 이런 겨울에는 수도관이 동파될 수도 있다라고 생각하고, 소장의 지시를 충실히 수행했다는 만족감으로 돌아와서, 모든 게 정상입니다라고 말할 수도 있었기 때문이었다. 즉, 다시 말해서, 소장에게 불려진 부소장은, 그가 무엇을 원하는지, 어떤 전략을 구사하고 있는지를 재빠르게 간파하고 충족시켜 준다는 뜻이다. 사실 소장이 원하는 것을 정확하게 알지는 못하지만, 오랜 시간 겪어왔던 경험과 지식으로, 지시를 내리는 소장의 말투와 행동을 통해 주제 씨를 겨냥한, 혹은 그의 상황에 대한 모든 것들을 하나도 빠짐없이 보고할 수 있었다. 예상과는 딴판으로, 소장이 부소장을 통해 내린 지시는, 그가 소장으로부터 받았던 호의보다 더욱 놀라운 것이었다. 부소장은 말했다. 주제 씨, 소장님은, 조금 전에 기절했던 상황으로 봐선 아직 정상적인 근무가 불가능하다고 생각하고 계십니다. 기절한 게 아닙니다. 정신은 말짱했어요. 단지 순간적으로 기운이 조금 빠졌을 뿐입니다.

기절을 했든 아니든, 순간적으로 그랬든 아니든간에, 중앙등기소는 당신의 완전한 회복을 원하고 있어요, 가능한 한 앉아서 업무를 본다면, 며칠 내에 예전처럼 일할 수 있을 겁니다, 소장님께선 얼마 동안의 휴가를 신청하는 것이 좋으리라고 생각하고 계십니다, 물론, 너무 오래는 안 되겠지만, 한 열흘 정도, 그 동안 영양도 보충하고, 푹 쉬고, 공원이나 거리를 산책하면서 몸을 회복하도록 하세요, 마침 장미도 많이 필 때니까 위안이 될 거예요, 그리고 나서 돌아오면 훨씬 나아질 거예요. 주제 씨는 놀란 눈으로 부소장을 바라보았다, 보조서기원과 나누는 대화 같지가 않았다, 그 속에 어떤 다른 의도가 있다고 할지라도. 소장이 그의 휴가를 원하는데는 분명히 어떤 속셈이 있을 것이었다, 그러나 그것이 어떤 것이라 할지라도 그의 건강에 신경을 써주고 있다는 사실을 보여주고 있었다. 이러한 소장의 제안은, 중앙등기소의 일반적 관례로 볼 때, 도저히 있을 수 없는 일이었다, 휴가계획은 언제나 정확하게, 다양한 각도로 계산되어 짜여졌고, 물론 그 중엔 이해할 수 없는 요인이 많았지만, 각자에게 주어진 날들을 정확히 배분 받았다, 이렇게 이미 확정된 계획을 무시하고, 소장이, 다름 아닌 보조서기원에게, 독감을 이유로 집에서 쉬라고 했다는 것은 결코 있을 수 없는 조처였다. 주제 씨의 얼굴에는 당황하는 빛이 역력했다. 등뒤로 동료들의 따가운 시선을 느낄 수 있었고, 소장의 말을 전하는 부소장의 얼굴에선, 규칙을 무시한 처사에 대한 반발감이 점점 커져감을 느낄 수 있었다. 주제 씨는 하마터면 만면에 미소를 지으며, 언제나 상사의 명령에 그랬듯이, 알겠습니다, 부소장님이라고 대답할 뻔했다. 열흘간의 휴가는 그에게 근무시간의 압박감 없이 조사를 할 수 있는 시간적 여유를 제공해 줄 수 있었기 때문이었다. 신이시여 독감을 만드신 분에게 축복을, 하지만 주제 씨는 그 설레는 마음을 감추며, 가능한 한 진지한 표정으로 대답했다, 알겠습니다 부소장님, 소장에게 어떻게 보고할지 알 수 없었기 때문이었다. 마치 주제 씨는 그의 제안에 수긍할 수 없다는 듯한, 혹은 그의 말을 이해할 수 없다는 듯한 인상을 지었지만, 마음속으론 마치 일 등짜리 복권에라도 당첨된 듯한 기분이었다. 소장의 의도는 무엇일까, 글쎄, 그게 뭘까. 주제 씨는 부소장에게 말했다, 휴가를 내주신다니 정말 소장님께 감사드립니다, 소장님께 전해드리겠네, 제가 직접 말씀드려야 되는 건 아닌지 모르겠습니다, 일반적으로 그러지 않는다는 건 자네도 잘 알고 있잖나, 안 그래도 특별한 경우인데, 부소장은 관료적 어투로 대답했다. 주제 씨는, 소장이 그를 바라보고 있거나, 그들의 대화를 다 이해하고 있으리란 생각은 하지 않았지만, 소장이 있는 쪽으로 고개를 돌렸다. 아마도 소장은, 쓸데없는 감사는 그만두고 신청서나 내고 그만 가보게라는 의미의 손짓만을 했을 것이라고 생각했다.

집으로 돌아와 주제 씨가 맨 먼저 한 일은 옷장 속에 감춰둔 옷을 처리하는 것이었다. 이전에도 그다지 깨끗한 편은 아니었지만, 일주일 동안이나 비에 젖은 상의, 셔츠, 바지, 양말, 속옷 등이 외투에 싸인 채로 방치되어 있었기에 이젠 쉰 냄새가 진동하는, 완전한 걸레가 되어 있었다. 심지어 접혀진 부분엔 퍼런색의 곰팡이마저 피어 있었다. 그는 옷들을 큰 비닐봉지에 담고, 침대 이불 밑에 감춰둔 기록부와 베개 밑의 노트를 다시 한 번 확인하고, 등기소로 통하는 작은 문을 열쇠로 꼭 잠근 후, 정신을 가다듬고, 제일 잘 하는 곳은 아니지만 가장 가깝게 있는 세탁소로 향했다. 내용물을 맡기려고 그것들을 쏟아냈을 때, 세탁소의 직원은 불쾌한 표정을 감추지 못했다. 미안합니다, 보기엔 그렇지만 진흙에 빠졌던 건 아닙니다. 주제 씨는 보다 논리적인 거짓말을 꾸미기 위해 노력했다, 한 이 주 전에 이걸 들고 오다가 봉지 밑이 터지는 바람에 공사를 하고 있던 진흙땅에 그만 떨어져버렸습니다. 그때 비가 많이 왔을 땐데, 기억하실지 모르지만, 그런데 왜 그 당시에 옷을 가지고 오시지 않으셨어요, 지독한 감기에 걸려버렸습니다, 폐렴에 걸릴 수도 있다며 의사가 외출을 삼가하라고 해서요, 이건 두 번은 빨아야 하기 때문에 가격이 훨씬 비싸게 나오겠는데요, 게다가, 아니 세상에, 이 바지는 어떻게 된 거예요, 이것도 세탁을 맡기실 거예요, 이 무릎 좀 보세요, 마치 시멘트 담벼락을 무릎으로 박박 문지른 것 같네요. 주제 씨는 바지가 그토록 엉망이 되었다는 사실은 생각지도 못하고 있었다. 어떻게 고칠 방법이 없습니까, 고쳐요, 있죠, 짜깁기하는 곳을 찾아보시면 될 거예요, 하지만 아는 곳이 없는데, 제가 알아봐 드리죠, 하지만 가격이 만만치 않을 거예요, 짜깁기는 원래 비싸거든요, 그냥 꿰매면 안될까요, 안 될 건 없지만 밖에 나갈 때 입을 순 없을 거예요, 그럼 안 되는데, 저는 호적 등기소 직원인데, 아, 등기소에서 일하시는 직원이세요, 종업원은 약간의 경의를 표하는 말투로 그에게 물었다. 주제 씨는 먼저 자신의 신분을 말한 것에 대해 후회했다. 전문적인 도둑이라면 그가 학교를 털었다는 자취를 남기지 않았을 것이다. 혹시 이 종업원이 유리 자르는 칼을 구입했던 가게의, 아니면 정육점의 종업원과 부부 사이라면, 저녁때, 집으로 돌아가서 각자의 하루 생활을 얘기할 때, 화젯거리로 등장할지도 모르고 그것이 화근이 되어 모든 것이 밝혀지면 감옥으로 끌려갈지 모르는 일이었다. 그러나 종업원의 친절한 미소로 보아서 그런 걱정을 할 필요는 없을 것 같았다. 이번만은 돈을 더 받지 않고 해드릴게요, 선생님이 중앙등기소에서 일하신다기에 특별히 신경 써드리는 거예요, 종업원은 덧붙였다. 주제 씨는 정중히 고맙다고 말하곤 세탁소를 나왔다. 뭔가 만족스럽지 못했다. 이곳 저곳에 너무 많은 흔적을 남겼고, 너무 많은 사람들과 얘기를 한 것 같았다. 그가 생각했던 조사는 이런 것이 아니었다. 사실 그런 생각을 하고 있었던 것은 아니었다. 지금 막 떠오른 생각이었다. 그 모르는 여자를 찾는 일은 아무도 알지 못하게 진행되어야 했다. 아무도 모르게. 그럼에도 불구하고, 이미 두 사람이, 삼 층의 그 젊은 여자와 일 층의 나이 든 노부인이, 그가 무엇을 하고 다니는지를 알고 있었다. 그것은 주제 씨에게 이미 위험한 일이었다. 예를 들어, 그들 중 한 사람이라도, 착한 시민들이 그렇듯이, 진정 그를 돕고 싶은 마음에서, 주제 씨가 없는 사이에 등기소에 나타나서, 주제 씨 좀 뵐 수 있을까요, 주제 씨는 휴가 중이라 출근하지 않았는데요, 아이, 이를 어쩌나, 그분이 찾고 있는 사람에 대한 아주 중요한 정보를 가지고 왔는데, 정보라뇨, 누구의, 주제 씨는 그 다음의 대화를 상상하기조차 싫었다. 방바닥의 떨어진 널판지 밑에서 일기장을 발견했어요, 일간지요, 아니, 일기장이요, 그런 걸 쓰기 좋아하는 사람들이 있잖아요, 저도 결혼하기 전엔 일기를 쓰곤 했었죠, 여기 등기소에선 사람들의 출생이나 사망을 다루지 그런 것과는 아무 상관도 없어요, 아마 이 일기장에 주제 씨가 찾고 있는 분의 가족에 대한 얘기가 있을 것 같기에 가져왔는데, 주제 씨가 누굴 찾고 있는지 알진 못하지만, 그건 중앙등기소의 일과는 무관한 일입니다, 게다가 중앙등기소에선 직원들이 개인 사생활에 대해선 어떤 상관도 하지 않아요, 개인적인 일이 아니에요, 주제 씨는 중앙등기소의 일 때문이라고 제게 말씀하셨는데요, 잠깐만 기다려보십시오, 제가 부소장님께 여쭤보죠. 그러나 부소장이 접수대 쪽으로 왔을 때엔 이미 일 층의 그 노부인이 삼층 여인을 돌려보낸 후였다. 비밀은 비밀로 간직되는 것이 가장 좋은 방법이라는 것을 삶을 통해 깨닫고 있었기 때문이었다. 그리곤 부소장에게 말한다. 주제 씨가 휴가를 마치고 돌아오면 일 층의 늙은이가 다녀갔다고 좀 전해주세요. 성함이 어떻게 되십니까. 그렇게만 전해주시면 알 겁니다. 주제 씨는 안도의 한숨을 내쉬었다. 일 층에 사는 노부인은 사려가 깊은 사람이기에 부소장에게 의심을 받을 만한 어떤 말도 하지 않을 것이었다. 독감 때문에 머리가 어떻게 되었나보다, 주제 씨는 생각했다. 그런 일은 있을 수도 없는 환상이었다. 바닥 밑엔 숨겨져 있는 일기장도 없고, 수십 년 동안 아무런 소식도 없다가 갑자기 이제 와서 연락을 할 리도 없었다. 만약, 그 부인이 찾고 있던 여자의 이름이라도 언급했다면, 등기소에서는 주제 씨가 그 모르는 여자의 신상기록부를 복사했다는 사실이나, 증명서를 위조했다는 사실을 알아내는데 많은 시간이 필요하진 않을 것이다. 주제 씨는 그런 생각을 하면서 집으로 향했다. 휴가의 첫날은, 햇빛 따뜻한 정원이나 공원을 산책하며 쇠약해진 기력을 회복하라는 부소장의 충고를 따르고 싶지 않았다. 지금부터 어떻게 해야 할 것인가를 결정해야 했지만, 일단 흥분된 마음을 가라앉혀야만 했다. 멀리 집이 보이자, 등기소의 높은 벽은 자신의 집을 삼켜버릴 듯했다. 주제 씨는 발걸음을 바쁘게 옮겼다. 만일 집 앞에 도착했을 때, 그것이 없어져버린다면, 모르는 여자의 기록부와 조사의 진행사항을 적어둔 노트도 함께 사라져버릴 테고, 그렇게 되면 겪었던 그 많은 위험도, 몇 주간의 노력도 허무하게 사라져버릴 것이라는 엉뚱한 상상을 했던 것이다. 호기심 많은 사람들은 사라진 집 앞에서 허탈하게 서 있는 그에게 뭔가 중요한 것을 잃어버렸냐고 물을 것이다. 그는 그렇다고, 몇 장의 서류들을 잃어버렸다고 대답할 것이고, 그들은 또다시, 증권, 채권, 집문서 등 보통사람들이 관심을 가지는 물질적인 것들이냐고 물을 것이다. 그러면 그는 어쩔 수 없이 그렇다고 대답할 수밖에 없을 테지만, 그것들의 의미는 주제 씨에겐 어떤 물질적인 것과도 바꿀 수 없는 소중한 것이었다.

집은 그곳에 그대로 있었지만 굉장히 작아진 듯 보였다. 아니면 등기소가 몇 시간 만에 커졌든가. 거리로 나가는 현관문의 높이는 이전과 같아서 몸을 구부릴 필요가 없었음에도, 주제 씨는 들어가며 고개를 숙였다. 그는 등기소로 통하는 작은 문에 귀를 기울였다. 일반적으로 조용한 가운데서 일하는 등기소 내에서 어떤 목소리를 듣고자 원했던 것이 아니라, 소장이 휴가를 지시한 이후부터 자리 잡고 있었던 불안하고 의심스러운 마음을 진정시키고 싶었다. 그리곤 침대의 이불을 들추어 기록부를 꺼내곤, 날짜 순서대로 정리를 하기 시작했다. 열세 장의 기록부엔, 어린 소녀에서 좀더 자란 소녀로, 그리고 거의 성숙한 여자의 단계로 변해가는 얼굴을 담은 사진이 이어져 붙어 있었다. 그 기간 동안 세 번의 이사를 했지만, 학교를 옮길 만큼 멀리로 가진 않았음이 분명했다. 그의 행동계획을 복잡하게 만들 필요는 없었다, 이제 주제 씨가 할 수 있는 유일한 일은 마지막 기록부에 기재된 주소로 찾아가보는 것뿐이었다.

다음날 아침 그 집을 찾아갔지만, 현재 살고 있는 사람에게, 그리고 건물의 다른 이웃들에게 사진의 소녀를 알고 있느냐고 물어보기 위해 계단을 오르진 않기로 하였다. 대답이란 주로, 모른다거나, 이사 온 지 얼마 안 됐다거나, 기억이 안 난다라고 할 것이 분명했기 때문이었다. 그는 이해했다, 사람들이란 수시로 왔다간 사라지기 때문에, 실제로 그 가족을 기억하기란 쉬운 일이 아니라는 것을, 누군가 안다고 말하리란 것은 그에게 부질없는 기대일 뿐이었고, 게다가 자신의 신분을 노출시키는 결과만 초래할 뿐이었다, 간혹 그 사진을 알아보는 사람이 있다 할지라도, 그 이후론 다시 본 적이 없는데, 이사한 뒤론 어떻게 되었는지 모르겠는데, 아이구 저런, 알고 있다면 다 얘기해 줄 텐데, 중앙 호적 등기소에 도움이 되어드리지 못해 미안하군요라고 대답할 것이 뻔했다. 일 층의 그 부인처럼 결정적인 단서를 제공해 줄 사람을 만난다는 것은 두 번 다시 오기 힘든 행운이었다, 만약 시간이 오래 지나도록 어떤 중요한 단서도 얻지 못한다면, 주제 씨는 다시 한 번 그런 행운을 기대해 보기로 했다, 하지만 그것은 최후의 수단이었고 모든 것이 그의 의도대로 되리란 보장도 없었다, 최악의 경우, 정말 필연적 우연으로, 그 주소에 부소장 중의 하나가 살고 있을지도 모르는 일이었다, 그럴 경우라면 그 비극적 상황은 불을 보듯 뻔한 것이었다, 주제 씨가 신상기록을 꺼내 보였을 때, 혹시 위조 증명서도 필요할 수 있지만, 여자는 약간은 의심스런 눈으로 그를 바라보며, 다음에 남편이 집에 있을 때 다시 오세요, 그이가 알 거예요라고 말한다면, 주제 씨는 기대에 부푼 가슴으로 다시 찾아갈 것이고, 화난 부소장의 얼굴을 마주치게 되면, 그는 틀림없이 그를 감옥으로 보낼 것이다. 이런 고민을 들었던지, 이번에는 그의 수호천사가 주위의 가게에 들러 물어보라는 생각이 떠오르게 했다, 주제 씨의 오랜 고민은 끝난 것 같았다, 그는 알지 못하는 그 여자가 어릴 적에 살았던 집의 창문을 바라보며, 책가방을 메고 학교로 가기 위해 집을 나서는 소녀의 모습을 상상했다, 정류장으로 가서 버스를 기다린다, 그녀에게 다가가 붙잡을 필요도 없었다, 그녀가 어디로 갈 것인지 훤히 알고 있었다. 주제 씨는 그 확실한 모든 정보들을 침대와 이불 사이에 가지고 있었으니까. 십오 분쯤 지나 소녀의 아버지가 집에서 나와 반대 방향으로 간다, 그래서 등교하는 소녀를 배웅해 주지 않았던 것이다, 아니면, 단지 아버지와 딸은 함께 나란히 걷기 싫었는지도 모를 일이다. 이제 주제 씨는, 모든 가족들의 일상생활이 그렇듯이, 어머니가 장을 보러 가기 위해서 집을 나서는 것을 기다리기만 하면 되었다, 그럼 그의 조사가 어디에서 시작되어야 할지 알 수 있는 것이다. 가장 가까운 상가는 세 건물만 지나면 있다, 저 약국일까, 그러나 주제 씨는 그곳에 들어서자마자 원하는 단서를 얻을 수 없으리라 생각했다, 약사가 너무 젊었기 때문이었다, 그는 말했다, 모르겠는데요, 약국을 시작한 지 이 년밖에 안돼서. 그러나 주제 씨는 실망하지 않았다, 그의 경험에서, 혹은 그가 읽었던 많은 책들에서, 이런 조사는 항상 많은 시간과 노력을 필요로 한다는 것을 잘 알고 있었기 때문이었다, 걷고 또 걷고, 거리를 샅샅이 뒤지고, 계단을 올라가 문을 두드리고, 그 계단을 다시 내려오고, 수천 번이나 똑같은 질문을 되풀이해야 된다는 것을, 그러나 대답은 항상 같을 것이었다, 잘 모르겠는데요, 본 적이 없는데요, 간혹 사람들이 저 안에 계신 나이 많으신 약사님께 그런 걸 물어보러 오는 걸 본 적은 있어요, 아주 호기심이 많은 분이시죠, 어떻게 오셨습니까, 그는 물었다, 어떤 사람을 찾고 있는

데요. 대답과 동시에 주제 씨는 증명서를 보여주기 위해 손을 안주머니로 가져갔다. 그러나 그는 증명서를 꺼내 보이지 않았다. 이번엔 수호천사의 지시가 아니었다. 그로 하여금 천천히 손을 내리게 한 것은 의사의 시선이었다. 주름진 얼굴과 백발의 노인에게선 좀처럼 볼 수 없는, 무엇이든 뚫어버릴 듯한 날카로움이 담겨 있는 시선이었다. 누구든 그 시선을 마주하면 하던 일을 멈출 수밖에 없을 것 같았다. 그래서 그 약사의 호기심은 결코 채워지지 않는지도 몰랐다. 많은 것을 알고 싶어하지만 그럴수록 그에게 얘기해 주는 사람은 적을 수밖에 없는 그런 눈이었다. 주제 씨도 마찬가지였다. 위조증명서를 꺼내 보이지도, 호적 등기소에서 왔다는 말을 꺼낼 수도 없었다. 단지, 행복했던 시절을 떠올리게 하는 생활기록부만을 다른 주머니에서 꺼냈을 뿐이었다. 저희 학교에서 이 여자분을 찾고 있습니다. 졸업장을 찾아가지 않아서요. 의사의 다른 질문에 당황하지 않고 자신을 지킬 수 있는 상황을 만들어낸 것에 그는 스스로 너무나 만족했다. 그런데 왜 수십 년이 지난 지금에서야 찾고 있는 겁니까. 그 사람에겐 그다지 중요하지 않을 수 있겠지만 졸업장을 전해 주는 게 저희 학교의 임무니까요. 그런데 수십 년 동안 그녀가 나타나기를 기다리고만 있었어요. 솔직히 말씀드리자면, 그 사실을 몰랐습니다. 저희들의 실수죠. 말씀드리자면 행정 착오입니다. 그렇지만 그 실수를 바로잡는 일에 늦은 때란 있을 수 없죠, 혹시 그 여자가 죽었다면 이미 늦은 일이지, 아직 살아 있다고 믿고 있습니다, 어떻게, 호적을 찾아봤습니다. 주제 씨는 호적 등기소라는 말을 꺼내지 않도록 주의했다. 언급했던 부소장이 바로 앞에 살고 있다는 것을 기억했기 때문이었다. 두 번째로 주제 씨는 사형집행을 피했던 것이었다. 사실 부소장이 약국에 들를 확률은 거의 없었다, 가끔 콘돔을 사러 가는 것을 빼곤, 게다가 그는 소심한 성격의 소유자라 집 앞의 가게에서 콘돔을 사는 일은 없었다, 그런 일은 그의 부인 차지였다, 그러므로 약사와 그의 대화는 상상하기 힘든 경우였다, 가능한 모든 추측을 해본다면, 그것은 부소장의 부인과 약사의 대화일 것이다, 얼마 전에 학교직원 하나가 여기 와서 사모님이 살고 계시는 집에 살았었던 어떤 사람을 찾더라고요, 호적을 추적해서 왔다고 하면서, 그리고 그가 나간 후에 생각해 보니 등기소라는 말 대신에 호적을 찾아봤다고 하는 것이 이상하게 뭔가를 숨기고 있다는 느낌이 들었어요, 심지어 안주머니에서 무언가를 꺼내 보이려다 말고, 다른 주머니에서 학생기록부를 꺼내 보이길래, 이 사람이 뭐하는 사람인가 생각하느라고 골치가 아플 지경이었습니다, 남편에게 한 번 얘기해 보는 것이 좋지 않을까 생각되어서요, 혹시 압니까, 이 험악한 세상에, 혹시 그저께 길 건너에서 우리 집 창문을 뚫어지게 바라보고 있던 그 남자인지도 모르겠네요, 저보다 조금 어린 듯하고 금방 병석에서 나온 것 같은 중년의 남자 말이에요, 맞아요, 제가 말씀드린 바로 그 남자예요, 제 눈은 틀림없다니까요, 똑똑히 기억할 수 있어요, 저녁때, 남편이 집에 돌아와 있을 때 찾아왔더라면 금방 알 수 있었을 텐데, 하지만 이제 그가 누군지, 뭘하는 건지 알았으니까, 다시 올지 모르니까 저도 주의해서 보겠습니다, 저도 남편에게 잊지 않고 얘기하죠. 잊지는 않았지만 완전하게 얘기하진 못했다, 중요한 한가지 사실을 빠뜨렸던 것이었다, 집 주위를 배회하는 남자가 금방 병석에서 나온 듯한 얼굴이었다는 사실을. 그러나 이런저런 정황으로 봐서 현명한 부소장은, 최근 며칠 동안, 이해하기 힘든 소장의 배려 속에 이상한 짓을 하고 다니는 보조서기원인 주제 씨를 기억하지 못할 리가 없을 것이다. 실타래가 풀리듯 하나하나 모든 것이 밝혀질 것이었다. 그러나 주제 씨가 다시 그곳에 돌아와보지 않았기에 그런 일은 일어나지 않았다. 약국을 포함해서 열 군데의 각기 다른 직종의 상점들을 들러 물어보았지만, 단지 세 군데에서만 그 소녀와 부모를 기억했다, 소녀의 사진이 그들의 기억을 도왔다, 그랬다, 단지 그녀의 주소를 알고 있진 못했어도 그들은 이십 년 동안 전달되지 못한 졸업장 얘기를 꺼낸, 독감이 채 낫지도 않은 얼굴을 한 남자를 실망시키지 않을 만큼, 질문에 대해 가능한 한 친절하게 대답해 주었다. 집에 돌아왔을 때 주제 씨는 너무나 지치고 풀이 죽어 있었다, 그의 새로운 조사 단계의 첫번째 시도는 어떠한 방향도 제시해 주지 못했다, 오히려 그 반대로, 벽에 꽉 막혀버린 느낌이었다. 침대 위로 몸을 던지며 주제 씨는 왜 그 약사가 빈정대며 얘기했던 대로 하지 않았을까 하고 스스로에게 물었다, 내가 당신이라면, 벌써 그 문제를 해결했을 거요, 주제 씨는 물었다, 어떻게요, 전화번호부를 찾아보면 되지, 요즘 같은 시대에 누군가를 찾기 위해 그보다 더 쉬운 방법이 어디 있겠소, 고마우신 말씀입니다만, 그건 이미 찾아봤습니다, 그러나 그분의 성함은 나와 있지 않았습니다, 주제 씨는 대답했다, 약사가 더 이상 할 말이 없으리라 믿으며, 그러나 그는 입을 다물고 있지 않았다, 그럼 세무서에 가보면 되잖소, 세무서에선 모든 사람들에 대해 훤히 알고 있으니까. 주제 씨는 기쁨과 실망이 교차되는 시선으로 그를 바라보며 그 감정을 숨기려 노력했다, 그 방법은 일 층의 부인도 생각해 내지 못한 것인데, 그는 중얼거렸다, 좋은 생각이군요, 돌아가서 그렇게 말씀드려야겠습니다. 그는 마지막 순간, 자신을 공격했던 말에 어떤 방어도 못했던 스스로를 원망하며 다른 어떤 질문도 더하지 못한 채 집으로 돌아올 생각으로 약국을 나올 수밖에 없었다. 그러나 잠시 후, 그는 생각을 바꿨다, 이왕 시작한 김에 더 돌아보자. 두 번째 들른 상점은 잡화점이었고, 세 번째는 정육점, 네 번째는 문방구, 다섯 번째는 전파상, 여섯 번째는 식품점, 동네에서 보통 가볼 만한 곳으로, 열 군데를 다녀보았다, 다행히도, 약사 외에는 누구도 전화번호부나 세무서 얘기를 꺼내진 않았다. 주제 씨는 머리 뒤로 손을 깍지 낀 채 누워, 천장을 바라보며 자신에게 물었다. 이제부터 무얼 해야 되지. 그러자 천장은 그에게 대답했다. 아무것도. 넌 그녀의 가장 최근의 주소를 알고 있어. 즉, 그녀가 학교를 다닐 적의 마지막 주소. 하지만 그걸로 아무런 단서도 찾아내지 못했어. 물론, 그 이전의 주소를 찾아가볼 수도 있겠지만, 그건 시간 낭비일 뿐이야. 상점의 점원들도 너무 젊어서 아무런 도움도 되지 못해. 그럼 넌 내가 포기해야 된다는 거야. 세무서에 가보는 것 외엔 다른 방법이 없을 것 같아. 하지만 그것도 쉽지는 않을 거야. 네가 가지고 있는 그 증명서를 가지곤 말이야. 그들도 너와 같은 공무원이니까. 증명서는 가짜야. 그래, 그 증명서는 사용하지 않는 게 나을 거야. 현장에서 수갑 차지 않으려면 말이야. 그럼 증명서를 어디다 감춰놓아야 하겠는데, 이런 경우엔 찢어버리거나 태워버리는 게 나을걸. 아냐. 추기경의 기사를 모아둔 파일에다가 끼워놓아야겠어. 알아서 해. 그런데 네 말투가 영 마음에 안들어. 천장의 지혜는 무한한 거야. 네가 그렇게 똑똑한 천장이라면, 내게 좋은 생각이나 하나 줘봐. 나를 계속 바라봐. 가끔 해결책이 떠오를 때도 있으니까.

   천장이 주제 씨에게 준 해결책은 휴가를 그만두고 직장으로 돌아가라는 것이었다. 소장에게 이제 다 회복되었다고 말하고 남은 휴가 일수는 다음 기회에 쓰겠다고 해, 아무런 계획도 없이 시간을 허비하느니 뭔가 뾰족한 생각이 떠오를 때 그 기간을 활용하는 것이 나을 거야, 부르지도 않았고 그래야만 될 의무도 없는데 휴가를 그만두고 근무하겠다면 소장이 이상하게 생각하지 않을까, 더 이상한 것은 네가 요 며칠 동안 하고 다닌 짓이야, 존재하는지도 모르는 여자를 찾아다니는 이런 한심한 일을 시작하기 전엔 별탈없이 살았는데, 하지만 문제는 그녀가 살아 있다는 걸 알고 있다는 거야, 차라리 모든 걸 단념해 버리는 것이 나을지도 몰라, 그럴 수도 있겠지, 그럴 수도, 하지만 천장의 지혜는 무한하다는 것뿐만 아니라 삶의 놀라움도 그렇다는 사실을 항상 기억해야 돼, 그게 도대체 무슨 엉뚱한 소리야, 시간은 흐르고 결코 되풀이되지 않는 거지, 그건 더 엉뚱한 소리군, 이런 곳에 있는 주제에 천장의 지혜라고, 주제 씨는 비꼬듯 말했다, 넌 아무것도 몰라, 삶이란 알아야 될 무엇인가가 있다는 것을, 천장은 이렇게 대답하고 입을 다물었다. 주제 씨는 침대에서 일어나 책장 속에 있던 추기경의 파일 사이에 증명서를 숨겼다, 그리고 노트를 가지고 와서 아침에 있었던 분통터지는 일들을 써 내려갔다, 특히 사사건건 트집을 잡는 약사와 그의 면도날 같은 시선을 강조하면서. 기록의 말미엔, 마치 자신의 생각이었던 것처럼 마무리지었다, 휴가를 반납하고 업무로 돌아가는 것이 낫겠다. 그는 노트를 베개 밑에 감추면서 아직 점심을 먹지 않았다는 것을 깨달았다. 머리가 아닌 배로, 먹는 것에 소홀한 그는 항상 배꼽시계에 의존하기 일쑤였다. 휴가를 계속할 것이라면 아무것도 먹지 않고, 침대에 파묻혀 하루 종일 잠만 잔다 할지라도 아무 상관도 없지만, 그러나 다음날 일을 하기 위해서는 몸은 무엇인가를 섭취해야만 했다. 위선적인 연민을 보이는 동료들과 짜증스러워하는 상관들 앞에서 땀을 삐직삐직 흘리는 모습을 다시는 보이고 싶지 않았다. 두 개의 계란을 풀고, 얇게 썬 소시지 몇 조각과 약간의 소금을 뿌려놓고, 프라이팬에 올리브 기름을 두르고, 적당히 달궈질 때를 기다렸다. 이것이 그의 유일한 요리에 관한 재능이었다. 그외엔 깡통을 따는 재주밖엔 없었다. 오믈렛을 작고 기하학적인 모양으로 잘라가면서, 가능한 한 천천히 먹었다. 어차피 먹는 즐거움보다는 시간을 때우기 위한 것이었다. 무엇보다, 아무것도 생각하지 않기 위해서. 천장과의 상상적이고 형이상학적인 대화는 그의 정신을 더욱 혼란하게 했고, 그 혼란은 그의 생활을 더욱 무력하게 만들었다. 마치 큰 불안요소라도 있는 것처럼. 그 모르는 여자에 대한 조사는 막을 내린 것 같았다. 어린 시절, 누군가 그를 몹시 혼냈을 때, 울음을 참다참다 결국은 그 울음이 터져버렸을 때처럼 목구멍에 무엇인가 꽉 막힌 듯한 기분이었다. 그릇을 옆으로 치우고 두 손으로 얼굴을 감싸쥔 채, 창피함도 모르고 울어버렸다. 적어도 그곳엔 아무도 그것을 보고 웃을 사람은 없을 것 같았기 때문이었다. 천장도 이런 경우엔 아무런 도움을 줄 수 없었다. 그저 위에서 그의 영혼이 잠잠해지기를, 고통이 가시기를, 그리고 육체가 평온해지기를 기다릴 수밖에 없었다. 몇 분이 지나서야 주제 씨는 진정할 수 있었다. 셔츠의 소매로 눈물을 쓱 문지르곤 접시와 수저를 씻으러 부엌으로 향했다. 그 다음엔, 아무것도 할 일이 없었다. 일 층의 부인을 찾아가서 이때까지 일어났던 일들을 얘기해 볼까도 생각했지만, 그럴 필요까진 없으리라 생각했다. 이미 그녀는 알고 있는 모든 것들을 그에게 털어놓았고, 오히려 왜 중앙등기소에서 별로 중요하지도 않은 한 여자를 찾기 위해 그렇게 사방으로 쫓아다니느냐고 물어 올지도 몰랐다. 그렇게 된다면, 그 부인에게 또 서투른 거짓말을 둘러대야 하고, 얼버무려 끝을 맺는다 하더라도, 그 부인은 중앙등기소를 우습게 생각할 것이었다. 주제 씨는 집안 한귀퉁이에 쌓아놓은, 이미 기사들과 사진이 오려진 오래전의 신문과 잡지들을 가지고 왔다. 혹시 괜찮은 기사거리를 빠트리고 지나가진 않았는지, 아니면 모아놓은 유명 인물의 기사들이 그의 엄선된 목록에 들어갈 수 있을 만한 것이었는지를 확인하고자 했다. 주제 씨는 이제 그의 수집에 집중했다.

모든 사람들 중, 가장 놀라지 않았던 사람은 소장이었다. 늘 그래왔던 것처럼, 모든 직원들이 자신들의 자리에 앉아 업무에 열중할 때 등기소를 들어선 소장은 주제 씨 옆에 약 삼

초 정도 멈춰 서 있었지만, 아무 말도 하지 않았다. 주제 씨는 예정된 것보다 일찍 직장으로 돌아온 것에 대해 직접적인 질문을 예상하고 있었다. 그러나 소장은 주제 씨의 직속 부소장을 불러 그 이유를 듣는 것으로 대신했다. 소장은 오른손의 검지와 중지를 곧게 붙이고 나머지 손가락들은 반쯤 쥔 채, 부소장을 향해 나가라는 손짓을 했다. 등기소에서 알고 있는 소장의 그런 손짓은 더 이상 그 문제에 대해선 듣고 싶지 않다는 의미였다. 뭔가 물어 볼 것이라는 첫번째 예상과 아무 얘기도 없이 그를 지나쳤다는 안도감 사이에서 갈팡질팡하던 주제 씨는 정신을 가다듬고 정식직원이 그의 책상 위에 올려 놓은, 스무 장이 넘는 듯한 출생신고서를 작성하는 데 집중했다. 서류는 알파벳 순서대로 정리하여 접수대 아래에 위치한 서류장에 넣어두어야 했다. 아직까지도 기운과 정신이 완전히 회복되지 않은 상태였기에 앉아서 할 수 있는 일이라 그나마 다행스러웠다. 출생신고서를 옮겨 적는 일에서의 실수란 그다지 큰 문책거리는 아니었지만 오히려 그는 자신을 다그쳤다. 진정해, 다시 실수를 되풀이한다는 것은 딴 생각을 하고 있다는 걸 말해 주는 거야. 사실 정확하게 이름을 적는다는 것은 그에게나, 그 이름을 가진 사람 모두에게 너무나 중요한 일이었다. 그것은 어떤 존재의 실체에 법적인 존재를 인정하는 것이었다. 무엇보다도 태어난 사람의 이름은 더욱더. 아주 작은 실수, 예를 들어, 성의 첫번째 글자를 잘못 쓰게 되면, 그 기록부는 원래의 자기 자리를 떠나, 멀리 엉뚱한 곳에 꽂히게 된다, 그렇다고는 할 수 없지만, 너무나 많은 이름들이 있기 때문에 이곳 등기소에서 일어날 수도 있는 그런 일이다. 만약 보조서기원들 중 누군가, 주제 씨의 이름을, 비슷한 발음으로 인한 순간적 착각으로 쇼제라고 기입한다면, 나중에 일반적으로 사람들이 살아가면서 겪는, 결혼, 이혼, 죽음, 두 가진 어떻게 피해볼 수도 있지만 나머지 한 가진 결코 피할 수 없는, 이 세 가지 일들을 적어 넣기 위해 엄청난 수고를 해야만 하는 것이다. 그러므로 주제 씨는 자신에게 맡겨진 새로운 생명들을 확인하는 그 작업에 있어서만은 한 자 한 자를 조심스럽게 써가고 있었다, 열여섯 장을 마치고 열일곱 장째를 막 쓰려고 하던 중, 갑자기 손이 떨리고, 눈이 어지러워지며 이마엔 땀이 흘렀다. 그의 앞에 놓인 한 남자의 이름이 거의 미지의 여자와 일치했던 것이다, 단지 맨 마지막의 성만이 다를 뿐이었다, 그러나 성의 첫글자는 그녀의 것과 동일한 알파벳으로 시작하고 있었다. 그러므로 이름을 따진다면, 기록부는 그 미지의 여자 앞에 놓여져야 하는 것이었다, 그토록 바라던 순간이 다가오고 있다는 흥분을 감추지 못한 주제 씨는, 작업을 마치자마자 자리에서 일어나 기록이 꽂혀져야 할 서류장으로 달려갔다, 다른 기록카드를 빠르게 들춰서 그 기록이 들어가야 될 곳을 찾았다. 그 모르는 여자의 신상기록부는 거기 어디에도 없었다. 순간, 엄청난 단어 하나가 섬광처럼 주제 씨의 머리를 스쳤다. 사망. 주제 씨는 그 서류장에 없는 기록부는 다시 돌아올 수 없는 죽음의 길을 의미한다는 사실을 누구보다도 잘 알고 있었다. 이십오 년간을 일해 오면서, 수없이 많은 기록부들을 이곳에서 죽은 자들의 서류장으로 옮겼었지만, 한 번도 예외는 없었다. 그러나 그는 지금 눈앞에 드러난 사실을 받아들일 수 없었다. 아마 부주의한 동료가 잘못 꽂아놓았을 거야, 몇 장 더 앞이나 뒤에 있을 거야. 그러나 주제 씨의 기대는 부질없는 것이었다. 결코, 수세기 동안, 중앙등기소에서 기록부가 잘못 꽂혀 있었던 적은 단 한 번도 없었다. 유일한 가능성은, 그 여자가 살아 있는 경우라면, 진정 유일한 가능성은, 어떤 새로운 사실을 기입하기 위해서 동료들 중 하나가 그 기록부를 꺼내 갔을지도 모른다는 것뿐이었다. 혹시 재혼을 했을지도 모르지, 주제 씨는 생각했다. 그리고 잠시 후, 그를 혼란케 했던 예기치 못했던 순간을 진정시키고, 그가 작성했던 기록부를 제 위치에 꽂아두곤, 떨리는 다리를 이끌고 자리로 돌아왔다. 혹시 그녀의 기록을 가지고 있느냐고 동료들에게 물어볼 수도 없었고, 일하고 있는 옆에 다가가서 그것이 있는지 훔쳐볼 수도 없었다. 그가 할 수 있는 유일한 일은 누군가 서류장에 그 기록부를 다시 가져다놓는 것을 지켜보는 것뿐이었다. 시간은 흘러, 아침은 그 자리를 오후에 넘겨주었고, 주제 씨는 점심도 먹을 수가 없었다. 또다시 목구멍에 무엇인가 꽉 막힌 느낌이었다. 초조함과 고통으로. 그러나 하루 종일 그 누구도 그 서류장을 열지 않았고 어떤 기록부도 다시 그곳에 돌아오지 않았다. 그 미지의 여자는 죽었다.

그날 밤, 주제 씨는 손전등과 백 미터 길이의 튼튼한 노끈한 다발을 가지고 등기소로 갔다. 손전등은 오랜 시간을 사용할 수 있도록 새 건전지를 끼워두었다. 그러나 주제 씨는 학교에 침입했을 때 겪었던 고충을 통해, 살아가면서 어떤 경우라도 항상 조심해야 한다는 것을 배웠다. 특히 정직하게 살아가는 바른 길을 걸을 때보다 죄를 저지르는 고통의 좁은 길을 걸을 때는 더욱더. 그는 불이 들어오지 않던 다락방의 작은 전구를 생각했고, 새 건전지를 준비하지 않아서 무용지물이 될 뻔했던 손전등을 기억했다. 또다시 그런 일들이 발생한다면 그는 손이 닿지도 않는 깊은 구덩이에 빠지게 될 것이었다. 어쩔 도리도 없어질 테고, 만약의 경우에 대비해서 소장의 책상 서랍에 놓아둔 강력한 손전등도 사용할 수 없을 것이었다. 주제 씨는 잡화점에서 구입한 평범한 포장용 노끈을, 죽은 자의 세계에서 산 자의 세계로 돌아올 때 사용할 것이었다. 중앙등기소 직원으로서 주제 씨는 어떠한 서류라도, 별다른 신청 없이, 일을 위해서 합법적으로 열람할 수 있었다. 그러나 혹시 누군가 기록이 없어진 걸 우연히라도 알게 된다면 이상하게 생각할 것이고, 정식직원에게 보고하지도 않고, 어떤 사망한 여자의 기록을 찾기 위해 보관창고 안으로 들어가 보겠다고 할 수도 없는 노릇이었다. 문제는 여러 사람들에게 알리지 않는 것과, 행정적으로 완벽하고 논리적인 이유가 필요하다는 것이다. 직원은 틀림없이 주제 씨에게 물어볼 것이다. 그걸 왜 찾는 겁니까. 그 질문에 적당한 대답을 할 수 없을 것 같았다. 그 여자가 정말 죽었는지 확인하기 위해서요. 한심하고 말도 안 되는 대답이다. 그러나 최악의 상황은 주제 씨가 그 뒤죽박죽 잘 정리되어 있지 않은 죽은 자들의 서류 보관창고에서 그 미지의 여자의 기록부를 찾아내지 못할 경우였다. 물론 시작은 최근에 사망한 사람들의 서류부터 찾아볼 것이다. 그 서류들은 보통 입구라고 불리워지는 곳에 쌓여 있었다. 그러나 문제는 과연 어디서부터가 죽은 자들의 서류를 쌓아놓은 곳이냐 하는 것이었다. 어떤 속 편한 사람들은, 산 자의 서류가 끝나는 곳부터 죽은 자의 서류들이 쌓여 있기 시작할 것이라고, 반대의 경우도 역시 마찬가지라고 단순하게 말할지도 모른다. 그리고 바깥의 세상도 어떤 면에선 그와 같을 것이라고. 물론 예외가 있을 수 있겠지만, 산 자와 죽은 자가 함께 섞여 있는 경우는 그리 흔치 않으니까. 그러나 구조적인 이유로 등기소에선 그럴 수도 있었다. 그럴 수도 있었고, 그리고 그랬다. 이미 언급한 사실이지만, 사망자 수의 급격한 증가로 인해서 서류를 보관할 장소가 부족했고, 어쩔 수 없이 구석의 벽 쪽에 그 서류들을 쌓아두게 되어 그 높이가 수미터씩 올라가게 되었다. 이런 과다한 양의 서류들로 인해 발생되는 문제들이 있었다. 그 첫번째로, 오랜 기간 동안, 어쩔 수 없이 늘어가는 죽은 자들의 서류로 인해 벽 쪽의 공간은 그것을 쌓아두는 장소로 활용될 수밖에 없었고, 점점 더 산 자들의 서류가 있는 곳으로 그 영역을 확장시켜, 산 자와 죽은 자의 경계를 구별하기 힘들게 하는 문제를 야기시켰고, 두 번째는, 천장의 높이까지 쌓아올린 그 엄청난 무게로 인하여 서류들을 올리고 내린다는 것은 밝은 대낮에도 쉽지 않은 일이었다. 게다가 새로 들어온 젊은 보조서기원들이, 아직 숙련되지 않은 탓인지 혹은 편하게 일을 하려고 했었던지, 소장이나 다른 직원들도 모르게, 안쪽에 서류를 더 쌓을 수 있는 공간이 있는지 확인도 하지 않고, 죽은 자들의 영역을 확장시켰다는 것이다. 만약 운이 주제 씨를 따라주지 않는다면, 학교를 침입했던 모험과 이번에 다시 등기소에 잠입한 그 모든 것이 아무런 결실도 맺지 못하고 끝나버리게 될 것이었다.

 등기소의 길이는 넉넉히 잡는다 하더라도 팔십 미터밖에 되지 않는데 백 미터나 되는 긴 줄을 어디에 쓸 거냐고 물어볼지도 모를 것이다. 그것은 인생을 곧은 직선으로만 생각하는 사람들이 가질 수 있는 의문이다. 누군가 바깥 세상에선, 어느 한곳에서 다른 곳으로 움직일 때, 항상 가장 짧은 길을 선택할 수 있다면 모르겠지만, 죽은 자와 산 자가 같은 장소를 함께 나눠 쓰고 있는 이곳은, 때론 그 어느 하나를 찾기 위해 수십 번을 돌아다녀야 하고, 먼지가 소복히 쌓인, 높디높은 서류의 산과 기록부의 골짜기를 수없이 넘어다니며 원하는 것을 발견하기 위해선, 그 줄을 뒤로 늘어뜨려 자신이 지나온 곳을 표시하는 수밖에는, 아직도 찾아보지 않은 곳이 어디인지, 돌아나가야 할 곳은 어디인지를 식별할 다른 방법이 없었다. 주제 씨는 줄의 한쪽 끝을 소장의 책상다리에 묶었다. 소장에 대한 존경심이 없어서가 아니라 몇 미터는 벌 수 있었기 때문이었다. 또 다른 한쪽은 자신의 발목에 묶어 약간의 줄을 풀어 바닥에 늘어뜨렸다. 그것은 자신의 걸음에 따라 조금씩 풀려져 나갈 것이었다. 그는 산 자들의 서류장 사이의 복도를 통해 앞으로 나아갔다. 서류들의 정리가 완벽하게 되어 있을 가능성이 적다고 생각했기 때문에 그는 그 모르는 여자의 기록부가 있으리라고 생각되는 곳의 가장 안쪽부터 찾아보기로 했다. 구식 방법으로 교육을 받은 고참 직원인 주제 씨는 서류정리의 기본을 무시한 젊은 직원들의 부주의한 일처리로 인해 한 죽은 자의 서류가 엉뚱한 곳에 놓여지게 되었다는 생각을 떨칠 수가 없었다. 이제 싸워야 할 가장 큰 어려움은 어둠이란 것을 그는 알고 있었다. 소장의 책상 위에서 희미하게 빛을 발하고 있는 전등을 제외하고는, 등기소는, 그 전체가 칠흑 같은 어둠이었다. 천장의 불을 켠다는 것은 너무나 위험한 생각일 것이다. 도시의 치안을 염려하며 순찰을 도는 경찰이나 어떤 훌륭한 시민이 높다란 창문으로 밝게 퍼져나오는 불빛을 보게 된다면, 그 즉시 의심의 대상이 될 것이기 때문이었다. 그러므로 주제 씨에게는 자신의 발 앞을 비추는, 손전등을 잡은 손의 떨림으로 인해 더욱 불안하게 보이는, 동그랗고 희미한 손전등의 불빛에 의존할 수밖에 없었다. 업무 시간과 비교해서 가장 큰 차이는, 그가 죽은 자들의 서류보관 창고로 들어갔다가 무슨 일이라도 생기게 되면, 비록 그다지 돈독한 관계를 유지하고 있지는 않지만 그의 동료들이 소장을 불러, 이리 좀 와 보세요, 아마 혼자서 죽은 자들의 서류보관창고에 들어갔었나 봐요 라고 얘기라도 해 줄 것이지만, 지금은 주제 씨가 이름들에 둘러싸여, 서류들에 눌린 채, 뭐라고 중얼거린다 하더라도 아무도 그 소리를 듣지 못할 거라는 점이었다.

주제 씨는 산 자들의 서류장의 맨 끝부분에 도착했고, 이제 등기소의 가장 안쪽으로 가는 것만 남아 있었다. 처음엔 건물의 내부를 거의 반으로 나눈 산 자와 죽은 자의 경계에서 죽은 자들의 공간을 하나씩 뒤져보리라 생각했지만, 엄청나게 늘어난 서류의 부피로 인해 생각했던 것보다 서류 더미로 인해 생긴 미로는 복잡했고, 한 번 잘못 들어가면 나올 길을 찾기가 쉽지 않아 보였다. 불들이 모두 켜진 대낮에는 그래도 찾기가 지금보다는 쉬웠다. 조심스럽게 조금이라도 먼지가 덜 쌓인 길을 따라가면, 그만큼 많은 사람들이 드나들었다는 것을 의미하는 것이었으므로, 원하는 곳에 어렵지 않게 도달할 수 있었다. 지금까지 서류를 찾는 데 많은 어려움이 있긴 했지만 직원이 그곳을 빠져나오지 못한 적은 한 번도 없었다. 그러나 그가 들고 있는 작은 손전등으로는 그에 대한 자신마저도 없었다. 그 손전등은 오히려 어둠을 더욱 짙게 만드는 것 같았다. 주제 씨는 그럴 경우를 대비해서 사놓은, 지금은 쓸 수도 없는, 소장의 책상 속에 보관되어 있는 고성능의, 최신식 손전등을 생각했다. 그것은 마치 세상의 끝까지라도 비출 수 있을 것 같았다. 서류 속에서 방향을 잃어버린다는 걱정은 발목에 묶어둔 끈으로 인해 조금은 안심이 되었다. 그러나, 같은 위치를 계속 돌게 된다면, 마치 누에고치처럼 꼬이게 되고 더 이상 앞으로 나갈 수 없게 되어 어쩔 수 없이 왔던 길로 되돌아가야 하고 그것은 모든 일을 처음부터 다시 시작해야 됨을 의미하는 것이었다. 길을 되돌아가는 상황은 다른 이유로 인해서 이미 몇 차례 발생했었다, 줄이 너무 가늘어서 서류 더미나 모서리에 끼여 꼼짝하지도 못하는 경우였다. 이런 여러 가지 문제들로 인해서 주제 씨는 그의 걸음을 천천히 옮겨야 한다는 것을 깨달았다, 걸음을 옮길 때마다 구름처럼 일어나는 먼지 속에서 키보다 훨씬 높이 쌓여진 수많은 서류 더미를 뒤져 기록부를 찾아야 하는 주제 씨에게 그것은 어둠과 함께 다가온 또 다른 고통이었다. 이것 외에도 불빛에 놀라 이리저리 꿈틀거리는 벌레 또한 몸서리치는 괴로움이었다. 그것들은 등기소에 소장된 서류들을 갉아먹어, 수많은 사람들을 법적인 고아로 만들고, 미망인이나 자식들이 고인의 기록을 찾고자 원할 때 그 희망을 꺾어버리기 일쑤였다. 쥐들의 경우는 더 말할 필요도 없었다. 그러나 그들로 인한 엄청난 피해에도 불구하고 한편으론 긍정적인 면을 얘기하기도 한다, 만약 쥐들이 존재하지 않았다면, 등기소는 늘어나는 서류들로 인해 터져버렸든지 아니면, 지금보다 두 배나 되는 공간이 필요했을 거라고. 방역관이 이곳에 와본다면, 쥐들의 왕국이 낡은 서류들을 모두 다 집어삼키지 않은 것이 다행이라고 생각할 정도로 백 퍼센트 완벽한 방역은 불가능한 지경이었다.

  먼지를 뒤집어쓰고, 어깨와 머리엔 지저분한 거미줄을 붙인 채, 주제 씨는 마침내 서류 더미의 마지막 부분과 가장 안쪽의 벽 사이에 난 조그마한 공간에 도착할 수 있었다. 그 공간은 삼사 미터 높이로 서류들이 쌓여 있었고, 늘어가는 서류들로 인해 매일매일 점점 작아지고 있었다. 그곳의 어둠은 그야말로 칠흑 같았다. 벽에 있는 좁은 창은 안팎으로 쌓인 먼지로 인해서 창문의 역할을 제대로 수행하지 못하고 있었고 그나마 천장까지 쌓인 서류에 가려져 밖의 불빛이 안쪽으로 들어오지 못했다. 안쪽의 벽은 말로 형용할 수 없을 정도로 깜깜해서 작은 벽의 창으론 도저히 손전등의 빛에 도움을 줄 수 없을 것 같았다. 누구도 미학적 관점에서, 실용적이지 못한 이 건물의 설계를 이해하긴 힘들 것이다. 기능적인 필요에 의해서 창문을 넓히고자 한다면, 틀림없이 역사적인 가치를 운운하며 제안을 거부할 것이다. 그런 큰 창문이 지금 있어야 하는데, 주제 씨는 혼자 중얼거렸다. 그렇다면 얼마나 효율적이겠어. 중앙 통로쪽에 쌓아놓은 서류의 높이와 건너편의 서류의 높이는 차이가 있었다. 그 미지의 여인의 신상기록이 그 둘 중 어디엔가 있을 것 같았다. 좀더 낮은 서류 더미 속에 원하는 서류가 있을 가능성이 더 높아 보였다. 적은 노력으로 많은 것을 얻고자 하는 인간의 본성이 보조서기원으로 하여금 낮은쪽의 서류 더미를 먼저 뒤져보게 만들었다. 그 모르는 여자의 기록부를 가져다 놓던 직원이 갑자기 심술이 나서, 사다리를 가져다가 가장 높은 서류 더미의 꼭대기에 그것을 올려놓았을 수도 있겠다는 최악의 경우도 생각하지 않은 건 아니었다. 살다 보면 그런 일들을 당하기도 하니까.

그 미지의 여자가 아직까지 살아 있다고 믿었던 학교의 다락방에서의 움직임처럼, 주제 씨는 머뭇거리지 않고 기록을 찾기 시작했다. 그곳은 다른 곳에 비해 서류를 덮은 먼지가 훨씬 적었다, 즉 그것은, 거의 매일 사망한 사람들의 신상기록부들을 가지고 왔다는 것을 말해 주는 것이었다, 우리끼리 하는 말이지만, 물론 약간의 악의가 없는 것은 아니지만, 호적 등기소의 가장 깊은 곳에 위치한 죽은 자들은 항상 깨끗하다는 것이다. 단지 가장 꼭대기에 위치한 서류에만 시간이 지남에 따라 먼지가 쌓이고, 그 쌓인 먼지 위에 다시 시간이 쌓여, 누군가 그 기록부를 확인하기 위해선 겉장의 먼지를 힘껏 털어내야만 했다. 만약 서류 더미의 밑쪽에서 원하던 것을 찾지 못한다면, 주제 씨는 다시 한 번 사다리를 오르는 희생을 치를 각오를 해야 했다, 그러나 이번에는 일 분 이상 매달려 있을 필요도 없고, 현기증을 느낄 만한 시간도 없을 것이다, 손전등으로 최근에 새로 갖다 놓은 서류들을 쉽게 구분할 수 있었기 때문이었다. 주제 씨는 그 모르는 여자의 죽음이 여러 가지 상황으로 짐작해 보아서 최근이었다고 확신하고 있었다, 그가 업무를 보지 못했던 기간은 두 차례 있었다, 첫번째는 독감에 걸렸던 때였고, 두 번째는 짧은 휴가 기간이었다. 서류 더미에서 기록을 찾아보는 작업은 빠르게 진행되었다, 만약 여자의 사망이 그 이전, 우연히 기록부가 주제 씨의 손에 들어오게 되었던 잊지 못할 그날 바로 다음이었다 할지라도, 그 무거운 서류들의 밑바닥에 깔려 있을 만큼 오랜 시간이 지난 것은 아니었다. 거듭되는 이러한 상황에 대한 분석과, 확고한 의지와 세심한 주의가 주제 씨의 머릿속을 스쳐가고 있었다. 시간이 그 모든 것을 말해 줄 것이었다. 이제 그가 해야 할 일들은 힘든 작업이었다. 한 발, 한 발씩, 그가 말한 것처럼 기록 더미와 안쪽의 벽 사이에 길게 나 있는 좁은 통로를 헤치고 나가서, 주제 씨는 건물의 옆쪽 벽면의 한 부분에 다가갈 수 있었다. 처음엔 그 누구도 폭이 삼 미터나 되는 복도가 이토록 좁아졌다는 것을 생각할 수 없을 것이다. 꼬불꼬불 연결되고, 겹겹이 쌓인, 그 갑갑하고 폐쇄된 길을 지나 현기증과 불면에 시달려 정신이 혼미했던 주제 씨가 어떻게 큰 고통을 느끼지 않고 그곳까지 올 수 있었는가 의문을 가질 수도 있을 것이다. 그것에 대한 설명은, 아마도 어둠으로 인해서 단지 눈앞에 익숙한 서류 더미들만 보이고, 어디까지 통로가 뻗어 있는지 그 한계를 잘 알 수 없었기 때문이었을 것이다. 주제 씨는 한 번도 이곳에 그토록 오랜 시간을 머물러본 적이 없었다. 일반적으로 들어와선, 삶을 마감한 사람의 서류를 꽂아두고, 안전한 자신의 책상으로 곧바로 돌아가곤 했었다. 한 가지 분명한 사실은, 어떤 용감한 사람이라도 그 죽은 자들의 공간에선 알지 못할 두려움과 공포를 느끼지 않을 수 없으리란 것이었다. 주제 씨는 공포라고 불리는 그것을 복도가 끝나는 지점에 이를 때까지, 벽에 이를 때까지도 느끼지 못했다. 그는 바닥에 떨어져 있던 몇장의 기록부들을 확인해 보기 위해 몸을 구부렸다. 부주의한 직원이 떨어뜨린 그것들이 그 미지의 여자의 기록일지도 몰랐기 때문이었다. 그리곤 갑자기, 그 기록부를 확인해 보기 전에, 그는 호적 등기소의 보조서기원인, 오십 살 먹은 주제 씨가 아니라 학교로 등교하는 꼬마 주제가 되어 있었다. 매일 밤마다 악몽에 시달려 잠을 이룰 수 없게 하는, 벽의 한 모퉁이와 감옥처럼 꽉 막힌 공간과, 그리고 저기, 칠흑 같은 어둠에 싸인 복도도 그에겐 단순히 하나의 돌멩이였다. 그 작은 돌멩이가 천천히 커져가서, 드디어는 그의 눈으로 볼 수도 없을 만큼 커졌다, 그러나 그가 꾸었던 꿈속의 기억은 그곳에 그 돌이 있었다는 것을 말해 주고 있었다, 돌은 점점 커지고 마치 살아 있는 것처럼 위아래로 퍼져 갔고, 벽을 타오르고, 돌이 아니라 마치 진흙처럼, 아니, 진흙이 아니라 끈끈한 피처럼 그를 감싸고 있었다. 소년은 그 피가 자신의 발에 닿았을 때, 목이 졸리는 고통을 느꼈고 그 순간, 비명을 지르며 잠에서 깨어났다. 그러나 불쌍한 주제 씨는 아직도 꿈에서 깨어나지 못하고 있었다. 마치 놀란 강아지처럼 벽에 기댄 몸을 웅크린 채, 떨리는 손으로 손전등의 불빛을 반대편의 복도에 비춰 보았다. 그러나 불빛은 그리 멀리 가지 못했고, 그것은 산 자들의 서류장으로 통하는 길 중간쯤에 머물렀다. 힘껏 도망치면 그 돌덩어리에 깔리지 않고 도망칠 수 있으리라고 그는 생각했다. 그러나 공포는 그에게 말했다. 조심해, 네가 알다시피 그녀가 널 기다리며 서 있진 않아, 늑대의 입 속으로 떨어질지도 몰라. 꿈속에서 바위가 다가올 때는, 허공에서 들려오는 이상한 음악이 있었다. 그러나 이곳은 적막이었다. 너무나 조용했기에, 어둠이 손전등의 불빛을 삼켜버리듯이 그 적막은 주제 씨의 숨소리마저도 삼켜버리는 것 같았다. 순간 손전등의 불이 꺼졌다. 마치 일순간 일어나는 바람처럼 갑자기 어둠이 주제 씨의 얼굴을 덮쳤다. 그러나 소년의 악몽은 이미 끝나 있었다. 그를 둘러싸고 있던, 가까이 있었던 혹은 멀리 있었던 그 모든 벽들이 이제는 마치 끝도 보이지 않는 넓은 공간으로 변한 것 같았고, 바위는 꼼짝하지 않는 물체로 보일 뿐이었고, 핏물은 그의 몸 밖이 아닌, 단지 그의 몸속을 흐르고 있을 뿐이었다. 이제 주제 씨를 놀라게 하는 것은 더 이상 어린시절의 악몽이 아니었다. 또다시 그를 꼼짝할 수 없게 만든 공포는 그곳에서 죽을 수도 있다는 생각이었다. 오래 전에도 그는, 죽은 자들의 서류창고에서 원하던 기록을 찾지도 못하고, 높은 서류 더미에서 떨어져, 어둠 속에서 산산이 부서진 채, 그 다음날 발견되는 자신의 모습을 상상해 본 적이 있었다. 주제 씨가 출근을 안 했어, 어디 갔지, 나타나겠지 뭐, 그리곤, 한 동료가 기록부를 정리하기 위해 그곳에 왔다가, 정말 필요할 땐 쓰지도 못했던 그 최신형 손전등을 비추며 그를 발견할 것이다. 시간이 점점 지나감에 따라 주제 씨는 자신의 내부로부터 들려오는 어떤 소리를 깨닫기 시작했다. 이봐, 여태까진, 두려움을 제외하곤, 뭐 그리 잘못된 것도 없잖아, 넌 거기에 앉아 있고, 별 부상도 없고, 손전등이 고장난 건 확실하지만 그게 무슨 큰 문제야, 소장의 책상에 묶인 끈이 네 발목에 있잖아, 넌 안전해, 엄마의 배와 연결된 탯줄을 가진 아이와 같은 거야, 소장이 너의 엄마도, 그렇다고 아빠도 아니지만, 이곳에서 인간관계란 복잡하고도 미묘한 거야, 네가 생각해야 할 것은, 어린시절의 악몽은 결코 현실이 아니고 또 꿈이란 실현되지 않는다는 거야, 그 꿈속의 바위는 정말 끔찍했지만 과학적으로 설명이 불가능하잖아, 사람들이 꿈속에서 두 팔을 벌리고 오르락내리락하며 하늘을 날기도 하고, 그런 것 기억나지, 그건 네가 자라고 있다는 거야, 그 바위도 분명히 어떤 의미가 있는 걸 거야, 그런 경험이 있다면 이곳에 있는 죽음이란 실제가 아닌 단지 기록일 뿐이란 걸 깨달아야 해, 네가 지금 손에 들고 있는 기록부가 그 모르는, 미지의 여자의 것이라 할지라도, 그것은 단지 종이에 불과한 거야, 뼈가 아닌 종이일 뿐이라고, 썩은 살덩어리가 아니라 너의 등기소에서 작성한 작품일 뿐이란 말이야, 삶과 죽음이 단지 종이의 차이로 바뀐 것뿐이야, 네가 그토록 그 여자의 기록을 찾고자 했던 건 알지만 아직은 때가 아닌 것 같아, 게다가 지금은 찾을 여력도, 방법도 없고, 정말 원한다면 세무서에 가보는 방법도 있을 수 있다고 했잖아, 이제 그만둬, 이곳에서의 너의 시간은 끝난 것 같아.

 서류의 벽에 기대어 있던 주제 씨는 그것이 자신의 머리 위로 무너지지 않게 조심하며, 천천히 일어섰다. 조금 전에 그에게 들렸던 목소리가 다시 말했다, 이봐, 겁내지 마, 지금 네가 있는 이곳의 어둠은 너의 몸속에 존재하는 그것보다 더 두려운 것은 아냐, 어둠이란 인간의 살이란 것을 경계로 두 개로 분리되어 있지, 아마 한 번도 그것에 대해 생각해 본 적이 없을걸, 항상 너는 어둠을 한쪽에서 다른쪽으로 옮겨놓고 있는 거야, 조금 전에 너는, 너무나 두려운 생각에 거의 비명을 지를 뻔했어, 어린 시절의 악몽을 기억했기 때문이지, 이 사람아, 자신의 내부에 존재하는 어둠과 함께 살아가는 것을 배웠듯이 자신의 외부에 존재하는 어둠과 함께 살아가는 방법도 배워야 해, 이제 일어나서, 아무 쓸모도 없는 손전등은 주머니에다 넣고, 혹시 그 여자의 것일지도 모르니까 기록부를 옷 속에 챙기고, 단단히 줄을 잡아서 발에 걸리지 않게 천천히 감으면서 나가란 말일세, 그리고 옆은, 겁내지 말게, 그게 가장 나쁜 거야. 서류 더미의 벽을 어깨로 가볍게 스치며 주제 씨는 더듬더듬 두 걸음을 내디뎠다. 칠흑 같은 어둠은 마치 시커먼 물처럼 열렸다가 그의 뒤로 닫혔다, 한 발짝, 또 한 발짝, 오 미터의 줄이 바닥에서 일어나 그의 손에 감겨졌다, 손이 하나 더 있었더라면 앞을 더듬을 수 있어 좋았겠지만 주제 씨는 간단히 그 문제를 해결할 수 있었다. 두 손을 얼굴 높이로 들고 줄을 감아 나갔다, 마치 물레질을 하듯이. 주제 씨는 이제 거의 복도의 끝에 도달해 있었다, 몇 걸음만 나아가면 그 바위의 악몽에서 벗어날 수 있었다, 마침내 줄이 약간 팽팽해짐을 느낄 수 있었다, 그것은 산 자의 서류가 있는 그의 종착점에 가까이 왔다는 기분 좋은 신호였다. 이상하게도 이곳까지 오는 동안, 마치 누군가 위쪽에서 던지기라도 하는 것처럼, 주제 씨의 머리 위로 한 장, 두 장 서류들이 떨어졌다, 마치 작별이라도 고하는 것처럼. 마침내 그는 소장의 책상에 도착했고, 발목에 묶인 끈을 풀기 전에 바닥에서 주워, 옷 속에 넣어두었던 기록부를 꺼냈다, 그것을 펼쳐 확인해 보니 바로 그 미지의 여자의 기록부였다, 그는 너무나 흥분되었기에, 마치 누군가 막 등기소를 나간 듯한 문 닫히는 소리도 알아차리지 못했다.

심리적 시간과 산술적 시간은 일치하지 않는다는 것을 주제 씨는, 그의 다른 유용한 지식을 깨달았던 것처럼, 경험을 통해 알고 있었다. 우선, 당연히, 그만의 삶을 통한 것이었다. 비록 등기소의 보조서기원에 지나지 않았지만 다른 사람들의 삶을 보며 이 세상을 살아왔고, 또한 때에 따라 신뢰할 수 있는 과학적 발견들을 발표해 놓은 책이나 잡지 등을 통해서 얻은 지식이었다. 게다가 이런저런 심리적 소설들 속에서도 상상을 전개하는 방법에 약간의 차이는 있을 망정, 모두 똑같이 그런 주제를 다루고 있었다. 집에 돌아온 그는, 그 미지의 여자를 찾기 시작한 지 얼마나 되었는가를 생각해 보며, 다시 한 번 여자의 사망일을 보았다. 그날 도대체 무얼하고 있었던 거야라는 질문은 달력을 들춰보면 금방 나오는 대답이었다. 그날, 등기소 직원으로서 주제 씨는 독감으로 출근하지 못했던 날이었다. 그날 나는 독감으로 침대에 하루 종일 누워 있었어, 출근도 못했지. 그러나 조사활동과 연관지어 그 날짜를 물어본다면, 대답은 베개 밑에 숨겨둔 노트를 꺼내봐야 할 것이었다. 그날은 바로 학교에 침입했던 날로부터 이틀이 지난 날이었다. 그녀의 이름이 적힌 기록부의 사망 날짜를 보면, 그 미지의 여자의 죽음은 당시까진 결백했던 주제 씨를 범죄자로 바꿔놓았던 바로 그날로부터 이틀이 지난 후지만, 조사원으로서의 보조서기원인가 혹은 보조서기원으로서의 조사원인가라는 신분의 규정에 있어서, 어느 하나는 심리적 시간이고 또 다른 하나는 산술적 시간인가를 어떤 식으로 구분을 해야 할지 알 수 없었다. 그 어떤 것이건 골치 아픈 것이었다.

  주제 씨는 스스로 어리석었음을 인정했다. 하루는 이십사 시간이고, 한 시간은 언제나 육십 분이고, 일 분은 육십 초를 영원으로부터 가져오고 있었다. 시간의 빠르고 늦은 것은 시간의 결함이 아니라 기계의 결함인 것이다. 즉 고장난 시계를 가지고 있다는 의미인 것이다. 이러한 생각으로 그는 허탈하게 웃었다. 적어도 내가 알고 있는 바로는, 시계의 고장 때문이 아니라 내가 생각하고 있는 정신상태에 문제가 있어, 정신과 의사를 찾아보는 것이 더 급한 일이야. 그는 다시 웃었고, 곧 심각해졌다. 상황은 쉽게 해결되었다. 자연의 법칙으로 모든 것이 정리되어 버린 것이다. 그 여자는 죽었고, 더 이상 아무것도 할 일이 없었다. 그 사건에 대해 생생한 기억을 남기기 위해서라면 여자의 기록부와 신상명세를 보관할 수도 있을 것이다. 등기소에선 그녀를 태어나지도 않았던 사람으로 여길지도 모르고, 아무도 이 서류들을 찾지 않을지도 모른다. 아니면, 죽은 자들의 서류가 있는 곳 아무데나 던져놓아도 될 것이다. 바로 입구 쪽, 가장 오래된 서류들이 있는 곳일지라도 상관없는 일이다. 이곳이든 저곳이든, 상황은 마찬가질 테니까. 그녀를 사랑했던 부모들도, 다들 그런 것처럼, 한동안은 슬픔에 젖어 울겠지만 시간이 지나면 점점 눈물도 줄어들 것이고, 더 시간이 지난 후엔 울지도 않을 것이다. 그녀와 이혼했던 전남편도, 한동안 사랑했던 여자에 대한 감정이 남아 있을 수도 있겠지만, 아니면, 재혼을 했을지도 모르고, 하여간 그 모르는 여자에 대해 관심을 가질 사람은 이 세상에 아무도 없을 것이었다. 그는 여자의 신상기록부와, 열세 장의 학교 생활기록부를 들여다보았다. 열세 번의 똑같은 이름이 적혀 있고, 같은 사람의 열두 번의 다른 사진이 있었다. 두 사진은 동일한 것이었기에. 그러나 그 모든 사진들은 과거에, 그녀가 죽기 이전에 이미 죽어 있던 것이었다. 오래된 사진들은 마치 우리가 그녀들 속에 살아 있다는 착각을 불러일으켰다. 지금 바라보고 있는 사진의 인물들이 이미 죽은 사람이란 것이 사실처럼 느껴지지 않았다. 만약 그녀가 그 사진들을 본다면, 자신의 옛 모습인지 알아보지 못할 것이다. 연민의 눈빛으로 나를 바라보고 있는 저 아이는 도대체 누굴까라고 말할 것이다. 그 순간 주제 씨는 갑자기 또 다른 사진이 있다는 것을 기억해냈다. 일층의 노부인이 그에게 주었던 것이었다. 불현듯, 그 부인은 미지의 여자에 대한 이런 소식에 관심이 있으리라는 생각이 들었다.

주제 씨는 토요일까지 기다리지 않았다. 다음날, 근무를 마치고, 그는 맡겨놓은 옷을 찾기 위해 세탁소로 갔다. 성실한 종업원이 그에게 하는 설명을 건성으로 듣고 있었다. 이 짜깁기한 걸 잘 좀 보세요, 여기요, 손가락으로 여길 만져봐서 뭔가 표시가 나나 보시라니까요, 새것 같잖아요, 그 종업원은 고객의 요구를 만족시켜주기 위해 늘상 그렇게 말하는 듯 보였다. 주제 씨는 계산을 하고, 옷이 든 봉투를 팔에 끼고, 갈아입기 위해 집으로 돌아왔다. 그는 일층의 부인을 방문할 생각이었다. 그리고 가능한 한 깔끔한 모습으로 가고 싶었다. 짜깁기를 한 바지뿐만 아니라. 하지만 짜깁기는 정말 하나의 예술이었다. 칼날처럼 줄이 선 바지와, 광택이 날 정도로 다림질한 셔츠와, 신기할 정도로 원상복구된 넥타이를 하고서. 집을 막 나서려는 순간, 주제 씨의 머리에 어떤 불길한 생각이 스쳐갔다. 혹시 그 일 층의 부인이 죽기라도 했다면. 그렇게 건강이 나빠 보이진 않았지만, 그래도 그 나이라면, 아무도 장담할 수 없었다. 그의 상상은 다시 나래를 폈다. 그 일층집의 초인종을 한 번, 두 번, 계속해서 누르자, 그 소리에 신경이 쓰였던지 옆집의 문이 열리며 한 여자가 나와 그에게 말했다, 이제 그만 누르세요, 그 집엔 아무도 없어요, 어디 가셨습니까, 아주 가셨어요, 돌아가셨다는 말씀입니까, 바로 그 말이에요, 언제요, 한 보름 전에요, 그런데 선생님은 누구세요, 저는 호적 등기소에서 나왔습니다, 그곳이 정상적으로 업무가 진행되고 있지 않은가 보네요, 호적 등기소에서 나오셨다면서 그분이 돌아가신 것도 모르고 계신 걸 보니. 주제 씨는 상상의 나래를 접었다. 그 교양 없는 옆집 여자에게 우스개 감이 되느니 차라리 확인을 해보는 것이 낫겠다는 생각이 들었다. 등기소에 들어가면 일 분도 걸리지 않고 그 사실을 확인해 볼 수 있었다. 이 시간이면 두 청소부가 일을 끝마쳤을 때쯤일 것이다. 휴지통을 비우고, 소장의 자리가 있는 곳까지 대충 바닥을 쓸고 닦는 데는 그다지 많은 시간이 필요하진 않을 것이었다. 그 이상, 그들이 좋은 사람이건 그렇지 않건, 죽은 자들이 있는 곳까지 청소를 해달라고 설득한다는 것은 불가능한 일이었다. 그곳에 시체가 있는 것도 아니고, 그곳에 있는 모든 것들도 깨끗해야만 된다고 말해 봐야 별 소용이 없는 일이었다. 그 미지의 여자의 대모인, 일 층의 부인의 이름을 기억해 내곤, 주제 씨는 조심스럽게 문을 열어 안을 살펴보았다. 생각했던 대로 청소부들은 이미 그곳에 없었다. 안으로 들어가, 재빠르게 서류함으로 가서 이름을 찾아보았다, 여기 있군, 안도의 한숨을 쉬며 그는 말했다. 집으로 돌아와 옷매무새를 다시 살핀 뒤, 밖으로 나왔다. 그 부인이 사는 집으로 가는 버스를 타기 위해선 등기소 앞의 광장을 가로질러 가야만 했다, 정류소가 그곳에 있었기 때문이었다. 저녁이 가까웠지만 아직 남은 햇빛이 도시를 비추고 있었다, 적어도 이십 분 내엔 거리의 가로등이 켜질 것이었다. 주제 씨는 다른 사람들과 함께 버스를 기다리고 있었지만 첫번째 오는 차는 탈 수 없을 것 같았다. 역시 그랬다. 그러나 다음 버스가 곧 이어 도착했고, 사람도 별로 없었다. 주제 씨는 차에 올랐고, 창가의 자리를 잡는 행운마저도 가질 수 있었다. 밖을 바라보며 그는 노을이 비추는, 그리 흔히 볼 수 없는 광경을 인식할 수 있었다, 건물들의 창에 비친 그 노을빛은, 마치 하나하나의 창문에서 순간순간마다 새로운 빛이 탄생하는 것처럼 보였다. 저기 호적 등기소가 있었다, 오래된 정문과 그곳으로 오르는 세 칸의 검은색 돌로 된 계단과, 전면에 높다란 다섯 개의 창문이 나 있는, 그 건물의 전체적 분위기는, 때로 필요에 의해서 보수가 되긴 했지만, 마치 오래된 빈 집 같은 느낌이었다. 약간의 교통체증이 버스의 진행을 방해했다. 주제 씨는, 너무 늦은 시간에 그 일 층의 부인집을 방문하는 것은 아닌가 하고 조금 초조해지기 시작했다. 시간이 되면 다시 한 번 들르라는 얘기는 있었지만, 그것은 막연한 인사말일 수도 있었고, 어떤 신뢰감을 느낄 수는 있었지만, 적당치 못한 시간에 방문할 만큼 가까워졌던 것은 아니었다. 주제 씨는 다시 한 번 광장을 보았다. 노을은 사라지고, 등기소 건물은 회색으로 변해가고 있었다. 그러나 아직은 약간의 빛으로 마치 창문이 흔들리는 것처럼 보였다. 그와 동시에 버스는 마침내 출발했고, 노선을 천천히 운행하기 시작했다. 뚱뚱하고, 키가 큰, 한 남자가 등기소의 계단을 오르더니 문을 열고 안으로 들어갔다. 소장이다. 주제 씨는 중얼거렸다. 이 시간에 소장이 등기소엔 웬일일까. 놀라움과 당황스러움으로 자리에서 벌떡 일어나 차에서 내리려 했다. 그 때문에 곁에 있던 승객이 깜짝 놀라 움찔하며 물러섰지만 주제 씨는 곧 자리에 다시 앉아 정신을 가다듬었다. 집으로 돌아가고 싶은 충동을 느꼈다. 마치 어떤 위험으로부터 자신을 보호하려는 듯이. 그러나 그것은 전혀 앞뒤가 맞지 않는 생각이었다. 그는 또 다른 말도 안 되는 상상을 하기 시작했다. 만약에 소장이 무엇을 훔치려 한다면, 등기소의 문을 통해서 자신의 집으로 들어가진 않을 것이었다. 역시 가능성은 없지만 또 다른 추측으론, 소장이 업무 외의 시간에 등기소로 가서 꼭 해야 할 일을 처리한다는 것도 생각해 볼 순 있지만, 그에게는 적용되지 않는 일이라 생각되었다. 소장이 근무시간 외에 등기소에 나와 일을 한다는 것은 네모난 원을 상상하려는 것과 마찬가지라고 주제 씨는 생각했다. 버스는 이미 광장을 벗어나고 있었지만, 주제 씨는 계속해서, 왜 자신은 모든 일들에 대해 그런 식의 엉뚱한 상상들을 하는가를 곰곰이 생각하고 있었다. 그는 마침내 그 이유가, 그가 사 년 전부터, 중앙등기소와 그가 살고 있는 집을 통틀어, 건물의 유일한 야간 거주자라는 사실 때문이란 결론을 내리게 되었다.

등기소로 들어가는 소장의 모습을 본 것은, 집으로 돌아가서 자신의 의자에 앉아 있는 소장의 모습을 보는 것과 같은 느낌이었다. 이러한 생각은 갑자기 그 모르는 여자의 생활기록부를 기억해 내면서 사라졌다, 그리고 기록부를 침대와 이불 사이에 잘 감춰두었는지, 혹은, 깜빡 잊고 식탁 위에 올려놓은 채 그냥 나왔는지, 자신에게 물어보았다. 단단히 잠겨진 은행의 금고처럼 자신의 집이 여러 개의 자물쇠로 잠겨져 안전하다 할지라도 기록부는 결코 남의 눈에 띄게 되어서는 안 될 것이었다. 그것을 볼 수 있는 사람은 아무도 없었지만 결정적인 실수를 저지르지 않도록 주의해야 했었다. 우리 같은 문외한도 알고 있다시피, 과학의 발달로 인해 생각할 수도 없는 일들이 현실화되고 있다, 예를 들어, 라디오의 전파는, 누구도 볼 수 없지만, 공기와 바람을 통해 소리와 영상을, 산과 강을 넘고, 바다와 사막을 가로질러 보낼 수 있는 것처럼, 내일 아침에 우리의 삶에서 가장 숨기고 싶은 부분이 벽을 뚫고 나와 기사와 사진으로 온 세상에 알려지는 일이 일어날 수도 있는 것이다. 잘 감춰두었을 거야, 아직도 그 은밀하고 약간은 수치스런 비밀은 침대 밑에서 안전하게 지켜지고 있을 거야, 일을 복잡하게 생각하면 한이 없지. 그는 모든 비밀이 바깥세상으로 흘러나온다는 생각은 추호도 하고 싶지 않았다.

그냥 내버려둬, 모든 것이 잘 될 거야. 기사와 사진에 대한 복잡한 생각들이 주제 씨의 머리를 괴롭히고 있을 때, 이러한 말들이 떠올랐고, 그런 상상을 떨쳐버리는 것으로 그는 그것을 행동으로 옮겼다. 만일 그랬다 할지라도 기록부를 찾지는 못할 거야, 잘 숨겨놓았으니까. 주제 씨는 아직도 소장에 대한 생각을 완전히 떨쳐버리지 못하고 있었다, 그러나 그것은 단지 약간의 의문이 남아 있었기 때문이었다, 근무시간도 아닌 때에 등기소로 들어간 소장을 어떻게 이해할 수 있을까 하는 것이었다, 뭐 잊어버리고 간 것이 있겠지, 다른 이유가 있겠어. 그는 큰소리로 문장의 마지막 부분을 다시 외쳤다, 다른 이유가 있겠어, 주제 씨의 그런 행동은 옆자리에 앉은 승객을 다시 한 번 깜짝 놀라게 만들었고, 자리를 다른 곳으로 옮겨야 되겠다는 확실한 이유를 제공하게 되었다, 이거 미친 놈 아냐, 라거나 그와 유사한 말을 마음속으로 했으리라고 그는 생각했다. 주제 씨는 옆자리의 승객이 자릴 옮기는 것엔 신경도 쓰지 않고, 일 층의 노부인에게로 생각을 옮겨갔다, 문 입구에는 이미 그 부인이 있었다, 절 기억하세요, 중앙 호적 등기소에서 나왔던, 물론 기억하고말고요, 지난번의 그 일 때문에 다시 왔습니다만, 그 아이를 찾았나요, 아뇨, 찾지 못했습니다, 사실은, 그게, 그러니까, 말씀드리자면, 잠시 말씀드릴 게 있어서요, 괜찮으시다면 잠시 시간 좀 내주실 수 있으신지요, 들어오세요, 안 그래도 저도 말씀드릴 게 있었는데. 일층의 노부인을 만나게 되었을 때 주제 씨는 대충 이런 말을 하리라 생각했다. 그러나 문이 열리고 그 노부인이 주제 씨를 보았을 때, 아, 선생님이시군요, 라며 금방 알아보았다. 생각하고 있었던 인사말들은 필요가 없었다. 그럼에도 불구하고 세상을 살아가면서 때론 어쩔 수 없이, 때론 필요에 의해서, 무의식적으로 입에서는, 저를 기억하시겠습니까, 중앙등기소의 주젭니다, 라고 말을 하고 있었다.

작은 거실은 아무것도 달라진 게 없었다. 지난번 주제 씨가 앉았던 의자도 그 자리에 그대로 있었고, 테이블과 의자와의 거리도 지난번과 마찬가지였다. 커튼도 지난번과 똑같은 위치에 매어져 있었고, 오른손을 왼손 위에 포개서 무릎 위에 올려놓는 노부인의 몸짓 또한 달라진 것이 없었다. 단지 천장의 전등이 수명을 다해 가는지, 조금 더 창백한 빛으로 매달려 있었다. 주제 씨는 물었다, 그 동안 어떻게 지내셨습니까, 그는 상황에 따라 보여야 하는 기본적인 교양의 수칙을 무시한 채, 만약 그 노부인이 웃으며, 덕분에 잘 지냈어요, 건강도 문제 없고, 요즘같이 활기를 느껴본 적이 없었던 것 같아요, 라고 한다면, 그는 더 이상 주저하지 않고, 그럼 그 아이가 죽었다는 사실을 아셔도 잘 견뎌내실 수 있겠군요, 라고 말을 던질 수도 있다는 상상을 해보았다. 그러나 노부인은 질문에 대답하지 않고 어깨를 약간 모으는 것으로 대신했다, 그리곤 입을 열었다, 며칠 동안 중앙등기소로 전화를 할까 생각했어요, 그러다가 그만두었지만, 조만간에 나를 찾아오리라 생각했기 때문이에요, 전화를 하시지 않은 건 정말 잘 하셨습니다, 소장은 외부 전화를 받는 걸 싫어하세요, 일에 방해가 된다고 생각하시니까요, 이해해요, 하지만 내가 그에게 직접 연락을 취한다면 선생님을 부를 필요도 없이 쉽게 문제를 해결할 수 있잖아요. 순간, 갑자기 주제 씨의 이마엔 식은땀이 흘렀다. 수주일 동안, 숱한 어려움과 위험을 겪으면서, 호적 등기소의 엄격한 규율을 어겨가면서까지 캐보려 했던 그의 노력이, 오래 전부터 내려오던 말로 결론지어지는 느낌이었다, 쓸데없이 남의 일에 끼어들지 말라. 잠시 동안 주제 씨는 그의 앞에 앉아 있는 여자를 경멸했다, 마음속으로 그녀를 모욕하고 있었다, 이 정신나간 할망구, 멍청이, 천하에 쓸모없는, 마치 너무도 급작스런 놀람에 대해 복수라도 하듯이 생각나는 모든 욕을 동원했다. 그녀가 물었다, 어디 편찮으세요, 주제 씨, 물이라도 한 잔 드릴까요, 괜찮습니다, 염려 마세요, 그는 악의적 의도에 대한 죄책감으로 대답했다. 차를 드릴게요. 아닙니다, 고맙습니다만 귀찮게 하고 싶진 않습니다. 그 순간에 주제 씨는 길거리의 먼지만도 못한 자신을 느끼고 있었다. 노부인은 거실을 나갔고, 부엌에서 그릇을 만지는 소리를 들을 수 있었다. 몇 분이 지났다. 먼저 물이 끓어야 했다. 주제 씨는 어디선가 읽은 적이 있는, 아마도 유명 인사들의 기사를 모으며 잡지에서 본듯한, 차에 대한 기사를 기억해 냈다. 차는 팔팔 끓인 물로 만들어야 하지만 끓고 있는 물을 부어서는 안 된다. 깨끗한 물을 사용해야 맛을 제대로 느낄 수 있다. 기분이 가라앉을 때 차만큼 좋은 것이 없다는 것은 모두 알고 있는 사실이다. 동서양을 막론하고 어떤 책이라도 그걸 말해 주고 있다. 집 주인은 쟁반을 들고 나타났다. 차 주전자와 잔, 설탕통 외에, 과자를 담은 접시도 함께 가져왔다. 차를 좋아하시는지 물어보지도 않았네요. 혹시 커피가 더 낫지 않을까 하는 생각이 지금 막 드네요. 차 좋아합니다, 예, 아주 좋아합니다. 설탕을 넣어드릴까요. 아닙니다. 그 순간 갑자기 주제 씨의 얼굴이 창백해지고 식은땀이 솟았다. 그는 무슨 말이라도 해야 할 것 같았다. 아직 지난번의 독감이 완전히 낫지 않았나 봅니다. 그렇다면, 제가 전화를 드렸어도 만나기 어려웠겠군요, 저하고 있었던 일들에 대해 선생님의 윗분에게 말씀드릴 수밖에 없었겠군요. 이번엔 주제 씨의 손바닥이 땀으로 흥건히 젖었다. 그러나 다행스러운 것은, 찻잔이 아직 테이블 위에 놓여 있었다는 것이었다. 만일 그것을 손으로 잡고 있었다면, 찻잔은 바닥으로 떨어졌을 테고, 혹은 뜨거운 차가 보조서기원인 주제 씨의 다리로 쏟아져, 그 즉시 화상을 입었을 것이었다. 그리고 바지는 다시 세탁소로 가야 할 것이고. 주제 씨는 접시에서 과자를 하나 집어 천천히 씹었다. 어떤 맛도 느끼지 못했다. 어떤 말을 꺼내야 할지 몰랐기에 공연히 과자를 씹기만 하고 있다가 드디어 한 가지 질문을 생각해 냈다. 제게 하시고 싶었다는 얘기는 뭡니까. 그녀는 차를 조금 마시고 접시에 있던 과자로 손을 뻗으려 하다가 그만두었다. 말씀하십시오. 지난번 여기 오셨을 때, 아마 돌아가시려고 했을 때, 전화번호부를 찾아보라고 말씀드렸던 걸 기억하세요. 기억합니다. 그러나 그 충고를 따르진 못했습니다. 왜요. 설명드리기 힘든 일이 있습니다. 물론 그럴 만한 이유가 있으셨겠죠. 하느냐 마느냐에 이유를 붙이는 것은 간단한 일입니다. 이유가 없거나, 혹은 이유가 충분치 못할 때, 우리들은 이유를 만들어내죠. 예를 들어 당신의 대녀의 경우처럼 말입니다. 제가 말씀드리고자 하는 것은 그녀를 찾기 위해 보다 멀고 복잡한 길을 택했다는 겁니다. 그 이유라는 것이 정말인지, 아니면 만들어낸 것인지를 알고 싶군요. 정말일 수도 있고, 지어낸 것일 수도 있죠. 그럼 거짓말인 부분은 어떤 건가요. 말씀드렸던 방법으로 일을 진행해 왔다는 것은 의심할 필요없는 진실입니다. 그럼 진실이 아닌 것은, 없어요, 단지 쉬운 방법이 아닌 멀고 복잡한 길을 택한 이유를 설명드리지 않은 것뿐이에요, 힘든 일이겠군요, 그것도 하나의 이유가 될 수 있죠, 어떤 조사를 하고 계신 건가요, 먼저 무슨 일이 있었는지를 말씀해 주세요, 제가 등기소에 있었고, 소장이 부하직원의 전화 통화를 싫어하지 않는다면, 무슨 얘기를 하시려고 하셨습니까. 노부인은 다시 찻잔을 입으로 가져갔고, 그것을 조용히 내려놓았다, 그리곤 말했다, 동시에 손은 오른손이 왼손 위로 가, 그 겹친 손들을 무릎 위에 올려놓았다, 선생님께 말씀드렸던 일을 제가 했습니다, 그녀에게 전화를 했단 말입니까, 예, 그녀와 통화를 했습니까, 예, 언제요, 선생님이 여길 다녀가시고 며칠 안 되어서요, 생각을 떨쳐버릴 수 없어 잠도 오지 않았어요, 그래서요, 얘길 나눴죠, 그녀가 몹시 놀랐겠군요, 그렇게 보이진 않았어요, 하지만 그건 당연할 거예요, 이혼하고 오랫동안 외롭게 지냈으니, 선생님은 여자에 대해 잘 모르시는군요, 특히 불행한 여자에 대해선, 그녀는 불행했어요, 얘기를 시작한 지 얼마 되지도 않아서 우리 둘은, 마치 서로가 눈물의 끈으로 이어진 것처럼 그렇게 울었어요, 그리고는요, 그녀의 삶에 대해 뭐라고 얘기했습니까, 누가요, 그녀가 부인에게요, 거의 안 했어요, 결혼했었지만 지금은 이혼했다고 했고, 그건 이미 다 알고 있는 사실이고요, 기록부에 나와 있으니까, 시간이 나면 한 번 들르겠다고 했어요, 그래서 왔습니까, 아뇨, 아직까진, 무슨 말씀이세요, 그냥 안 왔다고요, 전화도 없었고요, 전화도 없었어요, 그게 얼마 전의 일입니까, 한 이 주쯤 되었죠, 이 주가 더 됐습니까 아니면 덜 됐습니까, 덜 됐을 거예요, 예, 덜 됐어요, 부인께선 어떻게 하셨습니까, 처음엔 그녀가 생각을 바꿨나보다 생각했죠, 그래서 별로 가까워지고 싶은 생각이 들지 않았는지도 모른다고 생각했어요, 그때의 눈물은 순간적인 감정의 표현일 뿐, 아무런 의미도 아닐 수 있죠, 세상을 살다 보면 흔히 일어나는 일이죠, 전혀 모르는, 처음 보는 사람에게 자신의 깊은 마음을 털어놓기도 하니까요, 기억하세요, 선생님이 이곳에 처음 오셨을 때를, 예, 기억합니다, 제게 보여주셨던 그 믿음에 진심으로 감사드리고 있습니다, 믿음이라기보단 실망이었어요, 어찌되었건 후회하시지 않을 거란 걸 약속드립니다, 저를 믿으셔도 됩니다, 전 신중한 사람이니까요, 알고 있어요, 선생님께선 절 실망시키지 않으시리란 것을, 감사합니다, 실망시키지 않으리라 확신하고 있는데, 왜 마음 깊은 곳에선 그 모든 것을 초월하질 못하는지, 아, 고뇌에 찬 한숨은 마치 단도직입적인 물음과도 같았다, 어떻게 대답해야 할지 망설이던 주제 씨는 잠시 동안 침묵을 지키는 편이 나으리라 생각했다, 그런 주제 씨의 마음을 읽었던지 부인은 물었다, 차 좀 더 드시겠어요, 예, 부탁드립니다, 그리고 그는 찻잔을 내밀었다, 잠시 후 노부인은 말을 꺼냈다, 며칠 전 그녀의 집으로 전화를 했었어요, 그래서요, 아무도 안 받더군요, 응답기만 켜져 있을 뿐이었어요, 더 이상 전화를 하시진 않았구요, 첫날은 그랬죠, 하지만 그 다음날에는 여러 차례 했었어요, 아침, 점심 때, 저녁시간에, 심지어 자정 무렵에도 전화를 했었어요, 그런데 아무도 안 받았나요, 아무도, 어디 멀리 여행이라도 간 것인가 생각했어요, 그녀의 직장이 어딘지는 얘기하지 않았나요, 아뇨. 더 이상 대화를 통해 알 수 있는 것은 없다고 판단한 주제 씨는 대녀의 죽음을 노부인에게 알려야 할 때가 되었다고 생각했다. 사실 그것은 이곳에 오자마자 알려줬어야 하는 것이었다, 노부인의 질책이 따를 것이기 때문이었다, 왜 그 사실을 진작 얘기하지 않았어요, 그녀가 죽었단 사실을 다 알고 있으면서 지금까지 했던 얘기들은 무슨 소용이 있냔 말이에요, 라고 말한다면, 주제 씨는 그 갑작스럽고 당혹스러운 질문에 아무런 대답도 못 하고 입을 다물 수밖에 없을 것 같았다. 저도 말씀드릴 것이 있어요, 라고 했던 그 순간에, 쓸데없는 관심을 버리고, 그녀가 죽었다는 사실을 털어놓았어야 했다, 일 층의 그 부인이 그녀에게 연락을 취하려고 했었던 그 며칠 동안 주제 씨는 그 모르는 여자의 죽음을 훔치고 있었던 것이었다. 주제 씨는 피곤했지만 잠시의 시간을 두고 그녀에게 물었다, 집으로 찾아갈 생각은 안 해보셨나요, 혹시 그녀를 봤는지 이웃들에게 물어보기라도 할 생각으로, 물론 그런 생각도 해봤죠, 하지만 그러지 않았어요, 왜요, 괜히 나타나는 것 같아서요, 그녀가 좋아하지 않을지도 모르고, 그렇지만 전화는 하셨잖아요, 그건 다르죠. 노부인은 입을 다물었다, 그리곤 표정이 무언가를 물어볼 듯한 얼굴로 바뀌기 시작했다, 주제 씨는 그녀가 자신에게 무엇을 물어볼 것인가를 알아차릴 수 있었다, 그것은 오늘 그가 이곳에 온 이유와 관련된 것이었다, 그녀를 만났었다면 언제였는지, 등기소와 관련된 문제가 해결되었다면 어떻게 되었는지. 부인, 대녀의 죽음을 알리게 되어 정말 유감입니다, 주제 씨는 빠른 속도로 말했다. 노부인은 눈이 휘둥그래지며 무릎 위에 놓았던 손을 입으로 가져갔다, 뭐라고요, 부인의 대녀가 사망하셨다는 말씀입니다, 아니 그걸 어떻게 아세요, 노부인의 질문은 즉시 이어졌다, 바로 그런 것 때문에 호적 등기소가 존재하는 것 아니겠습니까, 주제 씨는 대답했다, 그리고 강조하듯이 어깨를 가볍게 움츠렸다, 그녀가 죽은 게 언제였습니까, 여기 기록부를 가져왔습니다, 혹시 보시겠다면, 노부인은 손을 뻗어 그것을 보았고 무언가 중얼거리며 다시 그것을 내려놓았다, 내 안경, 하지만 안경을 찾으려고 하지 않았다, 그는 안경이 그녀에게 아무런 소용도 없으리란 걸 알고 있었다, 비록 그녀가 기록부에 씌어진 것을 읽으려 할지라도 읽을 수 없다는 것을, 눈물이 글씨를 얼룩으로 번지게 하고 있었다. 주제 씨는 말했다, 정말 안됐습니다. 노부인은 거실에서 나갔고, 잠시 후 휴지로 눈물을 닦으며 돌아왔다. 의자에 앉은 뒤, 차를 다시 한모금 마시고, 그에게 물었다. 그녀가 죽었다는 사실을 알리기 위해 일부러 오셨군요, 예, 정말 고맙습니다. 그저 그것이 저의 임무라고 생각했습니다, 왜요, 뭔가 빚을 진 듯한 느낌이었기 때문이죠, 빚이라뇨, 저에게 친절히 대해주셨고, 도움을 주셨으니까요, 이제 제 불쌍한 대녀를 찾아다니시는 힘든 일은 더 이상 하지 않아도 되겠군요, 사실, 그렇습니다, 아니면 등기소에서 또 다른 사람을 찾아보라는 임무를 맡으셨는지도 모르지만, 아뇨, 아닙니다, 이런 경우는 드물죠, 죽음이란 것의 좋은 면은, 그것과 함께 모든 것이 다 끝난다는 것이죠, 항상 그렇지만은 않습니다, 대부분 상속의 싸움이 시작되죠, 분배의 냉혹한 전쟁이죠, 상속세에 관한 문제도 있고, 전 인간의 죽음에 대해 말씀드리고 있었어요, 그런 면이라면, 그렇죠, 옳습니다, 모든 게 다 끝나죠, 하지만 궁금한 점은, 왜 호적 등기소에서 제 대녀를 찾아다녔는가 하는 거예요, 무슨 이유 때문에, 방금 말씀하신 것처럼, 죽음이란 모든 문제를 해결하죠, 그럼 무슨 문제가 있었단 말씀인가요, 예, 어떤 문제요, 말씀드릴 필요가 없어져 버렸습니다, 이미 중요한 문제가 아니니까요, 그게 무슨 말씀이세요, 더 이상 묻지 말아 주십시오, 기밀 사항이니까요, 주제 씨는 말을 끊었다. 노부인은 찻잔을 손에 든 채 곰곰이 생각하고 있었다, 그리곤 방문자를 똑바로 쳐다보며 말했다, 선생님과 제가, 지난번과 이번에 함께 있으면서, 이번 얘기는 모두 진실이지만 지난번은 처음부터 거짓말만 하셨어요. 거짓말이라뇨, 절대 그런 적도 없고 지금도 그렇지 않습니다. 아시다시피, 전 항상 솔직하고 진실되게 선생님을 대했어요. 단 한 순간도 거짓된 마음을 가진 적이 없었어요. 잘 알고 있습니다. 그렇다면, 만약 이곳에 누군가 거짓말하는 사람이 있다면, 저는 있다고 확신해요, 그건 제가 아니라는 겁니다. 저 역시 거짓말을 하진 않았어요. 선생님의 천성이 그렇다고는 생각하지 않아요. 하지만 이곳에 오신 처음부터 거짓말을 하고 있었고 지금까지도 계속 거짓말을 하고 있어요. 부인께선 아마 이해하실 수 없을 겁니다. 적어도 등기소에서 제 대녀를 찾으라고 보내진 않았다는 것은 알고 있어요. 잘못 알고 계신 겁니다. 등기소에서 보냈다는 걸 맹세할 수 있어요. 그래요, 더 이상 제게 말씀하실 게 없으시다면, 그게 선생님의 마지막 말씀이라면, 지금 당장 제 집에서 나가주세요. 지금 당장. 그녀의 마지막 말은 거의 비명에 가까웠고, 이어 울음을 터트렸다. 주제 씨는 일어나서 문쪽으로 한 걸음을 옮기려다 다시 자리에 앉으며 말했다. 용서해 주십시오. 울지 마세요. 다 말씀드리겠습니다.

얘기를 끝내자 그녀는 나에게 물었다, 그럼 이제 무얼 하실 생각이세요, 아무것도요, 다시 그 유명 인물에 대한 수집을 계속하실 건가요, 모르겠습니다, 그럴지도 모르죠, 하여간 저의 생활의 일부가 되겠죠, 잠시 생각으로 입을 다물었던 나는 이렇게 대답했다, 아닙니다, 더 이상 그럴 필요가 없을 것 같아요, 왜죠, 생각해 보세요, 그들의 삶이란 항상 똑같아요, 다른 게 없죠, 나타났다가, 얘기하고, 자신의 모습을 보여주고, 사진사들에게 미소를 짓고, 항상 나타났다 사라지곤 하죠, 우리 모두가 다 그렇죠, 저는 그렇지 않습니다, 선생님이나 저나, 모든 사람들은, 이곳 저곳에 나타나, 얘기를 하기도 하고, 집을 나섰다간 그곳으로 돌아가죠, 가끔씩 웃기도 하고, 상황에 따라 달라질 뿐이죠. 우리 모두가 유명인이 될 수는 없죠. 다행한 일이네요. 선생님의 수집이 등기소만한 크기가 된다고 상상해 보세요. 더 클 수도 있죠. 등기소는 단지 언제 태어나고, 언제 죽고, 그런 것에만 관심이 있으니까요. 우리가 결혼을 하든, 이혼을 하든, 홀몸이 되든, 등기소에선 그런 것엔 관심도 없어요. 그런 일들 가운데서 우리가 행복하든 그렇지 않든, 행복과 불행은 마치 유명인들과 같은 거예요. 인기가 왔다가 사라지는 것처럼. 그보다 더 끔찍한 사실은, 등기소에선 우리가 누군지조차도 알려고 하지 않는다는 거죠. 그들에게 우리는 몇 개의 글자로 된 이름과 날짜 외엔 아무것도 아니라는 겁니다. 마치 제 대녀의 기록부처럼요. 그녀의 것이나, 혹은 제 것도 마찬가지죠. 만일 그녀를 만났다면 어떻게 하실 생각이셨어요. 글쎄요, 얘길 해 볼 수도 있었을 것이고, 그렇지 않을 수도 있었을 거예요. 한 번도 생각해 본 적이 없었어요. 만일 이 순간에 그녀가 선생님 앞에 앉아 있다면, 그녀에 대해 모든 걸 다 알 수 있겠지만, 그렇지 않고, 그녀의 죽음을 모르는 상태에서, 지금부터 그녀를 찾으려 한다면, 그건 유명인들을 찾는 것보다 훨씬 어려운 일이 되겠죠. 그들은 자신을 드러내 보이고자 하지만 그녀는 그렇지 않을 테니까요. 그렇겠죠. 그러나, 이미 그녀가 죽었다는 걸 알고 있지만, 계속해서 그녀를 찾을 순 있을 거예요. 그녀도 이미 그것을 상관하지 않을 테니까요. 무슨 말씀이십니까, 여태까지, 그토록 애를 쓰셨지만, 제가 일러드린 학교의 생활기록부밖에 알아내신 게 없잖아요, 사진들이 있잖아요, 사진도 역시 종이 조각에 불과해요, 그것들을 나눠 가질 수 있잖아요, 우리가 그녀를, 한쪽은 선생님이, 다른 한쪽은 제가 나누어 가질 수 있다고 생각하시는 건 아니겠죠, 더 이상 다른 방법도 없잖아요, 상황은 모두 끝났으니까요, 그러나 노부인은 나에게 물었다, 그녀의 부모나 전남편을 만나서 얘길 들어보실 생각은 없으신가요, 무엇 때문에요, 그녀가 어떻게 살았었고, 무엇을 했었는지 조금이라도 알아보기 위해서요, 아마도 전남편은 얘기하고 싶어하지도 않을 거예요, 이미 다 지나간 과거사니까, 그렇지만 부모들은요, 틀림없이 그녀에 대해 말하고 싶어할 거예요, 제가 알고 있는 바로는, 비록 그녀가 이 세상 사람이 아니라 할지라도 부모는 언제나 자식들을 잊지 못하니까, 전에도 가지 못했는데 이제 와서 어떻게 갈 수 있겠습니까, 등기소에서 보내서 왔다고 밝혀야 되는데, 그런데 제 대녀는 어떻게 죽었죠, 모르겠습니다, 모르다뇨, 그녀의 사망이 등기소에 기록되어 있잖아요, 기록부엔 단지 사망일만 기재되어 있을 뿐, 원인을 기록하진 않아요, 그렇지만 무슨 증명이 있을 것 아닌가요, 의사들이 발부한 사망증명서 같은 것 말이에요, 거기엔 단지 언제 그녀가 죽었다는 것만 써놓진 않았을 것 아니에요, 기록부엔 그녀의 사망증명서가 없었어요, 왜요, 모르겠어요. 아마 기록부를 정리하다 빠뜨렸는지도 모르죠. 아니면 제가 떨어뜨렸을지도 모르고요. 만약 빠졌다면, 그것을 발견한다는 것은 잔디밭에서 바늘을 찾는 거나 마찬가지예요. 부인께선 등기소 안이 어떤 곳인지 상상도 못 하실 겁니다. 제게 말씀해 주신 대로라면, 이해해요. 아닙니다, 상상하실 수 없을 거예요. 그곳에 있다 해도 그건 불가능한 일이에요. 그렇다면, 더욱 부모들을 만날 이유가 있는 거네요. 그들에게 죄송하지만 사망증명서를 분실했는데 등기소에서 다시 기록을 정리하려면 그것이 필요하다고 말하면 되잖아요. 만일 이 사실을 소장이 알게 되면 엄중한 문책을 받게 된다는 사실을 걱정스럽게 얘기하고 부탁을 해보세요. 의사가 누구였는지, 어디서 그녀가 사망했는지, 어떤 병이었는지, 사망한 곳이 집이었는지 아니면 병원이었는지, 모두 물어볼 수 있잖아요. 아직도 그 중앙 호적 등기소의 증명서는 가지고 계시죠. 예, 그러나 아시다시피 그건 가짜입니다. 저를 속였던 것처럼, 다른 사람들도 속일 수 있을 거예요. 존재하지 않는 사람에게 거짓이란 없어요. 또한 그 죽음에 어떤 착오가 있을 수도 있으니까요. 만일 부인께서 등기소 직원이라면, 죽음을 속인다는 건 불가능하다는 것을 아실 겁니다. 나는 노부인이 나에게 대답할 필요가 없다는 것을 알고 있었다. 그것은 한 마디로 공허한 말이었을 뿐이기 때문이었다. 우리들은 한동안 말없이 앉아 있었고 그녀는 나를 원망하는 듯한 눈으로 바라보았다. 마치 내가 어떤 약속을 마지막 순간에 깨버린 것처럼. 나는 어떻게 할 바를 몰랐고, 나의 의지는 그녀에게 잘 있으라는 말을 하고 그곳에서 나오고 싶었다. 그러나 그렇게 한다는 것은 그 불쌍한 노인에게 너무나 가혹한 처사였고, 결코 내가 할 수 있는 행동도 아니었다. 나는 그렇게 모질지 못했다. 그녀가 나에게 말했을 때, 나는 그의 제안을 받아들이는 것이 나을지도 모르겠다고 생각했다. 처음과는 다른 방향으로 새롭게 찾아나서는 것이었다. 죽음에서 삶으로. 신경 쓰지 마세요, 괜한 생각을 했었나 봐요, 늙어가고, 인생의 끝에 서 있다는 걸 깨달을 때가 되면, 세상 모든 일에 참견하려 하고, 누구도 자신에게 관심을 가지지 않는다는 데 대해 실망하게 되죠. 한 번도 그런 생각을 해보진 않았습니다. 그럴 때가 곧 올 거예요, 아직은 젊으니까. 제가 젊어요, 이제 곧 쉰둘입니다. 한창 좋을 나이지, 농담도 심하십니다. 일흔은 되어야 세상을 좀 알게 되지, 그러나 그때엔 아무 곳에도 쓸모없게 되지. 하지만 나는 그 나이가 되려면 한참 남았고, 또 그때엔 이 말을 이해할 수 있을지 모르지만, 지금은 잠자코 있는 것이 낫겠다고 생각했다. 이제 가봐야겠습니다. 더 이상 귀찮게 해드리고 싶진 않군요, 다시 한 번 친절과 인내에 감사드립니다. 저의 결례에 대해서도 사과드립니다. 쉬고 계신데 공연히 폐만 끼친 것 같습니다. 아니에요, 그 반대예요, 전 쉬고 있지 않았어요, 그저 혼자 있었을 뿐이죠. 이런저런 얘기로 제 삶의 무게를 덜 수 있었습니다. 그렇게 생각하신다면 다행이구요. 그렇게 생각하고 있습니다. 가시기 전에 한 가지 부탁을 드려도 될까요. 말씀하세요. 제가 들어 드릴 수 있을진 모르지만. 선생님만한 적임자는 없을 거예요. 부탁은 간단해요. 생각이 나거나, 그럴 마음이 생기면 가끔씩 들러 달라는 거예요. 꼭 제 대녀의 일이 아니더라도. 기꺼이 그러겠습니다. 커피나 차는 항상 준비해 놓고 있을게요. 그것만으로도 다시 오고 싶을 겁니다. 고마워요. 그리고, 내가 한 얘기에 신경 쓰지 말아요. 늙은이가 잠깐 동안 노망이 났던 것이라고 생각하세요. 생각해 보겠습니다. 처음으로 그 노부인의 손에 입을 맞추었고, 그러자 예상치 못한 일이 일어났다. 그녀는 나의 손을 잡고 그것을 입으로 가져갔다. 내 평생 어떤 여자도 그런 행동을 한 적이 없었다. 그것은 일종의 충격이었고, 진행사항을 기록하는 노트에 오늘 일어났던 일들을 다 적고 난, 적지 않은 시간이 지난 새벽인 지금, 나는 나의 오른손을 바라보았다. 그것은 뭔가 설명할 순 없지만 분명히 달랐다. 겉이 아닌 속으로.

  주제 씨는 펜을 놓고 조심스럽게 그 모르는 여자의 기록부를 침대와 이불 사이 깊은 곳에 감췄다. 그런 다음, 점심때 먹다 남은 음식을 데워 먹었다. 거리를 오가는 자동차 소리가 가끔씩 들려왔지만 너무나 조용했다. 주제 씨에게 더 가까이 들려왔던 건, 마치 멀리 있는 듯한 숨소리였다. 그것은 등기소의 숨소리였고, 이미 주제 씨에게는 자연스러운 것이었다. 그는 침대에 누웠지만 잠을 이룰 수 없었다. 오늘 있었던 일들을 떠올렸다, 뜻밖의 시간에 소장이 등기소에 들어갔던 것이며, 일 층의 노부인과의 이야기며, 그 모든 것을 잊지 않기 위해서 꼼꼼히 노트에 기록해 놓았지만 한편 생각해 보면 모두 부질없는 일인지도 몰랐다, 마치 그늘 속을 지나는 그림자처럼. 주제 씨는 아직도 어떻게 해야 할지 명확한 결론을 내리지 못하고 있었다. 생각해 보겠습니다, 라고 했던 그 일 층의 노부인과의 마지막 말은 그저 공허한 약속일 수도 있었다, 흔히 대화를 하면서 하는 말일 수 있었고 누구도 그 말이 지켜지리라고 생각하진 않을 것이다. 잠을 이루지 못해 뒤척이던 주제 씨에게 갑자기 어떤 생각이 떠올랐다, 어떻게 될지는 모르지만, 새로운 단서도 찾았으니, 토요일에 묘지를 찾아봐야겠다, 그는 큰소리로 말했다. 그는 흥분된 마음으로 침대에서 벌떡 일어나 앉았다. 그러나 마음 한구석에선 조용히 그를 타일렀다, 하겠다고 결정했으면 조용히 누워 자기나 해, 어린애처럼 그러지 말고, 그렇게 가고 싶으면 지금이라도 가봐, 이 늦은 시간에, 공동묘지의 담을 타넘을 수 있다면, 그럴 수 있겠어. 주제 씨는 그 말에 복종했다, 코끝까지 이불을 덮고 자리에 누웠지만 한동안 주제 씨는 눈을 뜬 채 생각에 빠져 있었다, 잠이 오질 않아. 그런 생각을 마치기도 전에 그는 잠이 들었다.

등기소가 거의 문을 열 시간이 되어서야 그는 잠에서 깨어났다. 면도를 할 시간도 없이 대충 옷을 챙겨 입고, 집을 나와 등기소로 뛰었다. 그의 나이와 상황에 맞지 않게. 모든 직원들이, 여덟 명의 보조서기원에서부터 두 명의 부소장들까지, 이미 자리에 앉아 있었다. 눈은 벽에 있는 시계의 분침이 정확히 12에 겹쳐지는 것을 기다리며. 주제 씨는 옆자리의 정식직원에게로 가서 늦은 것에 대해 양해를 구했다. 잠을 잘 못 잤습니다, 그는 해명을 했다, 비록 그의 오랜 경험으로 그러한 핑계는 아무런 이유가 될 수 없다는 것을 알고 있었지만. 앉아서 일 봐요, 냉랭한 대답만이 그의 귓가를 울렸다. 시계의 분침이 근무의 시작을 알리고 있을 때, 주제 씨는 정식직원의 시선에 당황스러워했다, 그의 신발끈이 매어져 있지도 않았기 때문이었다. 그것은 근무일지에 기록될 것이었다. 소장의 출근 시간이 한 시간이나 늦어졌다. 그는 어두운 얼굴로 나타났고, 그것으로 인해 직원들은 두려움에 떨었다, 그러나 그의 용모는 항상 그랬던 것처럼, 말끔하게 면도를 하고, 주름 하나 없는 복장과 머리칼 한 올도 흐트러짐이 없는, 완벽한 것이었다. 그는 주제 씨의 곁에 잠시 멈춰서서, 아무 말도 없이 그를 노려보았다. 주제 씨는 본능적으로 까칠한 수염에 손을 올리려 했지만, 그것은 용서받지 못할 일임을 알아차리곤 다시 손을 내렸다. 이제 죽었군, 모두 그렇게 생각했고, 그 생각은 틀리지 않았다. 소장은 자신의 자리로 가 앉았고, 곧 두 부소장을 불렀다. 이번에 주제 씨에 대한 소장의 생각은 엄격할 것이라 모두 다 생각하고 있었다, 그렇지 않았다면 부소장들을 불렀을 리도 없었고, 그들과 함께 주제 씨에 대한 처벌을 논의하고 있음이 분명한 일이었다, 소장도 더 이상 참진 않을 거야, 다른 보조원들은 잘됐다고 생각했을 테고, 지난번 주제 씨의 잘못에 대해 지나친 관용을 베풀었던 소장의 태도도 이해할 수 없는 것이라 여기고 있었다, 이제 곧 불호령이 떨어지겠지. 그러나 그런 상상이 잘못되었다는 것을 그들은 곧 알 수 있었다. 부소장 중 하나가 모든 직원들에게, 정식직원과 보조서기원 모두에게, 소장 앞으로 모이도록 명령했고, 다른 부소장은 접수대를 지나 정문을 잠그고, 등기소 팻말 옆에, 업무상 일시 폐소, 라는 글을 부착했던 것이다. 무슨 일이지, 직원들은 서로를 번갈아 보며 물었고, 부소장에게 다가가서 소장의 의도가 무엇인지를 물어보기도 하였다. 소장의 첫마디는, 앉아요, 였다. 명령은 부소장을 통해 정식직원에게로 전해졌고, 이어 보조서기원들에게도 내려졌다, 순간 의자들을 움직이는 소리가 들렸고, 모두들 근무하고 있는 책상의 반대편을 향해 앉았다. 그러나 이 모든 일들은 일 분도 안 돼서 마무리되었고 등기소에는 다시 침묵만이 흘렀다. 파리 소리조차 들려오지 않았다, 물론 파리들이 있는 줄은 알고 있지만, 더러는 안전한 곳에 앉아 있거나, 또 더러는 천장의 거미줄에 묶여 고통스런 최후를 맞이했는지도 모른다. 소장은 천천히 몸을 일으켰고, 예의 눈초리로 모든 직원들을, 마치 처음 보기라도 하는 듯이, 혹은 오랫동안 보지 못해서 알아보려고 하듯이, 하나하나 응시했다. 이상하게도 그의 표정은 이미 어두운 빛이 아니었고, 혹은 다른 의미의 어두움이었는지, 마치 정신적 고통에 괴로워하고 있는 듯했다. 마침내 그는 입을 열었다, 여러분, 저는 중앙 호적 등기소의 소장으로서, 우리 등기소가 소장하고 있는 오래된 서류들의 체계적 정리로부터 시작된 역사적인 작업과, 우리들의 선배들로부터 지금까지 이어져 온 전통적 방법에 의한 등기소의 보관체계를 일말의 소홀함도 없이, 매 순간마다, 성실하게 이행해 왔습니다. 저는 시대의 흐름을 주시해 왔으며 사회의 변화와 그에 적절한 대응이 여러모로 필요하다는 것을 항상 느껴 왔습니다, 그러나 저는, 저 이전에 등기소를 관리해 오셨던 많은 분들이 느껴오셨던 것처럼, 의식의 보전 또한 중요하다는 것을 깨달았습니다, 지속적이고 자발적인 의식이야말로 그 어떤 것보다 우리들에게 요구되는 조건입니다. 누군가는 우리 등기소에, 현대적 설비는 고사하고 타자기 하나 없다는 것과, 서류장과 보관함들이 여전히 나무로 되어 있다든가, 직원들이 아직도 펜에 잉크를 묻혀 쓰고 있는 것을 들어 구시대의 유물들을 그대로 답습하고 있다고 불평하고 있을지도 모릅니다, 또 누군가는 정부가 우리 업종에 새로운 기술의 도입을 적극 추진해야 한다고 말할지도 모릅니다. 그러나 법률과 조례는 시시각각으로 변하고 있지만, 형식과 의미라는 모든 면에서 변하지 않는 것이 있습니다. 그것은 바로 전통입니다. 오랜 시간을 통해 다져지고 유지되어 온 전통을 그 누구도 일순간에 바꿔놓을 순 없습니다. 누구도 이미 존재하고 있는 것을 존재하지 않는다고 부정할 순 없습니다. 그 어느 누구도, 마치 어린 아이들처럼, 있는 것을 없다고 주장할 순 없는 것입니다. 만약 누군가 그것을 부정하려 한다면, 그것은 시간 낭비일 뿐입니다. 그것은 우리의 정신과 힘의 토대이며, 오늘날까지 이어져 온, 우리의 존재와 자치성을 방어하는 최후의 보루인 것입니다. 그렇게 우리는 그 전통을 지켜왔고, 새로운 방법이 보다 나은 길을 제시하지 않는 한, 우리는 그것을 지켜나갈 것입니다.

여기까진 소장의 연설에서 어떤 새로운 사실도 없었다. 물론 중앙 호적 등기소에서는 처음으로 듣는 원칙에 대한 확고한 천명이란 점은 있었지만. 직원들은 엄격하고 정확한 업무의 처리라는 기본 철칙을 준수하고 있었지만, 최근에 와서는, 아마도 너무도 획일적인 전통적 방식에 싫증을 느꼈던지, 때론 법정에 설 만큼 심각한 과오를 저지르곤 했다. 그의 업무에 대한 열정에 감동받은 직원들은, 오늘 예기치 않은 소장의 연설의 주된 내용이 그것이려니 하고 있었지만, 그러한 생각이 잘못된 것임을 깨닫는 데는 많은 시간이 필요하지 않았다. 그러나 누군가 소장의 연설을 조금 더 주의 깊게 들었다면, 그 연설의 목적이 단순히 훈계나, 정신교육이 아니라는 것을 금방 알아차릴 수 있었을 것이다, 그것은 교묘하게 위장한 모든 직원의 얼굴에 매서운 주먹을 날리는 말들이었다. 비록 소장의 태도에서는 전혀 그런 면을 발견할 수는 없었지만, 항상 힘을 가진 자로 살아온 그가, 처음으로 더욱 강한 힘 앞에 놓인 듯한 태도였다. 직원들 중 몇몇은, 그중에도 부소장들과 일부 정식직원들은, 소장의 마지막 말에서, 이미 등기소 밖의 세계에서는 일반화된 사무의 자동화, 현대화가 즉각 도입될 것이라고 생각하고 있었다, 그러나 그 역시 잘못된 판단임을 깨닫는 데 그리 많은 시간이 요구되지 않았다. 소장은 말을 이었다, 그러나 언급한 새로운 길이라는 것이 단순히 새롭게 개발된 기계를 도입하는 것이라고 착각해서는 안 됩니다, 그것은 심사숙고하지 않으면 안 됩니다, 그러한 작업은 기술자를 부르면, 스물네 시간 내에 우리 등기소를 모든 종류의 기계들로 꽉 채울 수 있습니다. 여러분들에겐 이상하게 들릴지 모르겠지만 제가 말씀드리고자 하는 것은, 중앙등기소의 전통과 정확하게 부합되는 측면에서, 누군가 아주 우연하게 저에게 주었던 생각입니다, 그것은, 기록뿐만 아니라 공간에 있어서도 어쩔 수 없이 분리되어야 하는, 산 자와 죽은 자들의 새로운 공간 배치에 관한 것입니다. 잠시 웅성거리는 소리가 있었다, 결코 한 마디의 말도 소장이 얘기하는 가운데 나올 수 없었지만, 그것은 놀란 직원들의 공통된 생각을 반영하는 소리였다. 소장은 계속했다, 물론 여러분들이 얼마나 당혹해 할지도 잘 알고 있습니다, 왜냐하면 저 자신도 이런 생각을 했을 때, 이것이, 저 이전에 소장직을 담당하셨던 많은 분들이나, 지금은 여러분들이 맡고 있는 그 자리에서 노고를 아끼지 않고 봉사했던 수많은 선배들에게 대한 결례나, 심지어 죄가 되지나 않을까 하고 생각했었기 때문입니다, 그러나 거부할 수 없는 어떤 확신이, 지금까지 저의 삶에서 결코 움직일 수 없으리라 생각했던 그 전통과 맞서게 했습니다. 그러나 저의 이런 생각이 결코 순간적인 판단에 의한 것은 아닙니다. 제가 소장직을 맡은 이후로, 두 번에 걸쳐 어떤 예고가 있었습니다, 그러나 그때, 저는 그것들을 그다지 중요하게 생각하지 않았고, 그냥 덮어 두었습니다, 이제, 말씀드릴 수는 없지만 세 번째, 최근의 예고를 접하고 보니 더 이상 덮어두고만 있을 수는 없다는 생각이 들었습니다. 그 첫번째는, 여러분 모두 알고 있겠지만, 부소장 중 하나가 죽은 자들의 서류를 반대로 정리하자는 제안을 했던 것입니다, 즉, 가장 오래된 기록부를 가장 깊숙한 곳에, 최근의 기록부를 가장 가까운 곳에 놓아두자는 것이었습니다. 그러나 엄청난 작업 양과 인원의 절대적인 부족을 고려할 때, 그것은 현실성이 없다라고 판단했고, 제안했던 부소장도 그 사실을 수긍하여 없던 일로 덮어두기로 했었습니다. 언급되었던 부소장은 만족스러운 태도로, 뒤로 돌아 자신임을 알렸다. 그리곤 다시 소장을 향해 고개를 가볍게 숙이며, 자신의 제안에 많은 심려를 해주었음에 감사함을 표시했다. 계속해서 소장은 말했다. 그 제안은 이해할 수 없었고, 심지어 황당하기까지 했습니다. 사실 그것은 반역적이고, 순간적이며, 경솔한 제안이었습니다. 게다가 업무의 실용성도 없는 것이 사실이었습니다. 물론 부소장의 머리에서 많은 것을 기대하지는 않았지만, 저는 등기소의 소장이라는 직책뿐만 아니라 저의 경험으로, 겉으로 보기에 말도 안 되는 생각을 이해하려고 노력해 보았습니다. 부소장은 이번엔 뒤를 돌아보지 않았다. 얼굴엔 모멸감이 역력했지만 아무도 그것을 알아차리지 못했다. 왜냐하면 고개를 숙이고 있었기 때문에. 소장은 잠시 호흡을 가다듬은 다음 다시 입을 열었다. 두 번째는, 죽은 자들의 서류보관 창고에서 길을 잃었다가 일주일만에, 거의 죽을 뻔했던 상태에서 발견되었던 한 조사가였습니다. 일반적인 경우, 바깥 세상에서도 누구나 한 번쯤은 길을 잃고 헤맬 수 있습니다. 그래서 저는 여러분들에게, 죽은 자들의 서류창고로 들어갈 땐, 반드시 서랍에 보관해 둔 끈을 착용하도록 지시를 내렸습니다. 그것은 길을 잃거나 그와 유사한 상황에서 확실한 대비책이 될 것이라고 생각했기 때문입니다. 이러한 예들이 제가 오늘 여러분들에게 했던 이야기들과 무슨 상관이 있느냐고 물어보실지도 모릅니다. 그러나 이러한 일련의 사건들이 발생하지 않았다거나, 그 사건들에 대한 깊은 반성이 없었다면, 결코 죽은 자와 산 자들을 분리해 놓는 것이 실로 어리석은 일이라는 것을 이해할 수 없었을 것입니다. 그 이유로 첫번째는, 도서관학적인 면의 효율성입니다. 산 자들의 서류 사이에서 죽은 자들의 서류를 찾는 것이 훨씬 용이하리라는 것입니다. 그것들을 산 자들과 함께 보관하면, 우리는 항상 산 자들 가운데에서 볼 수 있고, 두 번째 이유로는, 기억의 문제로, 만약 죽은 자들의 서류가 산 자들의 그것과 함께 있지 않으면, 언젠가는 잊혀지는 존재가 되고, 그 다음엔, 그것들이 필요한 경우, 또한 그럴 경우가 반드시 있을 테지만, 찾기 위해 엄청난 시간을 소모할 수밖에 없다는 것입니다. 이곳에 있는 여러분들께서는 나의 말이, 육체적이나 정신적 위생을 위해 죽은 자들을 땅에 묻어버리는 바깥 세상이 아닌, 단지 이곳 중앙 등기소의 경우를 얘기하고 있다는 것을 명심하시기 바랍니다. 그러나 감히 여러분에게, 삶과 죽음의 서류들을 작성하고 정리하는 우리 등기소에도 바로 그 육체적, 정신적 위생의 필요성이 요구되고 있다고 말씀드립니다. 우리들은 죽은 자와 산 자를 한곳에 모을 것입니다. 이곳에서 그들은 결코 분리되지 않을 것입니다. 그러므로 이제 세부적 지시를 여러분에게 내리겠습니다. 먼저, 지금부터 죽은 자들의 서류들은 살아 있을 때의 자리와 같은 곳에 보관될 것입니다. 다음으로, 최근 것부터 가장 오래된 것까지, 하나하나의 서류들이 모이게 되면, 보관 창고 속의 오래전 죽음도 모두 현재의 존재가 될 것입니다. 이 두 번째 작업은 수십 년이 걸리는, 아마도 우리가 죽은 후에나, 혹은 우리의 후세대들도 완성하지 못할, 힘든 작업이란 것을 잘 알고 있습니다, 가장 오래된 죽은 자의 서류는 낡아지고, 수세기 동안의 먼지로 검게 변해, 원래 있었던 자리로 되돌아갈지도 모릅니다. 이렇듯, 완전한 죽음은 망각의 마지막 열매이고, 삶이란 기억 속에서 영원할 것입니다. 제 의견에 대해 분분한 반응이 있으리라 생각되지만, 여러분 하나하나의 생각을 고려하고 반영한다는 것은 너무나 오랜 시간을 요하는 것이고, 그렇게 된다면 결코 이 구상은 실현되지 못할 것입니다. 이 결정에 대한 갑론을박은 한 치 앞도 내다보지 못하는 사람들의, 근시안적인 시간의 소모일 뿐입니다. 언급한 내용들은, 여러분에게 다시 말씀드리지만, 단지 삶에 대한 것이지 죽음에 대한 것은 아닙니다, 무엇보다 이 제안이 여러분들에게 이해되지 않는다면, 그 이유는 그것이 어떤 것이든 여러분은 그것을 이해할 수 없기 때문입니다. 연설 후반부의 공손했던 태도는 그의 빈정대는 마지막 말로 인해 순식간에 사라져버렸다. 소장은 오래전부터 알아왔던 것처럼, 오만하고, 빈정대고, 고집스럽고, 엄격한 우두머리로 돌아와 있었다, 이어지는 말들이 그것을 확인시켜 주었다, 나를 위해서가 아니라, 여러분들을 위해 한 가지 말씀드리자면, 여러분들의 삶에서 가장 치명적인 과오는 개인적인 무력감이나 직원으로서의 품위를 잃어버리는 것입니다. 저는 여러분에게, 아무 설명도 없이, 물론 그렇게 한다고 해도 아무 문제도 없겠지만, 단순히 기록들을 체계적이고 새롭게 정리하라고 지시를 내린 것만은 아닙니다. 제가 내린 결정을 여러분들이 좀더 정확하고, 깊이 이해해 주길 바라는 의도였고, 이 결정을 실행하는 여러분들이, 단지 형식적으로 한두 장의 서류를 정리하는 것이 아닌, 무언가를 창조하는 열성과 혼을 가지고 이 일에 전념해 주기를 바라는 것입니다.

이 등기소의 규율은 언제나 그래왔던 것처럼, 눈꼽만큼의 흐트러짐도, 추호의 변화도 없이 유지되고 있었다. 누구도 그 결정에 대해 한 마디의 질문도 없었고, 누구도 그 이야기를 듣는 동안 자세나 표정을 풀지 않았다. 주제 씨는, 이건 확실히 나를 겨냥한 말이야, 면도를 하지 않았기 때문일 거야, 라고 생각했다. 그러나 수염 때문이라면 하고 그는 그다지 걱정하지 않았다. 그는 소장의 연설 내내, 마치 숙제를 안 해와 지적당하는 것을 피하려는 학생처럼 고개를 푹 숙이고 있었다. 연설은 거의 끝난 듯했지만 누구도 움직이지 않았다. 자리로 돌아가라는 지시를 기다리고 있는 것이었다. 그랬기에 갑자기 소장이 강하고 싸늘한 어조로, 주제 씨, 하고 불렀을 때, 모두 다 놀라며 그를 바라보았던 것이다. 호명을 받은 주제 씨는 황급히 일어났다. 아니 왜 그러지, 그는 소장이 자신이 있는 방향으로 다가오고 있는 것을 보며 더 이상 자신을 부른 이유가, 단지 면도를 안 한 꺼칠한 수염에 있는 것이 아니라는 생각을 했다. 가벼운 처벌을 내릴 만한 일이 아닌, 보다 심각한 문제가 발생하리라 예상하고 있었다. 그렇기 때문에 소장은 그토록 싸늘한 목소리로 그를 불렀고, 그의 가슴속에서는 견딜 수 없는 고통의 비명이 울리고 있었다. 소장이 앞에 섰을 때, 주제 씨는 숨도 쉴 수 없었다. 집행하라는 마지막 신호를 기다리는 사형수처럼, 소장이 할 첫마디를 기다리고 있었다. 마침내 소장은 말했다. 이 수염. 그리고는 돌아서서, 부소장에게 업무를 시작하라는 손짓을 보냈다. 소장의 얼굴에서는, 마치 모든 일정을 다 마쳤다는 것처럼, 고요한 분위기의 창백함이 엿보였다. 누구도 그 인상에 대해 주제 씨에게 언급하지 않았다. 그 첫번째 이유는, 모두 다 소장의 지시로 인해 혼란스러운 머리를 다른 곳에 쓰고 싶어하지 않았던 탓이고, 두번째 이유는, 자리로 돌아가라는 소장의 명령은 그 어떤 것보다도 먼저 실행에 옮겨야 할 사항이었기 때문이었다. 업무와 직접적으로 관계없는 이야기는 한 마디도 없었다.

등기소의 전면과 똑같은 모양을 한 낡은 건물을 통해 그는 공동 묘지로 들어갔다. 똑같이 입구에는 건물로 올라가는 세 개의 계단이 검은 돌로 만들어져 있고, 똑같이 중앙에는 낡은 문이 있고, 똑같이 높고 좁다란 다섯 개의 창문이 나 있었다. 정문에 있는 두 개의 문틀이 조금 다르다는 것을 제외하면, 등기소와 다른 점은 출입문에 붙어 있는 팻말뿐이었다, 그것 역시 법랑으로 씌워져 있었지만, 그곳엔 중앙 공동묘지라고 씌어 있었다. 정문은 이곳을 찾아오는 모든 사람들이 드나들기 불편해 하면서부터 오래전에 폐쇄되었다, 그곳을 통해 오르내리기 어려웠던 것은 관의 운반뿐만 아니라 동행하는 사람들에게도 마찬가지였고, 이후에 다시 묘지를 찾는 경우에도 여러모로 불편한 일이었다. 이곳뿐만 아니라 세상에 존재하는 모든 곳이 그렇듯, 공동묘지란 아주 작은 공간으로부터 시작되었다. 도시가 형성되면서 그 주위의 자그마한 공간을 차지하였지만, 시간이 지남에 따라, 불행히도 그 공간은 점점 커질 수밖에 없었고, 오늘날에 와서는 엄청난 면적을 차지하게 되었다. 예전엔 그 주위를 빙 돌아가며 담을 쌓았지만, 시간의 흐름으로 인해 담 안쪽의 한정된 공간 속에 죽은 자들의 치열한 자리다툼이 일어나게 되고, 마치 등기소의 경우처럼, 어쩔 수 없이 담을 허물고 조금 더 넓게 새로운 담을 쌓아 왔던 것이다. 그러나 이미 사백 년 전, 묘지를 담당했던 한 관리인의 머릿속에, 거리로 향하는 담을 제외하고 다른 방향의 담들은 모두 제거해 버리자는 생각이 떠올랐다. 그것은 담 안쪽과 바깥쪽의 감성적 관계를 새롭게 환기시키는 유일한 방법이라고 그는 변론했던 것이었다. 담이 가지는 의미가, 비록 위생적인 면이나 장식적인 면에선 긍정적으로 생각할 수는 있지만, 그저 빨리, 죽은 자에 대한 기억을 잊혀지게 하는 효과 외엔 그다지 쓸모가 없는 것이라 생각했다, 옛말에도, 눈에서 보이지 않으면 마음은 느끼지 못한다, 라는 말이 있듯이. 등기소장이 죽은 자와 산 자의 서류들을, 전통과 관습을 역행하면서까지 한곳으로 합쳐 정리하겠다는 결정을 내린 이유에 대해서도 그 진의가 무엇인지 정확하게 파악하기 힘들듯이, 왜 겸허하고 원칙적인 묘지 관리인의 교훈을 받아들이지 않았는지를 이해한다는 것은 더욱 어려운 일이었다. 그는 이 어두컴컴한 곳에, 물론 당시로는 많은 빛이 필요하지도 않았겠지만, 혁신적인 사고에도 불구하고, 그의 찬란한 업적을 기릴 만한 묘비 하나 변변히 세워져 있지 않았다. 오히려 그 반대로, 사백 년 전부터 그는 이교적이며, 모욕적이고, 위선적이라는 멍에를 짊어져야 했고, 오늘날, 이 거대한 공동 묘지를 엉망진창으로 만든 역사적 죄인으로 낙인 찍히게 되었던 것이다. 이제 묘지는 담이 없는 것이 아니라 더 이상 담을 쌓을 수도 없게 되어버렸기 때문이다. 좀더 자세히 설명하자면, 위에서 말했듯이, 끊임없이 죽은 자는 죽은 자를 낳았다. 단순히 도시 인구의 증가뿐만 아니라 삶의 터전도 확장되어 갈 수밖에 없었다. 공동묘지가 담으로 둘러싸여 있을 땐, 도시의 확장이 시의 탁상공론으로 결정되기 일쑤였다. 조금씩 조금씩, 공동묘지 뒤쪽의 넓은 땅들엔 사람들의 정착지가 생겨나기 시작했고, 마을이 형성되고, 가옥들이 늘어나기 시작했다. 그러나 그 사이엔 경작을 위한 논밭과, 숲, 초지들을 남겨놓았다. 바로 그곳으로, 담을 제거했을 때, 공동묘지는 점점 그 영역을 확장시켜 나갔다. 낮은 지역을 가득 채운 무덤들은, 마치 밀물처럼 골짜기를 따라 꼬불꼬불 이어져 갔고, 점점 산기슭으로 올라가기 시작하며 그 세력을 넓혀갔다. 이러한 현상은 농사에 많은 지장을 초래하였고, 특히 땅이 무덤에 둘러싸이게 된 주인들은 어쩔 수 없이 그것을 팔아버리는 도리 외엔 다른 방법이 없었다. 이런 일들은 마을이 형성되는 어느 곳에서나 볼 수 있었던 일이었다. 하늘에서 내려다본다면, 공동묘지는 마치 엄청나게 큰 나무가 쓰러져 있는 것처럼 보였다. 원래의 무덤으로 나무그루 부분은 짧고 굵은 모습을 하고 있고, 그 위로는 엄청난 가지들이 사방으로, 끝이 보이지도 않을 만큼 멀리까지 뻗쳐져 있었다. 이것이 바로 장례 행렬 때 정문을 사용하지 않는 이유인 것이다. 그러나 경우에 따라선 문을 열 때도 있었다, 낡은 돌을 연구하는 사람들이 건물의 상태를 점검하고 보수할 때라든가, 혹은 아주 드문 경우지만, 반사판, 충전기, 감도측정기, 우산 모양의 조명 설비 등의 각종 장비들이 필요한 사진을 찍을 때나, 공동묘지로 통하는 작은 문을 사용할 수 없는 때였다.

어쩔 수 없는 공동묘지의 확대를 이해한다 할지라도, 도시의 발전이나 인구의 팽창과 어느 정도는 조화를 이뤄야 했으므로, 마지막 안식을 위한 공간은 제한될 수밖에 없었고 엄격한 법률에 따를 수밖에 없었다. 어떤 장식도 없고, 어떤 건축적 아름다움도 존재하지 않는, 평범한 높은 담으로도 충분한 것이었다, 이 가늠할 수 없이 뻗쳐가는 나뭇가지는, 아니, 나뭇가지보다는 오히려 문어다리 같은, 사방팔방, 십육방, 삼십이방, 육십사방으로, 마치 세상이 끝날 때에야 그 확장을 멈출 것 같았다. 묘지의 활용에 대해서 정확히 알고 있는 좀더 선진화된 문명국에선, 경험에 의해서 입증된 장점을 살려서, 시신을 몇 년 동안은, 일반적으로 오 년 동안, 땅속에 묻게 한 다음, 새로운 세입자에게 자리를 양보하기 위해, 벌레들이 소화를 끝내고 남은 일부분을 다시 꺼내 옮기기도 한다. 문명이 발전한 나라에서는, 묘지는 절대 건드릴 수 없다는 생각 같은, 이렇게 엄청난 공간을 차지하는 어리석은 일들이 존재하지 않는다, 삶이 영원하지 않은데, 죽음이 영원한 것이라는 따위의 생각들은. 그 결과는 자명한 것이었다, 행렬은 더욱 빈번해졌고, 시신들은 공동묘지에 더 이상 묻힐 곳을 찾지 못하고, 육십사방으로 뻗어 있는 문어의 어느 한 다리에 자리를 마련할 수밖에 없게 되었다, 그래서 마침내 안내자 없인 찾아가지도 못할 지경에 이르게 된 것이다. 중앙등기소도 마찬가지로, 생사에 관해 신고를 해야 됨에도 불구하고, 그 애절한 망각으로 인해 제때에 사실을 알리지 못하는 경우도 많았다, 그런 의미에서 이 공동묘지는 등기소보다 더 빨리 죽은 자들의 이름을 알고 있게 되었으므로, 이 중앙 공동묘지의 또 다른 명칭은 모든 이름들이라 할 수 있다, 사실 그렇다는 것을 깨달을 수밖에 없지만, 등기소에서 그 두 단어란 마치 보자기 같은 것으로, 그 속에서 모든 이름들을 발견할 수 있었다, 산 자든 죽은 자든, 공동묘지의 경우엔, 종착지라는 그 본질적 의미로 언제나 사망자의 이름이 적혀 있어야만 했다. 시간을 가지고 느긋하게 기다리면 모두 이곳으로 오게 되어 있지라고 생각했던 묘지 관리인의 말대로라면, 중앙등기소는 이 중앙 공동묘지의 한 가지에 불과한 것이었다. 이렇게 말하면 등기소를 모욕한다고 할지도 모르지만. 그러나 이러한 직업적 경쟁적 관계에도 불구하고, 등기소와 공동묘지의 직원 사이엔 분명히 서로를 존중하는 친밀함이 존재했다. 그것은 법적, 행정적 관계를 끊임없이 유지할 수밖에 없는 상황 때문만이 아니라, 삶이라고 불려지는, 그리고 무와 무 사이에 존재하는 그것의 양쪽 끝을 파헤치는 작업을 하고 있기 때문이었다.

주제 씨가 이 공동묘지에 온 것은 이번이 처음은 아니었다. 어떤 절차상의 문제라든가, 확인을 위해서라든가, 서류의 착오를 수정하기 위해서 비교적 자주 중앙 공동묘지의 보조직원들과, 가끔은 정식직원들과도, 부소장이나 소장을 거론할 필요도 없이, 교류를 가졌었다. 마찬가지로 중앙묘지의 보조 직원이, 가끔은 정식직원일 경우도 있었지만, 등기소를 찾아올 경우엔 주제 씨가 이곳에 왔을 때처럼 그들을 맞이해 주었다. 건물의 전면처럼, 내부 역시 등기소와 똑같은 모양이었다. 중앙묘지의 직원들이 말하듯이, 등기소는 중앙공동묘지의 복사판이라 할 수 있었다. 한 가지 불완전한 것은 정문이었다. 등기소의 정문은 양호한 상태를 유지하고 있었으므로 그 문만 영원히 닫히게 된다면 그야말로 완벽한 복사가 될 것이었다. 어찌 되었든 간에, 이곳에도 똑같이 긴 접수대가 엄청난 규모의 내부를 가로질러 놓여 있고, 똑같이 높다란 책장들과 똑같은 책상의 배열이 되어 있었다. 삼각형의 구도로, 여덟 명의 보조서기원들과, 네 명의 정식직원, 두 명의 부소장, 이곳에선 그들을 부관장이라 부르고 있다, 그러므로 소장에 해당하는 이곳의 책임자는 관장이라 불렸다. 그러나 이들이 중앙묘지에서 일하고 있는 직원 전부는 아니었다. 접수대 앞, 입구의 좌우에 위치한 긴 의자에 안내원들이 앉아 있었다. 아직까지도 어떤 사람들은 그들을 묘자리를 파는 사람이란 의미로 땅꾼이라 부르기도 하지만, 시의 공식적인 문서엔 그들의 직함은 묘지 안내원이라고 명시되어 있었다, 그것은 잘 생각해 보면, 상상하는 것과는 달리, 땅에 사각형의 터를 파는 거칠고 고달픈 일을 담당하는 사람들을 보다 듣기 좋게 부르는 좋은 의미의 호칭이기 때문만이 아닌, 깊은 곳으로 죽은 자들을 내려놓는 일뿐만 아니라, 땅 위에서도 그들을 안내하는 일을 담당하고 있기 때문에 업무를 지칭하는 정확한 표현이라고 할 수 있었다. 그들은 짝을 지어 일을 하는데, 조용히 의자에 앉아 있다가, 보조서기원이 장례의 절차를 밟는 서류를 작성하고 나면, 그들은 마치 공항의 비행기 인도 차량처럼 뒤쪽의 글자에 불이 켜졌다 꺼졌다 하면서, 나를 따르시오, 라고 번쩍이는, 건물의 뒤쪽 주차장에 있는 안내차를 몰고 앞장을 섰다. 적어도 이런 면에서는 중앙 공동묘지의 책임자는, 아직까지도 펜에 잉크를 묻혀서 서류를 작성하고 있는 중앙등기소의 소장보다는 첨단시설의 도입에 앞서 있다고 말할 수 있었다. 사실, 장례차와 조문객들을 실은 차들이 시내의 포장된 도로와 교외의 울퉁불퉁한 길을, 나를 따라오시오, 나를 따라오시오, 하며 번쩍이며 앞서가는 안내차의 인도를 받으며, 죽은 자가 묻힐 곳까지 따라가는 것을 보노라면, 세상의 변화라는 것을 항상 나쁜 쪽으로만 생각할 수는 없다는 것에 동의하지 않을 수 없게 된다. 게다가, 그다지 중요한 것은 아니라 할지라도, 그 안내원들의 가장 주목할 만한 특성 중의 하나는, 이 세상은 언제나, 바로 인간의 필요와 관련된 어떤 위대한 사고에 의해 움직이고 있다는 것을 믿는다는 것이다. 그들의 말대로라면, 만약 그렇지 않다면, 인간이 어떻게 그토록 자동차가 필요한 때에 그것을 발명할 수 있었겠느냐는 것이다. 달리 말해서, 공동묘지가 이처럼 확장된 상황에서, 나무와 줄을 이용하거나 두 바퀴짜리의 수레를 사용하는 전통적인 방법으로 시신을 묻는다는 것은 그야말로 골고다 언덕으로 오르는 고난의 길이었을 것이라는 말이다. 그러나 골고다라든지 고난이라든지 하는 얘기는 이제 더 이상 고통을 느끼지 못하는 자를 끌고 가는데에 아무런 의미도 될 수 없는 것이었다. 단지 우리들이 들을 수 있는 대답이란, 스스로에 대해선 자신 외에 오직 하느님만이 모든 것을 알고 있다, 라는 것이다.

 주제 씨는 안으로 들어갔고, 항상 수적인 열세로 인해 주눅이 드는 안내원들을 훑어보며 곧장 접수대로 향했다. 이미 잘 알고 있었기 때문에 명함을 건네며 등기소 직원임을 알릴 필요는 없었고, 위조 증명서를 내보일 생각은 꿈에도 할 수 없었다. 왜냐하면, 아무리 신참 직원일지라도 첫줄만 보면 그것이 가짜임을 알 수 있었기 때문이었다. 접수대 뒤에 앉아 있는 여덟 명의 보조서기원들 중에서 주제 씨는 자신이 생각하기에 가장 적절한 한 명을 골랐다. 그보다 약간 나이가 많고, 현재의 생활 외엔 다른 어떤 일도 기대할 수 없는 듯한 남자였다. 다른 직원들과 마찬가지로, 그는 언제 보아도 항상 그 자리를 지키고 있었다. 처음엔 이곳 직원들은 월차나 휴가가 없는 줄 알았다. 일 년 삼백육십오 일 내내 일하는 것처럼 보였기 때문이었다. 심지어는 누군가 휴일에만 근무하는 직원들이 따로 있다는 말을 했을 때도 그런 생각을 떨치지 못했다. 노예제도가 있는 시대에 살고 있는 것도 아닌데, 하고 주제 씨는 생각했었다. 임시직원들이 토요일 오후 늦게까지 근무하기도 했지만, 예산의 부족으로 인해서 중앙 공동묘지의 직원들은 근무의 연장이 많았기에, 토요일은 오전 근무만 하는 중앙등기소 직원들을 부러워했고 자신들도 등기소처럼 시간을 조정해 주길 요청하기도 했었다. 그러나 묘지의 혼령들 때문인지 관장은 그 요구를 수용할 수 없다고 했다. 산 자는 기다릴 수 있지만 죽은 자는 그럴 수 없다고. 주제 씨는 토요일 오후라는, 뜻밖의 시간에 이곳에 오게 된 이유가 분명한 것처럼, 조심성 있게 말을 꺼냈다. 급한 상황이라서, 부소장님께서 월요일 아침까진 알아오라고 제게 부탁하셔서 이 시간에 오게 됐습니다. 아, 그러세요, 무슨 일인지 말씀해 보세요. 간단한 일입니다. 이분이 언제 이곳에 묻혔는지만 알아보면 됩니다. 남자는 주제 씨가 내민 기록부를 건네 받고, 이름과 사망일을 다른 종이에 적었다. 그것은 공식적인 열람을 의미하는 것이었다. 주제 씨는 순간 당황했다. 여기는, 등기소와 마찬가지로, 나지막한 소리로 그에게 얘기해 주기만 하면 되는 일이었다. 그러나 그는 고개를 끄덕이며 입을 열었다. 물론 알아봐 드려야죠. 남자는 최근 오십 년 동안의 사망자 기록부를 보관해 두고 있는 접수대 밑의 기록 보관함으로 갔다. 그 이전의 기록들은 건물 내부에 놓여 있는 높다란 책장들에 보관되어 있었다. 그는 보관함 중의 하나를 열어 원하던 기록부를 찾아냈고, 사망 날짜를 적고는 주제 씨에게로 돌아왔다. 여기 있습니다. 그리곤 도움이 되라는 듯이 강조했다. 자살했군요. 주제 씨는 갑자기 위장의 경련을 느꼈다. 심한 정신적 충격은 신경계를 자극해서 이런 현상이 일어나기도 한다는 것을 어떤 기사에서 본 적이 있었다. 그러나 중앙등기소에서 업무차 이곳에 온 직원으로서 그 여인의 죽음에 대해 그토록 놀라는 반응을 보일 수도 없었기 때문에 애써 아무렇지도 않은 듯한 표정을 지으려 했다. 주제 씨는 조심스럽게 종이를 접어 지갑 속에 넣었고, 직원에게 고맙다는 인사를 했다. 보조서기원의 신분이었지만, 같은 직종에 근무하는 직원끼리의 인사처럼, 등기소에 필요한 일이 있다면 성심껏 도와주겠노라는 말도 잊지 않았다. 출구 쪽으로 몇 걸음을 옮기다가 그는 다시 돌아와, 갑자기 생각난 건데, 시간이 조금 남아서 그러는데 혹시 묘지를 한 바퀴 둘러봐도 될까요, 허락해 주신다면 주위를 잠시 둘러볼까 합니다, 한 번 여쭤보죠, 잠시만 기다리십시오, 보조원이 말했다. 일반적인 경우라면 정식직원에게 먼저 보고해야 하겠지만, 그는 자리에서 일어나 옆에 있던 부관장에게로 향했다. 비록 거리는 멀었지만, 주제 씨는 그가 머리를 끄덕이는 것과 입술을 읽은 바로는 허가가 떨어졌음을 알 수 있었다. 보조서기원은 접수대로 곧장 돌아오지 않았다, 먼저 책장에서 큰 종이를 꺼내더니 어떤 기계의 뚜껑을 열고 그것을 펼치더니 다시 뚜껑을 닫았다. 버튼을 누르자 그 기계가 돌아가는 소리가 들렸고 그 속에서 빛이 움직이더니, 곧 옆쪽에 나 있는 홈을 통해서 종이 한 장이 밖으로 나왔다. 보조서기원은 다시 그 큰 종이를 책장 속에 넣고 나서 마침내 접수대로 돌아왔다, 이 지도를 가지고 가시는 게 좋을 겁니다, 간혹 길을 잃는 경우도 있으니까요, 그렇게 된다면 일이 아주 복잡해지죠, 안내원들이 차를 가지고 찾으러 다녀야 하고, 밖에서 장례 순서를 기다리는 사람들과 뒤엉켜 업무는 엉망이 되어버리죠, 사람들은 쉽게 혼란에 빠지게 된다, 한

쪽 방향으로 똑바로 가기만 하면 되는데, 등기소의 죽은 자들의 서류보관 창고는 그렇기 때문에 어렵다, 직선이 없는 것이다, 이론적으론 그렇지만, 이곳 묘지에서의 직선이란 미로의 복도 같은 것이었다, 똑바로 갈 수 없게, 방향을 찾을 수 없게 만들었다, 무덤 하나를 돌아가면 이미 어느 방향에서 왔는지 갈피를 잡을 수가 없게 만들었다, 등기소에선 노끈을 이용했다, 그것은 어떤 경우에도 실패하지 않았다, 한때 그것을 사용했던 적도 있었지만 그다지 오래가진 못했다, 줄이 자주 끊어졌고 누가 그랬는지도 알 수 없었다, 분명히 죽은 자의 소행은 아니었다, 알 게 뭐야, 아마 이곳에서 길을 잃었던 사람들은 생각이 좀 모자라는 사람들이었을 거야, 해를 따라가기만 해도 될 테니까, 아마 누군가는 그렇게 길을 찾기도 했을 거야, 재수없게 구름이 많이 낀 날도 있었겠지만, 왜 우리 등기소엔 저런 기계가 없지, 정말 유용하게 쓰일 텐데. 대화는 곧 끝날 수밖에 없었다, 정식직원이 벌써 두 차례나 눈썹을 찌푸리며 주제 씨를 쳐다보았기 때문이었다, 상관이 두 번씩이나 이쪽을 쳐다봤어요, 더 이상 문제를 일으키고 싶진 않군요, 그럼 여자가 묻힌 곳만 알려드릴게요, 이쪽 숲 끝에, 경계지역으로 쓰이는 꼬불꼬불한 시내가 있습니다, 무덤은 그 근처에 있을 겁니다, 번호로 확인할 수 있죠, 이름으로는요, 예, 그럴 수도 있지만 보통 숫자로 기입하죠, 이름은 지도에 다 들어가질 않으니까요, 그러려면 이 세상만

한 지도가 있어야 될 겁니다, 일 대 일 척도의 지도 말입니까, 그렇죠, 일 대 일의, 그래야만 꼭 겹칠 수 있겠죠, 그런데 왜 그 여자의 무덤을 보시려고 하십니까, 뭐 특별한 이유가 있는 것은 아닙니다. 제가 선생님이라도 그 이유를 물어봤을 겁니다, 왜요, 확실하게 해두기 위해서죠. 돌아가신 이분이 누구신데요. 모르는 분입니다, 살아 있을 때도 몰랐으니까요. 정식직원이 세 번째로 그를 쳐다보았고, 일어서는 듯하다가 다시 자리에 앉았다. 주제 씨는 서둘러 보조서기원과 인사를 나눴다, 감사합니다, 그리곤 관장이 있는 쪽으로 가벼운 목례를 했다. 성직자들이 하나님께 감사드릴 때처럼, 그럴 땐 고개를 숙이지 않고 들겠지만.

중앙묘지의 가장 오래된 부분인 관리사무소 건물 뒤쪽의 수백 평 정도 되는 지역은 고고학자들의 연구로 자주 거론되는 곳이었다. 오래된 돌들이 풍파에 시달려 그 글자들이 희미해지고, 또한 그것들로 인해 논쟁의 대상이 되기도 하였고, 대부분은 그 밑에 누가 묻혀 있는가를 알고자 하는 희망으로, 어쩌면 무덤이었을지도 모르는 그 돌의 연도에 생사를 걸고 몰두하기도 하였다. 어느 불쌍한 주검들이 백 년이 조금 더 되었느니, 덜 되었느니 하는 것이 그토록 오랜 논란의 대상이 되었고, 일반인들에게나 학회에서나, 논란을 종식시키는 방법으로 거의 그 불쌍한 무덤을 파헤치는 것으로 결론이 나곤 했다. 유물의 경우는 훨씬 심했다, 역사가들과 예술품 감정가들이 그것들을 저마다의 논리로 평가했고, 별로 특이한 유물이 아닌 경우엔, 모든 사람들이 받아들일 수 있는 광범위한 이해로 고고학자들과 협력한다는 쪽으로 합의가 되었다. 나중을 위해 날짜를 적어두고, 예술적 가치냐, 역사적 가치냐를 서로 따져보기도 하였다. 장례의 첫번째 기념물은 고인돌과 거석 같은 것들이었다. 그 후 수많은 형태로 나타나기 시작했는데, 제단, 천막, 석함, 도리안식, 이오니카식, 코린티아식 그리고 복합식의 기둥들, 인간의 형상을 새긴 기둥, 띠 모양의 장식 벽, 원주두, 돌림띠, 박공벽, 원형 천장, 타일을 씌운 벽, 다공 벽, 원형 창, 괴물 형상의 홈통, 삼각면, 뾰족 지붕, 석첩, 버팀벽, 주춧대, 주춧돌, 각종 무기를 대표하는 와상, 글씨가 씌어졌거나 그렇지 않은 머릿기둥, 석류, 백합, 국화, 종탑, 둥근 지붕, 가슴을 조인 여자의 와상, 그림, 앉아 있는 충견상, 어린아이 모양의 상, 제물을 들고 있는 상, 머리에 담요를 덮어쓴 비통한 여인상, 나뭇잎 모양 창, 색유리, 사교좌, 설교단, 접수대, 날개를 편 천사, 날개를 접은 천사, 부조, 빈 독, 돌 횃불, 상복, 회한, 눈물, 성직자, 여인들, 한창때의 아이들, 머지 않은 노인들, 완전한 십자가, 부러진 십자가, 계단, 못, 가시관, 창, 의미를 이해할 수 없는 삼각형, 비둘기 등이었다. 그리고 적막. 그 적막은 아주 가끔씩, 갑작스런 일로 인해 사랑하는 사람을 잃고, 그의 무덤가에 아직도 남아 있는 울음소리를 듣기 위해 싱싱한

꽃을 들고, 때론 아직도 이슬을 머금은 풀숲을 건너서 찾아오는 이의 발걸음으로 깨어지기도 한다. 이 수천 년 동안, 여러 형태로 만들어졌던 무덤은 어떤 방법으로든지 외로움 속에서 잊혀져 왔었고, 이제 더 이상 그들을 기억해 주지도 않는다는 것에 다시 슬퍼지는 것이다. 지도를 따라가고 있었지만 나침반이 없음을 안타까워하던 주제 씨는, 기록부의 여자가 묻혀 있는 자살한 사람들의 구역으로 가고 있었다. 발걸음은 점점 느려지고, 자신감도 떨어져서 가끔씩은 비에 얼룩진 비석의 글자들을 유심히 바라보기도 했다. 두 무덤 사이에 입을 다물고 서 있는 여인상도 있었고, 성인의 형상을 한 조각도 있었다. 그러나 길가에 씌어진 글자들은 그가 이해하기엔 너무 어려운 것들이었다. 한 줄을 읽어 내려가는 데도 상당한 시간이 필요했다. 이 보조서기원은 등기소에서 고어에 관한 몇 차례의 시험을 보았음에도 불구하고 그 뜻을 해석할 수 없었다. 그렇기에 결코 보조서기원을 벗어나지 못하고 있는 것이다. 예전에 측량을 위해 만들어놓았던 것 같은 둥그런 흙더미 위에서 주제 씨는, 그의 시선이 미치는 곳까지, 주위를 돌아보았다. 그곳에는 넓디넓은 땅을 뒤덮고 있는 무덤뿐이었다. 수백만 개는 되겠군, 그는 중얼거렸다. 그는 순간, 시신들을 세워서 묻는다면 엄청난 면적의 땅을 줄일 수 있을 텐데 하고 생각했다. 시신들을 잘 정렬시켜서, 마치 차렷자세로 서 있는 군인처럼 묻고, 그 머리 위에 수직으로 비석을 세운다면, 마치 등기소에 기록부를 보관하듯이, 그렇다면 훨씬 찾기도 쉬울 거라고 생각했다. 주제 씨는 저 멀리, 거의 지평선에 닿을 만큼 먼 곳에, 마치 일정한 간격을 두고 번쩍이는 번갯불처럼, 깜빡거리는 불빛을 볼 수 있었다, 그것은 그를 따르는 사람들에게, 나를 따르시오, 나를 따르시오, 하며 앞서가는 안내차의 불빛이었다, 그 하나가 멈추더니 더 이상 불빛도 깜빡거리지 않았다, 목적지에 다다랐단 뜻이었다. 주제 씨는 태양의 위치를 확인하고, 다시 시계를 봤다, 늦어지고 있었다, 해가 지기 전에 기록부의 여자가 묻혀 있는 곳에 가려면 좀더 걸음을 빨리 해야 했다. 지도를 펴고, 집게손가락으로 관리 사무실의 건물과 자신이 있는 곳의 위치를 대충 계산해 보았다, 아직도 상당한 거리가 남아 있었다, 그는 거의 용기를 잃고 있었다. 직선거리로, 지도에 의하면, 약 오 킬로 정도 되는 거리였다, 그러나 이미 말했듯이 공동묘지에서의 직선거리는 결코 만만한 것이 아니었다, 오 킬로라는 것은 평지와 비교할 때, 적어도 이삼 킬로는 더 걸어야 하는 거리였다. 주제 씨는 시간과, 아직도 다리에 남아 있는 힘을 계산해 보았다, 그리곤 그에게 들려오는 어떤 목소리를 들었다, 다른 날에 다시 와서, 좀더 천천히 여유를 가지고 그 모르는 여자의 무덤을 찾아보라는 것이었다, 이제 그 무덤이 대충 어디에 있는지는 알아냈으니까 택시를 타든 아니면 그 근처를 지나는 버스를 타더라도 가까운 곳에 내릴 수 있으니까. 마치 여름철에 묘지에 놓아둔 꽃병의 물을 갈기 위해서나 사랑했던 사람을 위해 눈물을 흘리기 위해 찾아가는 것처럼. 주제 씨는 그가 학교로 잠입했던 기억을 되살리며 이런 혼란한 상황을 나름대로 판단해 보았다. 억수 같은 비가 내리던 그날, 창고의 지붕에 미끄러지며 간신히 매달렸던 그날, 그리고 바지가 찢긴 채, 머리끝부터 발끝까지 비에 흠뻑 젖은 채 건물의 내부를 초조하게 수색해서, 등기소의 죽은 자들이 있는 보관 창고보다 더 무서운 어둠과 공포를 마침내는 극복하고, 다락방에서 기록부를 찾았던 그날을. 밝은 대낮이라면 길이 아무리 멀지라도 갈 수 있겠지만, 머지 않아 해는 그 빛을 잃게 될 것이다. 만약 그가 그 모르는 여자의 무덤을 찾기도 전에 어둠이 밀려온다면, 그리고 밤이 그의 길을 막아버린다면, 한 치 앞도 분간할 수 없는 어둠으로 인해서 꼼짝없이 그 자리에서 아침이 밝아오기를 기다릴 수밖에 없는 노릇이었다. 이끼가 낀 상석에 누워 비석이 부르는 자장가를 들으며. 아니면 혹시 이슬을 피할 수 있는 작은 사당 같은 것이 있을지도 모르겠다고 생각했지만, 근처에는 그와 비슷한 것도 보이지 않았다. 건설 기술의 발달 덕분인지, 중앙 공동묘지는 누군가 말했듯이 그곳에 묻힌 사람이 가지런히 꽂혀 있는 일종의 도서관 같았다. 사실 그것은 별 차이가 없었다. 그 어떤 것으로부터도 배울 것이 있으니까. 주제 씨는 뒤로 돌아, 묘지의 기념탑 위로 아득히 먼

관리소의 지붕을 바라보았다. 이렇게 멀리 왔었는지는 몰랐는데, 그는 혼자 중얼거렸다. 그리고 어떤 결정을 내리기 위해서 걸음을 멈추고 자신의 목소리가 들려오길 기다렸다.

마침내 자살한 사람들의 구역에 이르렀을 때, 하늘은 아직도 밝은 빛이 남아 있었지만 조금씩 회색빛이 감돌기 시작했다. 그는 길을 잘못 찾았거나 지도가 잘못된 것은 아닌가 하고 생각했다. 그의 주위엔 거대한 초원이 펼쳐져 있었고, 무덤이 있는 곳은, 눈에 잘 뜨이지도 않는 비석들이 아니었다면, 마치 자연 초지처럼 보였다. 어디에도 개천은 보이지 않았다. 그러나 그는 바위들 사이로 나지막이 들리는 물 흐르는 소리를 들을 수 있었고, 주위는, 초저녁이 아닌 듯한 상쾌함을 느낄 수 있었다. 얼마 전에, 그 모르는 여자가 이곳 어딘가에 묻혔을 것이다. 문제는 그곳이 어딘가 하는 것이었다. 주제 씨는 길을 잃어버리지 않기 위해선 그 작은 개천을 따라 무덤의 끝 쪽까지 가는 것이 최선의 방법이라 생각했다. 마치 밤이 갑자기 다가온 것처럼 나무의 그늘이 그를 덮쳤다. 주제 씨는 다시 중얼거렸다. 무서울지도 몰라, 이 적막과, 이 무덤들 속에서, 그리고 나를 에워싼 나무들 아래서, 그러나 그런 것들에도 불구하고 난 마치 집에 있는 것처럼 평온함을 느끼고 있잖아, 단지 너무 오래 걸어서 너무나 다리가 아플 뿐이야, 만일 내가 두려움을 느낀다면, 여기 이 개천이 나를 이곳에서 빠져나갈 수 있도록 해줄 거야, 신발을 벗어 목에 걸고, 바지를 걷어올리고 건너가기만 하면 될 거야, 물은 무릎까지도 차지 않을 만한 깊이이고, 얼마 안 가서 사람들을 만날 수 있을 거야, 저기 방금 전에 불이 켜진 곳으로 가면. 삼십 분 후, 주제 씨가 들판의 끝에 도착했을 땐, 거의 보름달에 가까운 둥근 달이 지평선 위로 떠올랐다. 그곳엔 아직 이름을 새긴 비석도 없이, 마치 나비가 날아다니는 듯한 모양의, 검은색 바탕에 흰색으로 숫자를 적어놓은 판만이 무덤의 신분을 나타내주고 있었다. 달빛은 조금씩 들판을 비추고 있었고, 마치 환영처럼 천천히 나뭇가지 사이를 거닐었다. 그곳에서, 주제 씨는 바로 그가 원하던 것을 발견할 수 있었다. 중앙 공동묘지의 보조서기원이 그에게 건네준 지도를 주머니에서 꺼내지도 않았고, 무덤의 번호를 기억하려고 애쓰지도 않았건만 그는 알 수 있었다. 이제 그 앞에 그것이 있었다, 마치 형광 페인트를 칠해 놓은 것처럼 환하게 빛을 발하며. 여기 있다, 그는 말했다.

주제 씨는 추위에 떨며 밤을 보냈다. 여기 있다, 라는 허망한 말을 토해내고 난 후, 그는 더 이상 무엇을 어떻게 해야 할지를 몰랐다. 힘들고 괴로웠던 시간을 보내고 마침내 그 미지의 여자를, 아니 정확히 말해, 그녀가 잠들어 있는 곳을 찾아낸 것이었다. 일곱, 여덟 뼘 밑엔 아직도 그녀가 있었다. 그러나 이런 곳에, 이런 시간에, 바람에 흔들리는 나무와 을씨년스런 달빛과, 온통 자살한 자들만이 존재하는 무덤으로 둘러싸인 특수한 상황과, 순간순간 소리라도 지를 듯한 적막 속에서의 그런 생각이란 곧 두려움일 수밖에 없었다. 모든 것이 끝난 것 같았지만 그의 조사는 끝난 것이 아니었다. 그가 이곳에 온 것은 단지, 일층집의 노부인의 집을 방문했던 것이나, 학교에 잠입했던 것이나, 이것저것들을 물어보러 약국을 찾아갔던 것이나, 죽은 자들의 기록부를 보관하고 있는 등기소를 둘러보았던 것과 별다를 게 없는, 그저 하나의 과정일 뿐이었다. 그를 들판의 끝으로 이끌었던 인상은 너무나 강렬한 것이었다, 그녀는 죽었어, 더 이상 아무것도 할 게 없어, 죽은 사람인데 어떡하겠어. 그는 중앙 공동묘지를 가로지르는 긴 여정 동안, 시간, 시대, 왕조와, 왕국, 제국, 공화정과, 전쟁, 전염병과, 가장 오래 전에 죽었던 자부터 최근에 자살한 이 미지의 여자에 이르기까지, 모든 역사의 시간을 지나왔다. 그것을 통해 주제 씨는, 죽은 자들에겐 아무것도 할 수 없다는 것을 배울 수밖에 없었다. 수많은 주검들 사이를 걷는 동안, 그들 중 누구도 그의 발자국 소리에 놀라 일어나지 않았고, 누구도 관 속에 묻힌 썩은 살과 뼈를 다시 살려달라고 간청하지도 않았고, 누구도 눈 속에 들어간 흙을 불어 달라고 부탁하지도 않았다, 그들은 죽은 자를 위해선 아무것도 해줄 것이 없다는 것을 잘 알고 있었다, 그들은 그것을 알고 있고 우리 모두 그것을 알고 있다, 그러나 그럼에도 불구하고 주제 씨는, 목을 죄는 고통과, 도중에 모든 것을 포기한 채 어떻게 돌아갈까 걱정하는 비겁한 생각으로 머리가 혼란스러워짐은 도대체 무슨 이유 때문일까 하고 생각했다. 개천을 지나면, 그리 멀지 않은 곳에, 창문으로 불빛이 새어 나오는 집들이 있었다. 외곽 도로의 가로등과 가끔씩 그곳을 지나는 자동차의 불빛도 시선을 끌었다. 그리고 저 앞엔, 삼십 보 정도나 될 듯한 거리엔, 개천의 양쪽 끝을 잇는 작은 다리도 있었다. 그러므로 주제 씨는 신발을 벗지 않고, 바지를 걷어 올리지 않아도 반대편으로 건너갈 수 있었다. 일반적인 상황이라 할지라도, 발 밑에는 주검이 있고, 깜깜한 어둠 속에 달빛만 비추는 공동묘지에서 밤을 지새운다는 것은 웬만한 용기를 가진 사람이라 할지라도 두려운 일일 것이었다. 게다가 이런 상황은 용기 있거나 겁이 난다는 정도의 문제가 아니라 사느냐 죽느냐의 문제였다. 주제 씨는, 얼마나 많은 두려움을 느끼게 될지 그리고 하늘에서 내려오는 새벽의 찬 바람과 땅에서 올라오는 한기가 서로 만나 불어올 그 몸서리치는 추위를 알고 있었으므로 몸을 숨길 수 있는 자리를 마련하기 위해 가능한 한 바짝 나무 밑둥에 몸을 밀착시키고 앉았다. 외투의 깃을 올려 세우고, 체온을 유지시키기 위해서 가능한 한 최대로 몸을 웅크리고, 팔을 교차시켜 겨드랑이 밑에 끼우고, 그렇게 날이 새기를 기다렸다. 허기를 느꼈지만 개의치 않았다, 한두 끼 굶는다고 죽지는 않으니까, 주제 씨는 이제 정말 모든 것이 끝난 것인가 하고 생각했다, 아니면 그 반대로, 뭔가 해야 할 것을 빠뜨리진 않았는지, 혹은 이 모든 것보다 훨씬 중요한 무언가를, 이 희한한 사건의 가장 핵심적인 사실을, 지금까지 한 번이라도 생각해 보았는지 곰곰이 생각해 보았다. 미지의 여인을 찾아 사방을 돌아다녔고, 마침내, 인부들이 그녀의 이름과, 출생, 사망일을 적어놓은 석판을 만들어놓지 않거나, 그녀의 가족 중 누군가가 돌로 된 네모난 형태의 둘레석을 만들어 무덤을 장식해 놓지 않는다면, 얼마 지나지 않아 풀들이 나지막한 무덤을 덮어버릴 것 같은 이곳에서 그녀를 발견했다. 그 여자가 여기 있다, 가고 싶은 곳을 다녔고, 원하던 곳에서 멈춘 그녀를, 사람들은 그녀를 세상의 어느 곳으로도 통할 수 없게 가둬 버린 것이다, 그것으로 끝이었다. 그러나 주제 씨는, 그가 아니면 그 누구도 그녀의 죽음을 표시해 주는 묘지 번호판의 마지막 돌을 치울 수 없을 것 같은 생각에 사로잡혀 있었다, 그 마지막 돌을 제대로만 옮겨준다면, 지금까지의 일에 진정한 의미를 부여할 수 있을 것 같았다, 그러나 안타깝게도 그렇지 않다면, 그것은 영원히 가슴속의 멍울로 남을 것 같았다. 그는 이것이 무슨 운명의 장난인지 알 수 없었다, 이곳에서 밤을 지새우기로 결심한 것은, 이 적막이 어떤 결론을 그에게 내려줄 것이라는 희망이나, 나무 그늘 사이를 비추는 달빛이 친절하게 해결점을 제시해 주길 바라는 마음도 아니었다, 그것은 누군가 저 건너편에 펼쳐질 새로운 세상을 보기 위해 산을 오르는 심정이었고, 그 넓은 광경을 눈에서 잃고 싶지 않아서 골짜기로 내려가지 못하고 있는 마음과 같은 것이었다.

주제 씨가 몸을 의지하고 있던 것은 올리브나무였다, 숲이 공동묘지로 바뀌었지만 사람들은 계속해서 열매를 수확하고 있었다. 수령이 오래되었는지, 구멍이 숭숭 뚫린 밑둥은 마치 세워놓은 요람처럼 움푹 패어 있어서, 주제 씨는 잠깐씩 잠이 들곤 하였다. 그러다 갑자기 찬 밤바람이 그의 얼굴을 때리면 놀라 잠에서 깨기도 하였고, 간혹 바람이 멈추고 고요가 찾아왔을 땐 선잠이 든 영혼은 세상을 향해 이유 없는 공허한 소리를 외치는 꿈을 꾸기도 했다. 때론, 개에 물린 상처를 그 개의 털로 치료하듯이, 고전적인 귀신 이야기를 떠올려 보기도 했다. 하얀 수건을 뒤집어쓴 여자귀신이라든가, 해골과 뼈다귀만 남은 몸뚱이가 춤을 추는 모습이라든가, 죽은 자들을 땅 위에 끌고 다니는 저승사자라든가, 그런 것은 결코 현실로 나타나지 않는 일이었고, 상상으로만 존재하는 것이었기 때문이었다. 주제 씨는 차츰 마음의 평온을 찾을 수 있었다. 단지 갑자기 나타나는 도깨비불로 인해 깜짝 깜짝 놀랄 뿐이었는데, 그는 아무리 담력이 센 사람이라 할지라도 신경이 곤두서는 것을 피할 수는 없을 것이라 생각했다. 마침내 겁많은 주제 씨는, 이전에는 결코 그에게서 기대할 수 없었던 용기를 보여주었던 것이다. 그것은, 다시 한번, 인간이 위급한 상황에 처할 때, 그의 위대성을 발휘한다는 것을 증명해 주는 것이었다. 새벽이 가까워 올 무렵, 이미 두려움을 떨쳐버린 주제 씨는, 그를 감싼 나무의 따스한 온기 속에서 편안히 잠이 들었다. 그사이에 그를 둘러싼 세상은,

천천히, 밤의 어두운 그림자 속에서 다시 태어나고 있었고, 작별을 고하는 달빛과 어우러져 희미한 빛을 드러내기 시작했다. 주제 씨가 눈을 떴을 땐 이미 날이 밝아 있었다. 몸은 꽁꽁 얼어 있었다, 포근한 나무의 느낌은 단지 느낌일 뿐이었다, 그것은 나무일 뿐이었던 것이다, 고맙게도 그의 천성처럼, 그저 약간의 환대를 베풀어주었을 뿐이었다. 주제 씨는 힘들게 몸을 일으켜 앉았다, 온몸에서 우두둑하는 소리가 들렸다, 그리고 간신히 햇빛 속으로 몸을 드러내곤, 온기를 회복하기 위해 두 팔을 휘둘러보았다. 양 한 마리가 미지의 여자의 무덤가에서 하얀 이슬을 머금은 풀을 뜯고 있었다. 주위를 돌아보자, 이곳저곳에서 양들이 풀을 뜯고 있었다. 그리고 한 노인이, 손엔 지팡이를 들고, 주제 씨가 있는 방향으로 다가오고 있었다. 그는 크지도 작지도 않은, 경계심을 나타내지도 않는, 그러나 주인의 지시에 충실히 따를 것 같은 평범한 개 한 마리와 동행하고 있었다. 노인은 무덤의 건너편에 멈춰서서 아무런 말도 없이 의아한 표정으로 그를 바라보았다. 주제 씨는 안녕하십니까, 라고 말했고 그 노인도, 예, 안녕하십니까, 라고 대답했다, 깜빡 잠이 들었습니다, 주제 씨는 말을 이었고, 아, 잠이 드셨어요, 노인은 의아한 말투로 되받았다, 친구의 묘지를 보러 왔다가 잠시 쉬었다 가려고 했는데 그만 잠이 들어버렸습니다. 여기서 밤을 샜단 말입니까, 예, 양을 데리고 수없이 왔지만, 이 시간에 누굴 만나기는 처음이군요, 다른 시간에는 안 오시나 보죠, 주제씨는 물었다, 좋아 보이지 않는 것 같아서요, 한편으론 예의가 아닌 것 같고, 조문객들이 사랑했던 사람들을 기억하며 기도를 드리고 울기도 하는데, 양들이 무덤을 파헤치고 오물을 여기저기 남기는 모습을 보일 순 없으니까요, 게다가 안내원들이 땅을 팔 때 좋아하지 않으니까, 그래서 관장한테 이르기 전에 가끔씩은 치즈를 갖다 주기도 하죠, 아니 공동묘지라고는 하지만, 사방이 모두 개방되어 있는 벌판인데 누구든지 들어올 수 있잖아요, 사람이건, 동물이건, 어쩐지 관리 사무소 건물에서 여기까지 오는 동안 한 마리의 개나 고양이도 보이지 않는다 생각했습니다, 주인 없는 개나 고양이들이야 여기에도 있죠, 그런데 한 마리도 보질 못했는데요, 그럼 그 먼 길을 걸어서 왔단 말입니까, 예, 버스나 택시를 타고 올 수도 있는데, 묘지가 정확히 어딘지 몰라서 먼저 관리사무소에 들렀었죠, 그런데 날씨도 너무 좋고 해서 걸어가 보리라 생각했죠, 관리사무소에서 그렇게 해줬다는 건 매우 드문 일인데, 부탁해서 허락을 받았죠, 고고학자십니까, 아뇨, 역사학자, 아닙니다. 예술품 감정사, 아니요, 고문학자, 그만하십시오, 아니 그럼 왜 그 먼 길을 걸어왔단 말입니까, 이곳에 익숙한 나도 해가 지고 나면 잠시도 있기 싫은 곳에서 잠까지 자면서, 그냥 잠시 앉았다가 잠이 들었던 것뿐입니다, 대단한 용기를 가지셨군요, 그렇게 용기가 있지도 않습니다. 그래 찾던 사람은 만났습니까, 바로 여기 있는 이겁니다. 남잡니까 여잡니까. 여잡니다. 아직 이름을 써놓지 않았군요. 가족들이 대리석판을 준비하고 있는 것 같습니다. 내가 본 바로는, 자살한 사람의 가족들은 일반적으로 다른 사람들의 경우보다 그런 기본적인 의무에 소홀한 것 같습니다. 아마 죄책감 같은 것 때문이겠지, 그럴 수도 있죠. 예전에 한 번도 본 적이 없는데 왜 내 질문에 다 대답을 하시는지 모르겠군요. 대부분은 상관없는 일에 참견하지 말라는 투로 대답하는데, 그게 제 생활 방식이니까요. 물어보면 무엇이든지 대답하죠. 그렇다면 선생은 비서 같은 일을 하시나 보군, 저는 중앙등기소의 보조서기원입니다. 그렇다면 자살한 사람들의 묘지 번호판에 대한 사실 여부를 조사하러 오셨군요. 하지만 먼저 나에게 약속해 주셔야겠소, 누구에게도 비밀을 지키겠다고. 제 삶의 가장 신성한 비밀로 할 것을 맹세하겠습니다. 지금까지 선생의 삶에 있어 가장 신성했던 약속이 뭐였습니까. 모르겠습니다. 전부 다였습니까, 하나도 없었는지도 모르죠. 그럼 이번에도 헛된 맹세가 될 수도 있겠군, 아닙니다. 그럼 당신의 명예를 걸고 맹세할 수 있겠소, 예, 제 명예를 걸고 맹세하죠. 그렇지만 보조서기원이 명예를 걸고 맹세했다는 것을 등기소 소장이 들으면 얼마나 웃겠습니까. 양치기와 보조서기원 사이의 맹세라면 충분히 진지한 것이지 그것에 대해 웃을 사람은 아무도 없소. 그럼 자살한 자들의 번호판에 대한 진실이란 것이 도대체 뭡니까, 주제 씨는 물었다. 여기 이곳이 무엇이라고 생각하오, 공동묘지죠, 중앙 공동묘지, 이곳은 미로예요, 미로는 밖에서 볼 수 있잖습니까, 모두 다 그런 건 아니오, 이곳은 보이지 않는 자들의 소유요, 무슨 말씀이신지, 예를 들어, 여기 이곳에 있는 사람도, 노인은 지팡이로 무덤의 불룩 튀어나온 곳을 두드리며 말했다, 선생이 생각했던 사람이 아니라는 거요. 주제 씨는 그가 서 있는 땅바닥이 흔들리는 느낌이었다. 묘지 번호판의 마지막 돌과, 그의 마지막 확신과, 마침내 찾아낸 그 미지의 여자가 모두 사라져버리는 순간이었다. 그럼 이 번호가 잘못됐다는 말씀입니까, 그는 떨리는 마음으로 물었다. 번호야 정확하지, 번호가 잘못될 순 없지, 양치기는 대답했다. 여기 이 번호를 저곳에 옮겨놓는다 하더라도, 이 세상이 끝날 때까진 그 번호 그대로지, 무슨 말씀인지 이해가 안 됩니다, 이제 곧 알게 될걸세, 전 지금 뭐가 뭔지 도무지 모르겠습니다, 여기 묻혀 있는 어떤 시신도 번호판에 새겨진 이름과 일치하지 않는다는 걸세, 그럴 리가 있나요, 사실이야, 그럼 번호는요, 모두 뒤바뀌었지, 왜요, 왜냐하면 이름을 적은 대리석 판을 가져오기 전에 누군가 번호판을 바꿔놨으니까, 누가요, 내가, 아니 그건 범죄예요, 주제 씨는 흥분하여 따졌다. 법전 어디에도 그것이 불법이란 걸 써놓은 곳은 없어, 묘지 관리소에 이 사실을 알릴 겁니다, 그러지 않겠다고 맹세한 걸 벌써 잊었나, 그 맹세는 무효입니다, 이런 경우엔, 말을 덧붙일 순 있어도 취소할 순 없는 법이야, 약속은 약속이고, 맹세는 맹세니까, 죽음은 신성한 겁니다, 이보게 서기원 양반, 신성한 건 삶이야, 그렇지만, 조상의 이름으로라도, 죽은 사람들에게 최소한의 예의는 가져야 하는 겁니다, 사람들이 이곳에 가족과 친구를 그리며 찾아오고, 기도하고 묵상하며, 사랑했던 사람들을 위해 꽃을 꽂거나 울기도 하는데, 한 양치기의 악의 섞인 장난으로 서로 이름이 바뀐다면, 그래서 존경받는 수많은 죽음들이 실제의 그들이 아니라면, 그 죽음은 정말 우스운 일이 될 겁니다, 하지만 모르는 사람을 위해 눈물을 흘린다는 것보다 더 큰 존경의 표시는 없지, 그렇지만 죽은 사람은요, 그게 어떻다고, 죽은 사람에 대한 최소한의 예의는 지켜야죠, 죽은 사람에 대한 예의란 말엔 나도 공감하네, 무엇보다도 그들을 모욕하지는 말아야죠, 말한 것처럼, 죽음이란 모욕할 수 없는 거지, 지금 말씀드린 것은 죽음이 아니라 죽은 자들을 얘기하는 겁니다, 아니 그럼 여기에 조금이라도 그들을 모욕한 것이 있단 말이오, 그럼 이름을 바꾼 것이 어디 모욕이 아니란 겁니까, 중앙 호적 등기소의 보조서기원으로서 그런 생각을 한다는 것은 나도 이해할 수 있는 일이지, 양치기는 대화를 멈추고, 개에게 흩어져 있는 양들을 모으라는 신호를 보냈다. 그리고 계속해서, 왜 내가 무덤의 번호판을 바꾸기 시작했는지는 아직 얘기하지 않았네, 별로 알고 싶지도 않습니다, 알고 싶지 않다고, 말씀해 보세요, 내가 생각하기엔, 물론 그렇게 믿고 있기도 하지만, 자살한 사람들이란 누구와도 만나고 싶지 않을 게 틀림없소, 선생이 말했던 내 악의에 찬 장난으로 인해서 그들은 더 이상 성가신 일을 치르지 않아도 된단 말일세, 사실 나 자신도, 만약 이것들을 제자리에 꽂아두고자 할 때, 그렇게 할 수 있을지는 의문이야, 내가 알고 있는 유일한 것은, 이름과 출생, 사망일이 적힌 이 대리석판 앞을 지날 때, 어떤 생각이 든다는 것뿐이야, 어떤 생각이요, 눈앞에 바로 보고 있어도 거짓을 보지 못할 수가 있다는 걸.

아침 안개가 걷히고도 이미 많은 시간이 흘렀다. 이제서야 생각보다 많은 양들이 있다는 것을 알 수 있었다. 양치기는 지팡이를 머리 위로 들어 올렸다. 그것은 개에게 양을 한곳으로 몰라는 신호였다. 양치기는 말했다, 이제 양들을 몰고 갈 시간이 된 것 같소, 안내원들이 오기 전에 가야지, 벌써 두 대의 차에서 불빛이 번쩍이는 게 보이지만, 저 차들은 이곳으로 오고 있는 건 아니니까, 전 조금 더 있겠습니다, 주제 씨는 대답했다, 정말 나를 관리소에 신고할 거요, 양치기가 물었다, 약속을 했으니 지켜야죠, 전 신의가 있는 사람입니다, 그렇다 할지라도 입을 다물고 있는 편이 나을 거요, 왜죠, 그 수많은 사람들이 해야 할 수고를 한 번 생각해 보시오, 하나하나 확인한다는 걸, 게다가 그중 많은 부분은 이미 먼지가 되어버렸을 텐데. 양들은 이미 한곳에 모여 있었다. 몇 마리 늦은 양들은 개를 피해 그들의 형제들에게로 가기 위해 무덤 위를 펄쩍펄쩍 뛰고 있었다. 양치기가 물었다, 찾은 사람이 친구요 친척이요, 알지도 못하는 사람입니다, 그런데도 여기까지 찾아왔단 말이요, 몰랐기 때문에 찾았던 거죠, 그럼 이제 내가 얘기했던 것처럼, 모르는 사람을 위해 우는 것보다 더 큰 존경은 없다는 것을 알게 되었구려, 안녕히 가십시오, 다음에 여기 오면 다시 만날 수 있겠소, 그럴 리는 없을 겁니다, 알 수 없는 일이지, 그런데 누구시죠, 양치기, 그뿐입니까, 그뿐이야, 멀리서 불빛이 번쩍였다. 저건 이쪽으로 오고 있는 겁니까, 주제 씨가 물었다. 그런 것 같군, 양치기가 대답했다. 개를 앞세우고 양들은 다리 쪽으로 움직였다. 개천의 건너편에 있는 나무들 사이로 사라지기 전에 양치기는 뒤를 돌아 잘가라는 손짓을 했다. 주제 씨도 역시 팔을 들어 보였다. 이제 안내차의 불빛이 보다 선명하게 보였다. 가끔은 묘지 내의 공사로 인해 쌓아놓은 흙더미와 비석과 기념비에 가려져 사라질 때도 있었지만, 다시 시야에 들어왔을 때는 보다 가까이, 보다 빠르게 다가오고 있었다. 그것은 동행자가 많지 않다는 의미였다. 주제 씨가 양치기에게, 조금 더 있겠습니다, 라고 얘기했던 것은 그저 발걸음을 돌리기 전에 몇 분 더 혼자 있겠다는 의도였다. 바로 자신에 대해 생각해 보고자 했던 것이었다. 실망을 접어둔 채, 모든 사실을 받아들이고, 마음을 편히 가지며 그는 다시 한 번 말했다. 다 끝났어. 그러나 순간 그에게 또 다른 생각이 떠올랐다. 그는 한 무덤으로 다가가서 돌이킬 수 없는 존재에 대해 깊은 상념에 빠진 듯한, 모든 꿈과 모든 희망이 사라진 듯한, 세상 모든 영화가 부질없다는 듯한 자세를 취했다. 너무나 깊은 생각에 빠져 있었기에 몇 명의 장례의식 참관자와 안내원들이 가까이 오는 것도 알아차리지 못하고 있었다. 땅을 파고, 관을 내리고, 다시 그곳을 덮고, 남은 흙으로 나지막하고 봉긋한 형태의 무덤을 만드는 그 모든 시간 동안 꼼짝하지 않고 있었다. 안내원 중 하나가 검정색 철판에 흰색의 숫자가 씌어진 번호판을 그 무덤의 머리맡에 꽂을 때에도 그는 움직이지 않았다. 안내차와 장례차가 떠날 때에도 그는 움직이지 않았다. 동행했던 조상객들이 무덤을 바라보며 하릴없는 말들을 던지고 눈물을 훔칠 때에도 그는 움직이지 않았다. 함께 따라왔던 두 대의 자동차가 움직여서 다리를 건너갈 때에도 그는 움직이지 않았다. 혼자 남게 될 때까지 그는 움직이지 않았다. 그는 그 미지의 여자의 무덤 앞에 꽂힌 번호판을 뽑아 조금 전의 새 무덤에 꽂았다. 바꿔치기는 끝났다. 진실이 거짓으로 바뀐 것이다. 내일 양치기가 다시 이곳에 오면, 새 무덤을 발견하곤, 그 미지의 여자 앞에 꽂힌 번호판이 바뀐 것도 모르고, 그것을 뽑아 새 무덤의 번호판과 바꿀 것이라는 생각을 했던 것이다. 그렇게 된다면 다시 진실로 돌아오게 될 것이다. 우연한 일이란 끝이 없는 것이다. 주제 씨는 집으로 돌아갔다. 오는 길에 빵집에 들렀다. 토스트와 우유를 탄 커피 한 잔을 마셨다. 더 이상 허기를 참을 수가 없었다.

부족한 잠을 보충하기로 한 주제 씨는 집에 도착하자마자 침대에 누웠다. 그러나 두 시간도 채 되지 않아 다시 잠에서 깨어났다. 이상한 꿈을 꾸었던 것이다. 수수께끼 같은, 그는 다시 공동묘지의 한가운데에 있었다, 수많은 양들 사이에, 너무나 많았기에 무덤을 볼 수도 없을 지경이었다, 그 양들은 머리에 각각 하나의 숫자를 달고 있었는데 끊임없이 바뀌고 있었다, 그러나, 모두 똑같은 모습이어서 양들이 숫자를 바꾸고 있는 것인지 아니면 숫자가 양들을 바꾸고 있는 것인지 분간할 수가 없었다. 그는 비명 소리를 들었다, 나 여기 있어요, 나 여기 있어요, 양들의 소리일 수는 없었다, 왜냐하면 이미 오래전에 그들은 말하는 것을 그만두었기 때문이었다, 또한 무덤일 리도 없었다. 그것들이 말한다는 얘길 들어본 적이 없으니까. 그러나 끊임없이 그 목소리는 부르고 있었다. 나 여기 있어요, 나 여기 있어요. 주제 씨는 그 방향을 보았지만 치켜든 양들의 콧등만 보일 뿐이었다. 잠시 후 똑같은 그 소리가 이번에는 뒤에서, 오른쪽에서, 왼쪽에서 들려왔다. 나 여기 있어요, 나 여기 있어요. 그는 황급히 몸을 돌렸지만 어디로 가야 할지를 알 수가 없었다. 주제 씨는 고통스러워했고, 깨어나고 싶었지만 그럴 수도 없었다. 꿈은 계속되었다. 이제는 양치기가 개를 데리고 나타났다. 그때 주제 씨는 생각했다, 이 양치기는 모르는 게 없으니 이 목소리가 누구의 것인지 말해 줄 수 있을 거야. 그러나 양치기는 아무 말도 없이, 머리 위로 지팡이를 들어보이기만 했다. 개는 양들의 주위를 뛰어다녔고, 한곳으로 모은 다음, 글자판이 번쩍번쩍하며, 나를 따르시오, 나를 따르시오, 하는 안내차가 조용히 지나갔던 다리가 있는 방향으로 몰고 갔다. 일순간에 양들이 사라졌고, 개도 사라졌고, 양치기도 사라졌다. 그리곤 양들이 오기 전의 상태인, 번호판으로 뒤덮인 공동묘지만이 남아 있었다. 그러나 그는 나란히 달라붙은 번호판들에 둘러싸여 중앙에 위치하고 있었고, 그 번호판이 어디에서 시작되어 어디에서 끝나는지 도무지 알 수 없었다. 고통과 땀으로 범벅이 된 주제 씨는 잠에서 깨어나 벌떡 일어나며 소리쳤다, 나 여기 있어요. 눈은 감고 있었지만, 반쯤은 의식이 있는 상태에서, 힘껏 두 번을 외쳤다. 나 여기 있어요, 나 여기 있어요. 그리고는 눈을 떠, 수년간 살아온 초라한 자신의 집을 바라보았다. 금이 간 낮은 천장과, 울퉁불퉁한 나무 바닥과, 거실이라고 말할 수 있을지 모르지만, 집 중앙에 위치한 식탁과 두 개의 의자와, 신문들과 유명인들의 기사를 보관해 둔 장과, 작은 부엌과, 화장실로 사용하는 작은 공간이 있는, 그리고 그는 스스로에게 말했다. 이 돌아버릴 것 같은 상황에서 탈출할 어떤 방법을 강구해 내야만 해, 물론 그것은 이제는 영영 미지의 사람으로 남게 된 모르는 여자를 지칭하는 것이었다. 그리고 그가 바라보고 있는 그 초라한 집은, 단지 서글픈 집일 뿐이었다. 다시 꿈으로 돌아갈까봐 두려웠던 주제 씨는 다시 잠을 청하려 하지도 않았다. 침대에 비스듬히 몸을 누인 채, 천장을 바라보며, 그가 물어오기를 기다렸다. 왜 나를 그렇게 빤히 쳐다보고 있냐. 그러나 천장은 아무 질문도 하지 않았고, 아무런 변화도 없이 그저 그를 내려다보고만 있었다. 주제 씨는 천장의 도움을 포기하고 스스로 문제를 해결하기로 했다. 그러나 최선의 방법은 아무 문제도 없다라고 자신을 설득하는 방법이었다. 죽은 뱀은 독이 없어, 아무 생각없이 그의 입에선 이런 말이 새어나왔다, 그 모르는 여자를 독을 품은 뱀이라 불렀던 것이다. 독이 있다는 것을 잊어버릴 만하면 조금씩, 천천히 그것을 뽑아내서 그 사실을 상기시키는 것이었다. 그러고선 마치 자신이 그 뱀에 물린 것처럼 중얼거렸다. 조심해야 돼, 서서히 퍼지는 독 때문에 많은 사람이 죽어가는 거야. 그리고 물었다. 언제부터, 왜 그녀는 죽어가기 시작했을까. 바로 그 순간, 직접적이든 간접적이든, 아무 관심도 보이지 않던 천장이 불쑥 튀어나왔다, 네가 아직 만나지 못한 사람이 적어도 세 명은 있어, 그게 누군데, 주제 씨는 물었다, 부모들과 전남편, 부모를 만나서 얘기해 본다라는 생각을 해보지 않은 건 아니지만, 다음 기회에 하지 생각했었어, 지금 하지 않으면 영원히 할 수 없어, 벽에다 코를 부딪히면 더 이상의 돌아다니는 즐거움을 맛볼 기회도 없을 테니까, 평생을 꼼짝하지 않고 붙어 있는 천장이 돌아다니는 즐거움이 뭔지나 알고 하는 말이야, 아니면 전남편도 있잖아, 아마도 그가 그 모르는 여자에 대해 가장 많은 얘기를 해줄 수 있는 사람일 거야, 결혼 생활이란, 삶을 공유하고 있다는 것은, 서로의 생활을 돋보기로 들여다보는 것 같은 거니까, 오랫동안 비밀을 간직할 수는 없을 테니까, 누가 그래, 오히려 그 반대로, 자주 볼수록 더 안 보이게 되는 거야, 어찌되었건 간에, 그 사람을 만날 필요는 없을 것 같아, 너는 그 여자가 이혼한 이유를 듣게 될까 봐 두려워하고 있는 거야, 그 여자에 대한 환상이 깨지게 될까 봐, 일반적으로 사람들은 다른 사람들을 정확히 평가할 수 없어, 자신에 대해서도 마찬가지고, 그렇기 때문에 어떤 사실을 알고 싶다면 본인에게 직접 물어보는 것이 가장 타당한 방법이야, 아이구, 똑똑하십니다, 어리석진 않지, 네가 어리석다는 게 아니라 쉽게 해결할 수 있는 문제를 너무 복잡하게 생각한다는 거야, 뭐가, 예를 들면, 너는 그 여자를 찾을 아무런 이유도 없다는 거야, 아무 관계도 없으면서, 관계라니, 연인 사이 같은 거, 그런 쓸데없는 생각이나 하고 있으니 천장일 수밖에 없지, 천장은 신의 또 다른 눈과 같다고 언젠가 말해 주었을 텐데, 그런 기억 없어, 그럼 지금 말해 주지, 그럼 어떻게 알지도 못하고, 본 적도 없는 사람을 좋아할 수 있는지 얘기해 봐, 아주 적절한 질문이야, 하지만 그 질문에 대답할 수 있는 사람은 너밖에 없어, 무슨 앞뒤 안 맞는 소리를 하고 있는 거야, 앞뒤가 있든 없든 상관 없어, 나는 지금 너의 마음에 대해 얘기하고 있는 거야, 바로 사람들이 말하는 사랑의 원천인, 다시 말하지만 알지도 못하고, 한 번도 본 적이 없는 사람을 좋아할 순 없어, 비록 옛날 사진 몇 장을 보긴 했지만, 넌 그녀를 만나고 싶어했고, 보고 싶어했잖아, 그래 안 그래, 그게 바로 좋아한다는 거야, 천장의 환상일 뿐이야, 너의 환상이고, 인간의 환상이지 나의 환상은 아냐, 넌 아주 건방져, 넌 나에 대해 모든 걸 알고 있다고 생각하는 거야, 모든 것은 아니지만, 몇 년 동안 함께 살면서 너에 대해 알게 된 것도 많았지, 너는 우리가 함께 살고 있다는 것을 한 번도 생각해 본 적이 없었을걸, 너와 나 사이의 가장 큰 차이는, 너는 단지 도움이 필요할 때에만 나에게 관심을 가지고 눈길을 보냈지만, 나는 언제나 너를 바라보고 있었다는 것이야, 그 신의 눈으로 말이지, 나의 이 은유적 표현을 좀 진지하게 생각해 봐. 이렇게 말하고 나서 벽은 입을 다물었다. 이미 주제 씨의, 모든 것이 끝났다는 의미의 은유적 표현인, 벽에 코를 부딪히기 전의 마지막 행보인 그 미지의 여자의 부모를 방문하리라는 결심을 알아차린 듯이.

  주제 씨는 침대에서 나와, 가능한 한 말끔히 옷을 차려 입고, 식사를 준비했다, 이렇게 육체적 힘을 회복했다면, 정신적 원기를 회복하는 수단으로는 그 모르는 여자의 부모에게 전화를 하는 것이다. 예의 그 사무적인 말투로, 먼저 집이 어디 있는지, 집에 있다면 그 다음엔, 사망한 딸에 관해 중앙호적 등기소 직원으로서 처리해야 할 일이 있으니 오늘 찾아가도 되는지를 물어보는 것이다. 전화를 걸기 위해서 주제 씨는 길 건너편에 있는 공중전화로 가야만 했다. 그러나, 그럴 경우, 전화를 받는 사람이 전화기에서 동전이 떨어지는 소리를 듣게 되는 위험을 감수해야만 했다. 별로 의심이 없는 사람이라 할지라도, 중앙등기소 직원이 업무 때문에 전화를 하면서, 그것도 일요일에, 왜 공중전화를 이용하느냐고 물어 볼 수도 있었다. 얼핏 보기에 그 문제는 주제 씨에게 별다른 어려움이 없을 것 같아 보였다, 다시 한 번 등기소로 들어가 소장의 책상 위에 놓여 있는 전화를 쓰면 될 것이다. 그러나 그런 행동에 위험이 없는 건 아니었다, 왜냐하면, 전화

연결에 관해서 소장은, 번호 하나하나를 꼼꼼하게 고지서와 대조하기 때문이었다. 의문의 통화가 있었다는 것을 발견하게 되면 소장은, 이게 뭐지, 일요일에 여기서 한 거라니, 부소장에게 물어볼 것이고, 이어 곧 명령이 떨어질 것이다. 당장 조사해 봐, 그 비밀 통화에 대한 의문을 푸는 것은 세상에서 가장 쉬운 일 중의 하나일 것이다. 그저 그 의심스러운 번호로 전화를 해서, 그곳에서 정보를 듣기만 하면 되었다, 예, 선생님, 그날 어떤 등기소 직원이 전화를 해서 제 딸이 자살한 이유를 물어봤습니다, 뭐 통계 조사라던가 하면서요. 통계 조사를 위해서요, 예, 선생님, 적어도 저희들에게 그렇게 말했습니다. 고맙습니다, 이제 제 얘기를 잘 들으세요, 말씀하세요, 이 문제를 명확하게 하기 위해서 중앙등기소는 부인과 부인의 남편되시는 분의 도움이 절대적으로 필요합니다, 어떻게 해야 되겠습니까, 내일 아침 등기소로 오셔서 그곳을 방문했던 직원을 확인해 주시는 겁니다, 그렇게 하겠습니다, 내일 아침에 차를 보내드리죠, 이런 불안한 상상은 거기에서 그치지 않았다. 그 모르는 여자의 부모가 등기소로 들어와 주제 씨를 가리키며, 저 사람입니다, 혹은, 그들을 데리러 갔던 차가 도착하고, 등기소 입구에서 그들을 기다리며 서 있는 직원들 중 하나를 가리키며, 저 사람이었습니다, 이런 상상까지 하게 되었다. 주제 씨는 중얼거렸다. 틀렸어, 방법이 없어, 아냐, 있어, 간단하고 확실한 방법이, 연락을 취하지 않고 그 집을 찾아가서 문을 두드리곤, 안녕하십니까, 저는 중앙 호적등기소 직원입니다, 일요일날 귀찮게 해드려서 죄송합니다만, 워낙 처리해야 될 일들이 많아서 이렇게 휴일에도 연장 근무를 하고 있습니다. 바로 그것이었다. 어떤 의심도 사지 않을, 가장 현명한 방법이라고 생각했다. 그것이 향후에도 주제 씨의 안전을 최대한 보장할 수 있는 것이라 믿었다. 그러나 생생히 기억나는 지난 몇 시간이, 그 엄청나게 다리를 뻗친 문어 같은 공동묘지와, 누런 달빛과 어두운 그림자의 밤과, 도깨비불의 섬뜩한 춤과, 양치기 노인과 양들, 마치 성대를 떼어내버린 듯 침묵하던 개, 번호를 바꿔 놓은 무덤들, 이 모든 것들이, 일반적으로 상당히 정확하고 분명한 그의 사고를 혼란케 한 것 같았다. 이것 외에는 그가 전화를 하는 것에 왜 그토록 두려움을 느끼고 있는가를 이해할 수 있는 다른 이유를 찾기란 힘들었다. 그러나 한 통의 전화로 그가 원하는 모든 정보를 얻을 수 있는 지름길이 있다는 생각이 머릴 떠나지 않고 있었다. 결국 그는 소장의 의자에 앉아 전화를 하고 있었다, 중앙 호적등기소의 당직입니다, 이 당직이란 말은 모든 문을 열 수 있는 마스터 키와 같은 것이라고 그는 생각했다. 그리고 그의 생각은 틀린 것 같지 않았다, 저쪽에선, 예 선생님, 언제든지 찾아오십시오. 오늘은 집에 있을 겁니다, 라고 대답했다. 주제 씨의 머리를 스쳐간 마지막 교활함이 마침내 매듭을 지었던 것이다. 또한 그의 엉뚱한 생각이 스스로를 진정시켰다. 이 전화 통화에 관한 문제는 전화세 고지서가 도착할 때까지 몇 주는 늦춰질 거야, 누가 알아, 그때쯤에 소장이 휴가라도 갈지, 아니면 아파서 집에 있게 될지, 아니면 단순히 부소장에게 번호를 확인하라고 할지, 그런 일이 없었던 것도 아니니까, 그렇게 된다면 영원히 사실은 밝혀지지 않을 것이다. 매가 왔다갔다 하는 사이에 등은 쉴 수 있으니까, 주제 씨는 일을 마무리지으며 중얼거렸다. 전화번호부를 책상 위, 원래 있던 곳에 정확히 놓았고, 지문을 남기지 않으려고 수화기를 손수건으로 닦았다. 그리고 집으로 돌아왔다. 신발을 닦고, 솔로 옷을 털고, 빨아 다린 셔츠에 가장 좋은 넥타이를 맸다, 증명서를 기억했을 때 그는 이미 문고리를 잡고 있었다. 그 미지의 여자의 부모를 방문해서 단순히, 저는 등기소에서 온 사람입니다, 라고 하는 것보다는, 그의 코앞에, 도장이 찍히고, 그것을 소유한 사람의 권리를 적어놓은 등기소의 공식 증명서를 내보이는 것이 보다 위엄있고 확실한 효과를 가져다 줄 것이라 생각했다. 그는 책장을 열고 추기경의 기사를 모아둔 파일을 찾아 증명서를 꺼냈다. 그러나 그것을 보는 순간 이미 그 증명서는 소용이 없어져버렸다는 것을 알 수 있었다. 우선, 날짜가 문제였다. 그녀가 자살하기 이전의 날짜였다. 두 번째는 그곳에 적힌 문장이었다. 예를 들어, 그 미지의 여자의 과거, 현재, 미래의 삶을 조사하고 확인하고자 한다는 목적을 적고 있는 것이었다. 주제 씨는 생각했다. 그녀가 어디 있는지도 모르는데, 게다가 미래라니. 그 순간 주제 씨는 흔히 들을 수 있는 한 소절의 시가 떠올랐다. 죽음 뒤에 무엇이 있는지, 아무도 보지 못했고 볼 수도 없네. 수없이 많은 이가 그곳에 갔건만, 누구도 돌아온 적 없네. 그는 증명서를 제자리로 돌려놓으려다 마지막 순간에 다시 한 번 생각해 보았다. 증명서는 있어야 돼. 그는 다시 등기소로 들어가서 등기소의 공식 용지가 있는 보관함으로 갔다. 그러나 조사가 시작된 후부터 용지 보관함은 잠겨져 있었다는 사실을 깜빡 잊고 있었다. 온순한 그의 삶에서 처음으로 그 유리를 박살내고 싶은 화가 치밀었다. 그러나 다행히도 용지의 관리를 담당하는 부소장의 책상 서랍에 열쇠가 있다는 것을 기억해 낼 수 있었다. 소장의 책상처럼 큼지막한 부소장의 책상은 잠겨져 있지는 않았다. 여기서, 비밀을 간직할 수 있는 유일한 사람은, 바로 나야, 소장의 말이 떠올랐다. 그의 말은 곧 법이었지만, 서랍도 없는 작은 책상에 앉아 일하는 보조서기원의 사적인 일이라는 간단한 이유로 인하여 이번에는 지켜지지 않았다. 주제 씨는 손가락에 의한 어떠한 흔적도 남기지 않기 위해, 손수건을 꺼내 서랍을 열고 열쇠를 꺼내 용지 보관함을 열었다. 등기소의 공식 문장이 인쇄된 한 장의 용지를 꺼내곤 보관함을 닫았다. 그리고 열쇠를 다시 부소장의 서랍에 넣어두었다. 그 순간 등기소의 바깥문이 삐걱거리는 소리가 나더니 문고리의 자물쇠가 한 번 열리는 소리를 들었다. 주제 씨는 그 순간 꼼짝하지 않고 있었다. 그러나 그는 일순간에, 마치 어린 시절 산과 들 위를 훨훨 날아다니는 꿈에서처럼 발끝을 가볍게 움직여, 자물쇠가 완전히 열리기 전에 이미 집으로 돌아가 있었다. 헐떡거리는 심장은 목구멍까지 올라온 것 같았다. 몇 분이 지나고 나서야 문 건너편에서 누군가 기침을 하는 소리를 들을 수 있었다. 소장이다. 다리에 힘이 쭉 빠지는 걸 느끼며 주제 씨는 생각했다. 간발의 차이로 빠져나왔구나. 다시 기침 소리가 들려왔다. 이번엔 조금 더 크고 가깝게, 좀더 또렷한 것 같았다. 마치 누군가 들어올 때 그의 존재를 알리기 위해 의도적으로 내는 그런 기침 소리처럼 느껴졌다. 주제 씨는 겁에 질린 채 등기소로 통하는 문에 달린 가느다란 손잡이를 바라보았다. 열쇠로 그것을 잠글 시간이 없었다. 문은 단지 닫혀져 있을 뿐이었다. 만약 그가 온다면, 만약 그가 손잡이를 돌린다면, 그가 이곳으로 들어온다면, 주제 씨의 머릿속에서 비명을 지르는 어떤 소리가 들렸다. 손엔 용지를 든 채, 테이블 위엔 가짜 증명서가 그대로 놓여 있는 채, 그는 꼼짝없이 잡히게 될 것이었다. 그러나 주제 씨를 불쌍히 여겼던지 머릿속에서 울리던 그 비명 소리는 그 후에 일어나게 될 일들에 대해선 더 이상 언급이 없었다. 주제 씨는 천천히 뒤로 물러나 증명서를 집어 그것을 감췄다. 그리고는 의자에 앉아 기다렸다. 만약 그가 무엇을 기다리고 있느냐고 묻는다면 어떻게 대답해야 할지를 몰랐다. 한 시간이 지나자 주제 씨는 조급해지기 시작했다. 문 건너편에선 아무런 소리도 들리지 않았다. 그 미지의 여자의 부모는 이미 등기소 직원의 방문이 늦어지고 있음을 이상하게 여기고 있을 것이었다, 수도든, 가스든, 전기든, 자살이든, 어떤 경우든 당직이란 직책이 가지고 있는 특성은 급하다는 것이었다. 주제 씨는 십오 분 동안을 더 꼼짝 않고 기다렸다. 그 시간이 지나자 그는 마음속에 어떤 결정이 내려졌음을 깨달았다, 어떻게 그런 결정을 내리게 됐는지 설명할 순 없지만, 평상시의 고정관념이 아니라 어떤 진정한 결정을 내렸음을. 그는 거의 큰소리로 말했다, 어떻게든 되겠지, 겁먹어선 아무것도 할 수 없어. 더 이상 놀라지 않고 차분히, 증명서와 용지를 꺼내어 테이블에 올려놓고, 잉크병을 앞으로 당겨놓고, 새 증명서를 작성하기 시작했다, 중앙 호적 등기소의 소장으로서, 시민이든 군인이든, 개인이든 단체든, 이 증명서를 보고, 읽고, 대조해 보실 것을 바랍니다, 모모씨의 자살과 관련된 모든 사실을 조사함에 있어서 모모씨는 나로부터 임무를 직접 지시받아, 위의 업무에 관련된 직접적이든 간접적이든, 이하의 구절은 뻔한 것이었고 마지막엔 명령법을 구사하였다, 이행하시오. 불행히도 소장의 예기치 않은 방문으로 인해서 증명서에 등기소의 철인을 찍을 순 없었다, 그러나 증명서에 씌어진 문구만으로도 그 무게는 충분했다. 주제 씨는 먼저번의 증명서를 추기경의 기사 파일에 끼워두었고, 방금 작성한 것은 안주머니에 끼워넣으며 도전적인 시선으로 등기소로 통하는 작은 문을 응시했다. 건너편은 여전히 조용했다. 그러자 주제 씨는 말했다, 네가 없는 척해도 있는 줄 알고 있어. 그는 문으로 다가가 재빠르게 두 번을 돌려 그것을 열쇠로 잠갔다, 철컥, 철컥.

주제 씨는 그 모르는 여자의 부모가 살고 있는 집까지 택시를 타고 갔다. 벨을 누르자 환갑이 조금 더 돼 보이는 부인이 나타났다, 삼십 년 전에 남편을 잃은 일 층의 그 부인보다는 더 젊어 보였다. 등기소에서 전화를 드렸던 사람입니다, 주제 씨가 말했다, 들어오세요, 안 그래도 기다리고 있었습니다, 일찍 오지 못해서 죄송합니다, 급하게 처리해야 될 일이 생겨서요, 아니 괜찮습니다, 어서 들어오세요, 이쪽으로요. 집은 어두운 분위기였다, 창문엔 커튼이 드리워져 있었고, 가구는 무거운 느낌이었고, 벽에 걸린 얼룩진 풍경화는 오히려 분위기를 더욱 어둡게 하고 있었다. 안주인은 주제 씨를 서재인 듯한 곳으로 안내했다, 그곳에서는 그녀보다 훨씬 늙어 보이는 한 남자가 기다리고 있었다, 등기소에서 오신 분이에요, 그녀가 말했다, 앉으시죠, 남자는 자리를 권했다. 주제 씨는 증명서를 꺼내 보이며, 번거롭게 해서 죄송합니다, 이것은 제가 여기에 온 임무에 대한 내용을 직은 시류입니다, 서류를 건네받은 남자는 그것을 눈에 바짝 대고 읽은 다음, 이렇게 작성한 서류를 가지고 오신 걸 보니 굉장히 중요한 임무인 것 같군요, 중앙등기소의 형식입니다, 이번처럼 자살의 동기를 조사하는 간단한 일에도 필요한 것이죠, 그 말씀은 좀, 오해는 마십시오, 제가 말씀드리고자 하는 것은 저희가 수행하는 어떤 일이라도 증명서는 반드시 필요한 것이라는 뜻입니다, 이런 형식을 갖춘, 권위의 수사적 표현이라는 말씀인가요, 그렇게 생각하셔도 됩니다, 부인이 끼어들었다, 저희들에게서 알고 싶으신 것이 뭐지요, 첫번째는 자살의 직접적 동기입니다, 두 번째는요, 남자가 물었다, 그 일을 이해할 수 있는 모든 상황들입니다, 어떤 징조가 있었다든가라는, 등기소에선 제 딸이 자살했다는 사실만으론 충분치 않나요, 간단히 말씀드리자면 통계 때문입니다, 그게 무슨 말씀인가요, 가능한 한 정확하게 자살과 관련된 정신분석 통계를 작성하고자 하는 겁니다, 그건 뭐하게요, 부인이 물었다, 그런다고 제 딸이 다시 살아날 수도 없는데, 예방책을 세우자는 겁니다, 무슨 말인지 모르겠군요, 남자가 말했다. 주제 씨는 숨을 내쉬었다, 예상했던 것보다 상황은 복잡해져 가고 있었다. 덥군요, 물 한 잔 드릴까요, 안주인이 물었다, 귀찮지 않으시다면, 무슨 말씀을요, 부인은 일어나 나갔다가 곧 돌아왔다. 주제 씨는 물을 마시며 작전을 바꿔야겠다고 생각했다. 부인이 들고 있던 쟁반에 물컵을 내려놓으며 주제 씨가 말했다, 한번 생각해 보십시오, 만약 따님께서 자살하지 않았다고 가정한다면, 그리고 말씀드린 중앙등기소의 연구가 완료되어서 따님에게 어떤 충고나 도움을 줄 수 있었다면, 그 기간 동안 말씀드린 자살 시도를 막을 수 있지 않았겠느냐 하는 거죠, 그게 말씀하시던 예방책이라는 겁니까, 남자가 물었다, 바로 그렇습니다, 주제 씨는 대답했다, 가슴을 저리게 했던 앞의 말에 이어 다시 말을 덧붙였다, 따님의 자살을 막지는 못했지만, 두 분과 또 이런 경우를 당하신 다른 분들의 협조가 있다면, 수많은 불행과 눈물을 막을 수 있게 될 겁니다. 부인은 흐느꼈고, 아이고 불쌍한 것, 남자는 감정을 누르며 손등으로 눈물을 닦았다. 주제 씨는 마지막 수단을 쓰지 않게 되기를 바랐다, 그것은 큰 목소리로 증명서의 내용을 한 자 한 자 읽어 나가는 것이었다, 모든 문을 닫아놓고 그 내용을 듣는 사람이 빠져나갈 단 하나의 출구만을 남겨 두는 것이었다, 즉시 사실을 털어놓으라는 것이었다. 이런 방법마저 실패로 돌아간다면, 미안하다는 말을 남기고 서둘러 돌아가는 것 외엔 다른 방도가 없었다. 그리곤 이 완고한 여자의 아버지가 등기소로 전화를 해서, 성은 모르겠지만, 주제라고 불리는 직원이 있냐고 확인해 보지 않기를 기도할 수밖에 없었다. 그러나 그럴 필요는 없었다. 남자는 증명서를 접어 주제 씨에게 돌려주었다. 그리곤 입을 열었다, 말씀대로 하겠습니다. 주제 씨는 안도의 한숨을 내쉬었다, 이제야 비로소 본격적인 조사의 길이 열린 것이다. 혹시 따님이 유언장을 남겼습니까, 어떤 유언장도, 어떤 말도 없었습니다, 그럼 아무런 이유도 없이 스스로 목숨을 끊었단 말입니까, 아무 이유 없이 그러진 않았겠죠, 나름대로의 이유야 있었겠지만 저희들은 알 수 없다는 거죠, 그 아인 불행했어요, 부인이 말했다, 행복한 사람이 자살하겠어, 남자는 재빨리 말을 끊었다, 그녀가 왜 불행했습니까, 주제 씨가 물었다, 모르겠어요, 무슨 일이 있느냐고 물으면 항상 똑같은 대답만 하곤 했어요, 아무 일도 없어요, 엄마, 그럼 이혼이 자살의 동기는 아니었나요, 오히려 그 반대였어요, 이혼 후에 딸애가 만족하는 모습을 본 적도 있는 걸요, 남편과 사이는 좋지 않았나요, 그저 그랬어요, 평범했어요, 누가 이혼을 요청했습니까, 제 딸이요, 그럴만한 이유가 있었습니까, 저희들이 아는 바로는, 없어요, 그저 길의 막바지에 다다른 것 같은 거죠, 그는 어떤 사람이었나요, 평범한, 그저 평범한 사람이었어요, 성격도 괜찮았고, 문제를 일으킨 적도 없었고요, 그녀를 사랑했나요, 그랬다고 생각해요, 그녀는요, 그를 사랑했습니까, 그랬어요, 그렇지만 행복하지 않았다고요, 한 번도요, 그것 참 이상하군요, 삶이란 이상한 거요, 남자가 말했다. 잠시의 침묵이 흘렀고 부인은 일어나 방에서 나갔다. 주제 씨는 그녀가 돌아오기를 기다려야 할지 아니면 얘기를 계속해야 할지 모르고 잠시 머뭇거리고 있었다. 침묵의 시간은 그가 느낄 수 있을 만큼 불안한 것이었다. 주제 씨는 남자의 말을 생각해 보았다. 삶이란 이상한 거요, 일 층의 부인과 나눴던 얘기들을 떠오르게 하는 말이었다. 그리고 이 상황에선 안주인이 밖으로 나갈 수밖에 없었으리라 생각되었다. 주제 씨는 물컵을 쥐고 한 모금 마셨다. 시간을 벌기 위해서였다. 그리고 별 필요도 없는 질문을 던졌다. 따님께선 직장을 다니고 계셨습니까, 예, 수학 선생이었죠, 어디서요, 자신이 다녔던 고등학교에서요, 주제 씨는 다시 한 번 물컵으로 손을 가져갔다. 순간 너무나 당황했던 것이었다. 그리곤 바보같이 말을 더듬었다. 자, 자, 잠깐만요, 갑자기 말문이 막혔다. 주제 씨가 물을 마시는 동안, 남자는 뭔가 미심쩍은 눈으로 그를 바라보았다. 그가 보기엔 중앙 호적등기소의 직원들이 제대로 교육을 받지 못한 것 같았다. 그런 증명서로 무장을 하고 찾아올 필요도 없었고, 저런 멍청한 태도도 역시 그랬다. 남자의 비꼬는 듯한 질문이 있었을 때 부인이 들어왔다. 학교 이름과 주소는 필요치 않으십니까, 임무를 잘 완수하기 위해 유용할 수도 있으니까, 대단히 감사합니다, 남자는 책상으로 몸을 기울여 학교의 이름과 주소를 적은 다음, 쌀쌀맞은 태도로, 그러나 이미 조금 전의 그 당당한 태도를 보이던 주제 씨가 아닌 그에게, 그것을 건넸다. 주제 씨는 이 집 안의 비밀 한 가지를 알고 있다는 사실을 기억하곤 마음의 동요를 가라앉혔다. 그가 그 오래된 비밀을 알고 있으리라고는 이 두 사람은 상상도 할 수 없을 것이다. 이런 생각으로 질문이 하나 떠올랐다, 혹시 따님의 일기장 같은 것은 없었나요, 아뇨, 그런 건 발견하지 못했는데요, 어머니가 대답했다, 그렇지만 노트나, 낙서한 종이나, 약속을 적어놓은 것들은 있을 겁니다, 그런 건 항상 있죠, 만약 허락해 주신다면 그걸 한 번 확인해 보고 싶습니다, 뭔가 도움을 줄 수 있는 것이 있을지 모르니까요, 아직 집 안을 정리하진 않았습니다, 언제 할지도 모르지만, 아버지가 대답했다, 따님의 집은 세를 얻었던 겁니까, 아뇨, 그 애의 집입니다, 알겠습니다. 잠시 대화가 끊겼다. 주제 씨는 아직도 사용할 권력이 남아 있다는 것을 보여주기라도 하듯이 천천히 증명서를 펼치며 말했다, 두 분의 참관하에 그곳에 가보는 것을 제게 허락하신다면, 안 됩니다, 대답은 짧고 명료했다, 제 증명서에는, 주제 씨는 그것을 상기시켰다, 당신의 증명서로는 지금까지 당신이 들었던 얘기로 충분할 것이라 생각됩니다, 정 원하신다면, 내일 아침에 등기소에서 말씀을 계속하시죠, 해야 할 일이 있어서 오늘은 이제 그만, 죄송합니다, 라고 말했다, 등기소까지 오실 필요는 없습니다, 지금까지 들은 걸로 충분할 것 같습니다, 주제 씨는 대답했다, 그러나 아직 몇가지 질문이 더 남았습니다, 말씀하세요, 따님은 어떻게 돌아가셨습니까, 수면제를 과다하게 복용했습니다, 발견될 때 혼자였나요, 예, 그리고 무덤에 대리석 비명은 이미 만드셨습니까, 준비하고 있습니다, 그런데 그건 왜 물으시죠, 아닙니다, 그저 궁금해서요. 주제 씨는 일어났다. 제가 배웅해 드리죠, 부인이 말했다. 복도에 이르렀을 때, 부인은 손가락 하나를 입에다 대곤 기다리라는 손짓을 했다. 그녀는 벽에 붙어 있던 자그마한 테이블의 서랍에서 작은 열쇠 꾸러미를 소리없이 꺼냈다. 그리곤 문을 열 때, 그것을 주제 씨의 손에 쥐어주며 속삭였다, 딸네 집 겁니다. 다음에 등기소로 찾으러 가죠. 그리고 더욱 가까이 다가와, 숨소리만큼 작은 소리로 주소를 말해 주었다.

주제 씨는 죽은 듯 잠에 빠졌다. 위험스러웠지만 성공적이었던 모르는 여자의 부모를 만나고 돌아와, 주말에 있었던 일들을 노트에 기록하려 했었지만 쏟아지는 잠으로 인해서 공동묘지의 보조서기원과의 대화까지밖엔 더 이상 적을 수가 없었다. 저녁식사도 잊은 채 잠자리에 든 주제 씨는 일 분도 안 돼서 잠이 들었고, 아침 햇살에 눈을 떴을 땐, 언제, 어떻게 해서 그랬는지는 알 수 없지만, 출근하지 않겠다는 결정을 내렸다는 것을 깨달았다. 그날은 월요일이었다. 당연히 결근을 하기엔 가장 부적절한 날이었다. 특히 보조서기원에게는 더욱. 이유야 어찌되었건, 어떤 설득력 있는 이유를 대든지, 그것은 열심히 일하는 사람들에겐 일요일의 게으름을 정당화시키려는 변명에 지나지 않는 것이었다. 모르는 여자를 찾으면서부터 시작된 수차례의 불성실한 근무 태도 때문에, 결근을 한다는 것은 소장이 가진 인내심의 한계를 뛰어넘는 일이라고 주제 씨는 생각하고 있었다. 그러나 이러한 예상되는 두려움도 그 확고한 결심을 바꾸진 못했다. 두 가지의 확실한 이유가 있었다. 주제 씨가 하고자 하는 일이 다음 번 주말을 기다릴 수 있을 만큼 여유로운 일이 아니었다. 그 이유 중의 하나는 조만간 열쇠를 찾으러 등기소로 오겠다는 모르는 여자의 어머니 때문이었고, 다른 하나는 학교였다. 호된 경험을 통해 주제 씨는 너무나 잘 알고 있었다, 주말엔 문을 열지 않는다는 것을.

출근을 하지 않으리라는 결심을 했음에도 주제 씨는 상당히 일찍 일어났다. 등기소가 문을 열기 전에 멀리 가 있어야 했다. 부소장이 누군가를 시켜 다시 병이 난 것은 아닌가 확인할지도 몰랐기 때문이다. 면도를 하면서, 먼저 그 모르는 여자의 집에 갈 것인가 아니면 학교로 갈 것인가를 생각했다. 그러나 결국 학교를 선택했다, 그는 언제나 많은 사람들과 생활하고 있었고 가장 중요한 일은 항상 마지막에 남겨 두는 버릇이 있었다. 또한 그는 증명서를 가지고 갈 것인가, 아니면 그것을 제시하는 것이 오히려 위험한 일인가를 고민했다. 그러나 학교의 교장이 꼼꼼하고 서류에 밝은 사람이라면, 철인이 없다는 것과, 내용이 구체적이지 못하고 장황하다는 것을 의심할지도 모를 노릇이었다. 그의 조심성은 그 증명서를 죄없는 추기경의 파일 속에 있던 다른 증명서와 함께 놓아 두었다. 중앙 호적 등기소의 신분증만으로 충분하겠지, 주제 씨는 그렇게 결론지었다. 학교의 수학선생이라니까 확실하고, 객관적이고, 사실적인 정보에 대해서만 확인해 봐야지. 집을 나섰을 땐 아직도 이른 시간이었다. 상점들은 아직 문을 열지 않았고 간판의 불도 켜져 있지 않았다. 거리를 달리는 차들만이 눈에 들어왔다. 아마도 등기소의 직원들은 이제서야 출근을 위해 잠자리에서 부시시 눈을 뜨고 있을 것이다. 주위의 눈에 띄지 않으려고 주제 씨는, 일층의 부인 집으로 가기 위해 버스를 타던 정류장으로 향해 나 있는 두 블록쯤 되는 길이의 정원에 몸을 숨겼다. 그곳에 있으면 누구든지 나뭇가지에 가려서 그를 알아보지 못할 것이다. 아침 이슬로 인해서 주제 씨는 벤치에 앉을 수가 없었기 때문에 이리저리 돌아다니면서 시간을 보낼 수밖에 없었다. 꽃들을 바라보며 마음을 가다듬었고, 그 꽃들의 이름이 무엇인가를 생각해 보았다. 그러나 식물의 이름에 대해 거의 알고 있는 것이 없다는 것은, 주제 씨처럼 사방이 벽으로 둘러져 있고, 낡은 종이의 퀴퀴한 냄새와 씨름하며 평생을 보낸 사람들에겐 그다지 놀라운 일도 아니었다. 그 퀴퀴한 냄새보다 더 자극적인 냄새는 첫장에서 말했듯이 마치 국화와 장미가 섞인 듯한 냄새다. 등기소가 민원인들에게 문을 열 시간이 되자,

주제 씨는 혹시라도 모를 원치 않는 만남을 피하기 위해 학교쪽으로 발걸음을 옮겼다. 서둘 필요도 없었다, 오늘 하루는 모두 그의 것이었다, 그러므로 걸어서 가기로 했던 것이다. 정원을 나오자 가야 할 방향을 정확히 알 수가 없었다, 시내 지도라도 준비할 것을 하고 후회했지만, 경찰에게 길을 안내해 달라고 할 수도 없었다. 그 모르는 여자에 대한 조사는 거의 마무리 단계에 와 있었다. 단지 학교에 대한 조사와, 그 후에 여자의 집을 수색하는 일만이 남아 있었다, 그래도 시간이 남는다면, 일 층의 부인에게 잠시 들러 최근에 일어났던 일들에 대해 간단히 얘기하기만 하면 되었다, 그 외엔 아무것도 없었다. 그는 앞으로 어떻게 살아갈까를 스스로에게 물었다. 다시 유명인들의 기사를 수집한다면, 그는 잠시 동안 자신의 모습을 상상했다, 저녁시간에 테이블에 앉아서, 신문과 잡지를 옆에 쌓아두고 기사와 사진을 오리고 있는, 이 사람이 자신의 유명인들의 수집에 어울릴지 아닐지를 저울질해 보는, 과거엔 가끔씩, 어떤 사람들이 나중에 중요한 인물이 될 것인지, 이 남자 혹은 저 여자의 인기가 시들어가고 있고, 별볼일없어질 거라는 것을 미리 예측하는 혜안도 있었던 것 같았다. 전부 쓰레기통에 쑤셔 박아버려, 주제 씨는 말했다.

밝게 쏟아지는 햇살을 받아 푸른 나무들과 꽃들이 가득한 화단으로는, 비오는 날 밤, 긁히고 미끄러지며 잠입했던 그 학교를 기억해 낼 수가 없었다. 이제는 정문으로 당당히 들어가며 수위에게 말했다, 교장 선생님을 좀 뵈었으면 합니다, 저는 교직을 담당한다거나, 학습자료를 공급하는 사람이 아니라, 중앙 호적 등기소의 직원입니다, 업무 건으로 왔습니다. 수위는 내부전화를 통해 누군가 방문자가 있다는 연락을 취했다. 그리곤 말했다, 들어가십시오, 교장 선생님은 서무실에 계십니다, 삼 층입니다, 대단히 감사합니다, 주제 씨가 말했다, 그리고 천천히, 이미 알고 있는 삼 층의 사무실을 향하여 계단을 올라갔다. 교장은 어떤 여자와 얘기를 나누고 있었다, 내일 아침에 지도가 꼭 필요해요, 그 여자는 대답했다, 걱정마세요, 교장선생님. 주제 씨는 누군가 자신의 존재를 알아차릴 때까지 입구에 서 있었다. 교장은 대화를 마쳤고, 그를 바라보았다, 그때서야 주제 씨는 말했다, 안녕하십니까 교장 선생님, 이어, 이미 신분증을 손에 든 채 앞으로 세 걸음을 옮겼다. 저는 중앙 호적 등기소 직원입니다, 업무 때문에 잠시 들렀습니다. 교장은 신분증은 필요없다는 손짓을 하며 물었다, 뭔데요, 어떤 선생님 때문에 왔습니다, 등기소에서 이 학교의 선생님을 무슨 일 때문에요, 선생님으로서가 아니라 이곳에 근무하셨던 분을 말씀드리는 겁니다, 좀더 자세히 설명해 주시겠습니까, 자살에 대한 조사를 하고 있는 중입니다, 정신적인 측면이든 사회적인 측면이든, 저는 이곳에서 근무하시던 중 자살하신 한 수학 선생님의 경우를 담당하고 있습니다. 교장은 안타까워하는 표정을 지으며 말했다, 불쌍한 분이죠, 정말 안된 일이지만 아직까지 누구도 그 이유를 모르고 있어요. 첫번째로 제가 조사해야 할 것은, 주제 씨는 가능한 한 가장 공식적인 언어를 구사했다, 중앙등기소에 첨부할 신분 확인 절차를 위해 교사 임용 신청서를 열람할 수 있을까 하는 겁니다. 이 학교의 직원 기록부를 말씀하시는 겁니까, 예 선생님. 교장은 비서에게, 기록부를 찾아오세요, 아직 서랍에 그대로 있을 겁니다. 그리곤 동시에 손가락을 바쁘게 움직여 그것을 찾아보았다, 여기 있습니다. 주제 씨는 갑자기 위장의 경련을 느꼈다, 섬뜩한 고통이 머리를 스쳤지만 다행히도 계속되지는 않았다, 두통도 느꼈지만 그래도 그리 괴로울 정도는 아니었다, 손만 뻗으면 닿을 곳에 기록부가 있다는 것을 생각했기 때문이었다, 저 서랍만 열면 되는 것이었다, 교사라는 팻말이 붙어 있는, 그렇지만 그가 그토록 찾아다녔던 그 소녀가, 자신이 다녔던 학교의 교사로 근무하고 있을 줄이야 어떻게 알 수 있었겠는가. 흥분을 감추며 주제 씨는 학교의 기록부와 등기소 기록부의 복사본을 비교하는 척했다, 그리곤 말했다, 같은 인물이군요. 교장은 유심히 그를 바라보았다, 어디 불편하십니까, 그는 짤막하게 대답했다, 그러려니 해야죠, 젊은 나이도 아니니, 뭔가 저에게 물어보실 것이 있으신 것 같은데. 그렇습니다, 제 사무실로 가시죠. 교장을 따라가며 주제 씨는 속으로 웃었다, 나는 기록부가 바로 거기에 있는지 몰랐지만 너도 내가 네 소파에서 하룻밤을 지냈는지 모를 거다. 사무실로 들어가자 교장은 말했다, 시간이 별로 없습니다만 성심껏 도와드리겠습니다, 앉으시죠, 그는 침대로 사용했던 소파를 가리켰다, 알고 싶은 것은, 주제 씨가 물었다, 자살하기 전에 어떤 심경의 변화 같은 것을 느끼셨나 하는 것입니다, 전혀요, 항상 조용하고 차분한 분이셨죠, 유능하신 선생님이셨나요, 학교에서 가장 훌륭하신 분 중의 하나였습니다, 친하게 지내신 동료분이 있었습니까, 친하다니 어떤 의미로요, 말 그대로 친한 사람이요, 아주 사랑스런 분이셨어요, 모든 사람들에게 친절하셨죠, 학생들은 그 분을 따랐습니까, 무척이나요, 건강하셨나요, 제가 알고 있는 바로는 그렇습니다, 그것 참 이상하군요, 이상하다니요, 그녀의 부모님께도 말씀드렸지만, 지금까지 제가 들은 바로는, 자살할 만한 아무 이유도 없다는 겁니다, 저도 그 이유를 생각해 봤습니다, 교장이 말했다, 자살이 설명될 수 있을까 하는 것을, 이 경우를 말씀하시는 겁니까, 일반적인 자살을 말씀드리는 겁니다, 유언장을 남기기도 하잖아요, 그렇긴 하죠, 이런 걸 설명이라고 할 수 있을진 모르겠지만, 삶에 설명되지 않는 것은 수없이 많다는 겁니다, 옳으신 말씀입니다, 이유에 대한 설명이 될진 모르지만 그녀가 자살하기 며칠 전에, 무슨 일이 있었습니까, 학교에 도둑이 들었습니다, 예, 그걸 어떻게 아십니까, 아뇨,

제가 말한 예는 의문을 나타내는 것이었습니다, 제가 억양을 제대로 표현치 못한 것 같습니다, 그러나 일반적으로 도둑질이란 그 이유가 쉽게 설명되는 것 아니겠습니까, 이번 경우는 그렇지 않아요, 창고 지붕을 넘어 유리창을 깨고 창문을 통해 들어와선, 학교를 온통 돌아다니다가 내 소파에서 자고, 냉장고에 있던 음식들을 꺼내 먹고, 구급함에 있던 약품들을 사용하고 나선 아무것도 가져가지 않고 사라져버린 거죠, 그가 소파에서 잤다는 것을 어떻게 알죠, 왜냐하면, 선생님께서도 말씀하셨듯이 저도 젊은 나이는 아니라 책상에 앉아 있을 때 무릎 위에 담요를 걸치는데 그것이 바닥에 떨어져 있었으니까요, 경찰에 신고는 하셨나요, 아뇨, 아무것도 없어진 것이 없는데 그럴 필요가 없었죠, 아마도 경찰은 이렇게 말할 걸요, 범죄를 조사하지 신비를 풀러다니는 건 아니라고요, 정말 희한한 일이군요, 모든 곳을 다 점검해 봤어요, 금고엔 손도 안 댔고, 모든 것이 다 제자리에 있었으니까요, 담요만 빼고요, 예, 담요만 빼곤, 이걸 어떻게 설명하실 수 있겠어요, 그 도둑에게 물어보는 수밖엔 없겠네요, 이렇게 말하고는 주제 씨는 일어났다. 교장 선생님, 이런 슬픈 일로 찾아왔음에도 성심껏 도와주셔서 정말 감사드립니다, 뭐 별로 도움이 되어드리지도 못한 것 같은데요, 어떤 자살도 설명될 수 없다는 말씀이 옳은 것 같습니다, 정확한 설명은 불가능하죠, 모든 것이 마치, 단순히 그녀가 문을 열고 나간 것 같은 거죠, 혹은 들어간 것일 수도, 예, 혹은 들어간 것일 수도 있죠, 보는 각도에 따라서는, 그것이 아주 훌륭한 설명이 될 수도 있겠군요, 그건 비유일 뿐입니다, 그게 사물을 설명하는 가장 좋은 방법일 수도 있죠, 감사합니다 교장 선생님, 얘길 나누게 되어서 반가웠습니다, 물론 그 슬픈 일에 대해서가 아니라 선생님과의 시간을 말씀드리는 겁니다, 물론이죠, 제가 계단까지 안내해 드리죠, 이 층을 내려가고 있을 때 주제 씨는 그의 이름을 물어보지 않았음을 기억했다, 아무렴 어때, 이미 다 끝난 일인데.

주제 씨는 그렇게 말할 수 없었다. 아직 마지막 한 걸음을 남겨두고 있었기 때문이었다. 그 모르는 여자의 집에서 일기나, 편지나, 바닥에 떨어져 있는 종이 한 장이라도 찾아보는 일이 남아 있었다. 자살하는 사람이라면 누구나, 문을 뒤로 하고 자신을 거두는 상황에서 어떤 형태로든 남기게 되는 마지막 외마디의 비명이 반드시 있으리라 생각했다. 세상에 남은 사람들을 진정시키기 위해, 불쌍한 것, 그런 이유가 있었구나, 라는 말이 필요한 것이다. 이 마지막 날을 어떻게 보내야 할지 잘 알고 있었음에도, 주제 씨는 마치 지도를 잃어버린 여행자처럼, 이곳 저곳, 오르락 내리락, 시내를 헤매고 있었다, 내일은 이미 다른 날일 것이다. 아니, 같은 날 속에 다른 그가 되어 있을 것이다. 이 모든 것이 끝나면, 내일 나는 어떤 모습일까, 또 등기소에서는. 모르는 여자의 집 앞을 두 번째 지나가고 있었다. 두 번 다 멈춰서지 않았다. 겁이 났다. 주제 씨는 망설였다. 지금까지 살아온 삶처럼. 그는 시간을 벌기 위해, 반드시 해야 될 일이지만 조금 늦추기 위해 점심을 먹어야겠다고 생각했다. 주머니 사정을 생각해서 아주 싸구려 식당에서, 그리고 이미 두 번씩이나 서성이던 자신의 모습을 수상히 여길지도 모르기 때문에 가능한 한 이곳에서 멀리 떨어진 곳에서. 그의 모습이 그리 쉽게 기억될 만한 특징을 가진 것은 아니었지만 그래도 조심하는 것이 상책이라 생각했다. 간단한 점심이었지만 가능한 한 천천히 식사를 마치고 일어났을 때는 이미 세 시가 훨씬 지나 있었다. 그리고 발을 끌듯이 그녀가 살았던 집으로 향했다. 마지막 골목을 돌기 전에 그는 멈춰서서 심호흡을 했다. 난 두렵지 않아, 용기를 내기 위해 스스로를 다그쳤다. 공동묘지에서 밤을 지내기도 했는데. 외투의 주머니에 손을 넣어 열쇠를 만지작거렸다. 작고 가는 하나는 우체통 열쇠로 당연히 제외되었고, 남은 두 개는 크기가 비슷했다. 그 하나는 아파트 문 열쇠일 것이고 다른 하나는 일 층 출입문의 열쇠일 것이다. 한 번에 적중되기를. 혹시 수위가 있어서 밖의 작은 소리에도 신경을 곤두세우고 있다면, 뭐라고 설명할 것인가. 자살한 사람의 부모의 허락을 받아서 집기들을 확인하러 온 중앙등기소의 직원입니다. 여기 명함이 있습니다. 열쇠가 어떤 건지 확인 좀 해주시겠습니까, 라고 말해야 할까. 주제 씨는 첫번째 시도에 열쇠를 적중시켰다. 건물의 수위는 나타나지 않았고, 따라서 이런 질문도 없었다. 이봐요, 어디 가십니까. 건물은 낡았지만 다행히 엘리베이터는 있었다. 지금의 주제 씨의 다리 상태로는 수학선생이 살았던 칠 층까지는 결코 올라가지 못할 것 같았다. 문은 소음과 함께 열렸고 그는 재빨리 안으로 들어갔다. 수위에 대해 너무 염려할 필요도 없었다고 생각했다. 집 안으로 미끄러져 들어간 주제 씨는 조심스럽게 문을 닫았다. 조명이 조금 더 필요하다고 생각했다. 문 옆의 벽을 더듬어 스위치를 찾았지만 그것을 켜지는 않았다. 불을 켠다는 것이 위험할 수도 있다는 조심스런 생각이 들었기 때문이었다. 차츰 주제 씨의 눈은 어둠에 익숙해져 갔다. 보통 사람들에게도 있을 수 있는 일이지만, 죽은 자들의 서류 보관 창고를 수시로 드나드는 보조서기원에겐, 얼마의 시간이 지나면, 다른 사람보다 월등한 눈을 어둠 속에서 가지게 된다. 은퇴하기 전까지는 고양이의 눈을 가지게 되는 것이다.

비록 카펫이 바닥에 깔려 있었지만 구두를 벗는 것이 낫겠다고 주제 씨는 생각했다. 아래층에 살고 있는 사람들이 작은 울림이라도 듣게 될까 염려가 되었던 것이다. 그는 최대한 조심스럽게 거리 쪽으로 나 있는 창문의 커튼을 걷었다. 단지 약간의 빛만이 들어올 수 있게 조금만. 그는 침실로 들어갔다. 옷장과, 서랍장과, 침대 옆에 놓인 작은 장이 있었다. 침대는 좁은, 일인용이었다. 가구는 부모의 집과는 달리 간단하면서도 단정히 정리되어 있었다. 주제 씨는 집 안의 다른 곳을 둘러보았다. 거실엔 여느 집처럼 소파와 한쪽 벽을 차지하고 있는 책장이 있었고, 가장 작은 방은 서재로 사용하고 있었고, 작은 주방과, 욕실이 있었다. 바로 이곳에서 그녀는 알 수 없는 이유로 스스로 목숨을 끊었다. 결혼을 했었고 이혼도 경험했던, 이혼 후엔 부모의 집에서 함께 살 수도 있었을 텐데 그녀는 혼자 있기를 원했다. 다른 모든 소녀처럼. 그러나 그녀가 자살했을 당시는 이미 여인으로 성숙해 있었을 테고, 수학 선생님으로서, 이 도시의 다른 모든 살아 있는 사람들의 이름과 함께 등기소에 그녀의 이름이 있었을 것이다. 이제 죽은 그녀의 이름은 살아 있는 세상에 다시 돌아와 있었다. 주제 씨가 죽은 자들 가운데서 빼내왔기 때문에. 그러나 그녀는 아닌, 단지 이름만을. 그 이상은 보조서기원의 능력 밖의 일이었다. 집 안의 모든 문을 다 열고, 한낮의 햇빛도 어느 정도 비추고 있었기에 중간에서 그만두지 않으려면 주제 씨는 서둘러 찾아야 했다. 책상의 서랍을 열고 안에 있는 것들을 허망하게 바라보았다. 이곳에 앉아, 불을 켜고, 펜을 집어 무언가를 썼던 그 여자의 삶과 죽음을 설명할 수 있는 것은 아무것도 없었다. 주제 씨는 천천히 서랍을 닫았고, 다른 서랍을 열려다가 멈추곤 한참을 생각했다. 아니, 잠깐 동안이었지만 몇 시간처럼 느꼈는지도 몰랐다. 그는 서랍을 굳게 닫고 서재를 나와, 거실에 있는 작은 소파에 앉아 한동안을 보냈다. 그는 신고 있던 낡은 양말과, 조금 치켜올라간 주름 없는 바지와, 가늘고 약간의 털이 나 있는 하얀 다리를 바라보았다. 그의 몸은 다른 몸이 앉아 있었던 푹신한 소파의 느낌을 기분 좋게 받아들이고 있었다. 다시는 여기 앉지 못하겠지, 그는 혼자 중얼거렸다. 거리의 소음으로부터 차단된 집 안은 고요했다, 가끔씩 지나가는 자동차 소리만이 들릴 뿐이었다. 인적이 없었던 집 안은 공기조차도 숨을 멈추고 있었다. 집은 아직도 누군가 그 속에 있다는 것을 알아차리지 못하고 있는 것 같았다. 주제 씨는 아직도 뒤져봐야 할, 서랍과, 속옷 등을 보관하는 장과, 일반적으로 비밀스런 것들을 보관해 두는 침대맡의 작은 머릿장과, 옷장이 남아 있다고 자신에게 말했다, 만일 그곳에 걸려 있는 옷들을 본다면, 마치 소리내지 않고 피아노의 건반을 만지듯이 손가락으로 그것들을 쓰다듬고, 치마들 중의 하나를 꺼내, 그녀의 향기와, 냄새를 맡을 것 같았다. 그가 찾고 있는 편지나, 일기나, 마지막 눈물을 암시하는 작별의 문구가 씌어진 메모 등이 있음직한 책상 서랍도 아직 다 보지 못했고, 거실에 있는 책장도 아직 조사해 보지 못했다. 그게 다 무슨 소용이람, 주제 씨는 물었다, 그런 것들이 존재하고, 그가 그것들을 찾고, 읽는다 할지라도, 그 옷장의 주인은 영원히 돌아오지 않을 것이고, 풀어가던 수학 문제는 답이 없을 테고, 머릿장의 스탠드 불빛도 더 이상 책을 비추지 않을 것을, 끝난 건, 끝난 거야. 주제 씨는 고개를 앞으로 숙여, 마치 끊임없이 무엇인가를 생각하는 듯이, 두 손으로 이마를 감싸쥐었다. 그러나 그런 것이 아니었다. 그는 어떤 생각도 더 이상 하지 않았다. 갑자기 실내가 어두워졌다. 구름이 하늘을 지나가고 있었던 것이다. 그 순간 전화가 울렸다. 그는 전화가 있다는 생각을 하지 못했다. 그러나 그것은 거기 있었다. 구석의 작은 테이블 위에, 그다지 자주 사용되진 않았던 물건처럼. 자동 응답기가 작동했다. 한 여자의 목소리가 전화 번호를 말했고, 이어 덧붙였다. 저는 지금 집에 없습니다. 소리가 나면 메시지를 남겨주십시오. 전화를 걸었던 사람은, 이내 전화를 끊었다. 많은 사람들은 기계에 대고 말하는 것을 경멸한다. 혹은 잘못 걸려온 전화일지도 모른다. 그러나 응답기의 목소리가 전혀 모르는 음성이라면 계속 수화기를 들고 있을 필요는 없었다. 한 번도 이런 기계를 그렇게 가까이서 본 적이 없었던 주제 씨에게, 그가 들었던 짧지만 혼란스러웠던 그녀의 몇 마디의 말은 어떤 설명이 될 수도 있었다. 저는 지금 집에 없습니다. 소리가 나면 메시지를 남겨주십시오. 그래, 그녀는 집에 없다. 더 이상 집에 있을 수 없다. 무겁고, 쉰, 마치 조금은 풀어진 듯한, 마치 녹음 중에 딴 생각을 하고 있었던 것 같은, 그 목소리만이 남아 있었다. 주제 씨는 말했다. 다시 걸지도 몰라. 이런 기대로 그는 한 시간 동안을 꼼짝하지 않고 소파에 앉아 있었다. 집 안엔 차츰 어두움이 밀려들었지만 전화는 더 이상 울리지 않았다. 주제 씨는 자리에서 일어나, 나가야겠다, 하고 중얼거렸다. 그러나 집을 나서기 전에 그는 마지막으로 한 번 더 집을 둘러보았다. 다른 곳보다 조금 더 밝은 침실로 들어선 그는 잠시 동안 침대에 걸터앉았다. 두어 번 수가 놓아진 침대보를 손으로 쓸어본 그는, 일어나 옷장을 열어보았다. 조금 전에 얘기하던 바로 그녀의 옷들이 거기에 있었다. 저는 지금 집에 없습니다. 그는 얼굴이 옷에 닿을 만큼 몸을 구부렸다. 그녀의 냄새와 등기소의 국화와 장미를 섞은 듯한 냄새가 동시에 느껴졌다.

어디 갔다 오느냐고 묻는 수위도 없었다. 마치 아무도 살고 있지 않는 것같이 건물은 고요했다. 그 고요함이 주제 씨에게 어떤 생각이 떠오르게 했다. 그의 생애에서 가장 무모한, 내가 여기서 밤을 보내도, 그녀의 침대에서 자더라도, 아무도 알 수 없을 거야. 주제 씨는 아무런 어려움도 없을 것이라고 자신에게 말하고 있었다. 그저 엘리베이터를 타고 올라가서, 집 안으로 들어가 구두를 벗으면 되는 것이었다. 게다가 누군가 번호를 잘못 돌려 전화가 올지도 모르는 일이었다. 그러면 그 수학 선생의 무겁고 쉰 듯한 목소리를 다시 들을 수 있는 기쁨도 있을 거야. 저는 지금 집에 없습니다. 그녀는 이렇게 말할 것이다. 그리고 혹시, 밤에 그녀의 침대에 누워 있는 동안, 그의 늙은 몸을 흥분시켜 줄 기분 좋은 꿈을

꿀 수도 있을 거고, 이미 알고 있듯이, 해법은 그의 손 안에 있었다. 단지 침대보가 헝클어지지 않도록 조심하기만 하면 될 거야. 결코 있을 수 없는 주제 씨의 황당하고도 엉큼한 생각이었다. 그의 생각은 로맨틱한 정도를 넘어서 어처구니 없는 수준이었다. 그러나 이런 생각은 잠시 떠올랐다가 사라졌다. 그는 이미 건물 안이 아닌 밖에 있었다. 아마도 낡은 양말과 약간의 털이 있는 가늘고 하얀 다리의 서글픈 기억이 그를 그곳에서 나오도록 도와주었던 것 같았다. 세상은 아무 의미도 없어, 주제 씨는 중얼거렸다. 그리곤 일 층의 부인이 살고 있는 집으로 걸음을 옮겼다. 낮 시간은 거의 끝나고 있었고 등기소도 이미 문을 닫았을 시간이었다. 하루 종일 자리를 비웠던 보조서기원이 그 정당한 이유를 꾸며낼 시간도 얼마 남지 않았던 것이다. 그에겐 위급하게 도움이 필요한 가족도 없다는 것을 모두 다 알고 있었다. 그리고 그런 가족이 있다 할지라도 이런 경우엔 용서될 수 없었다. 등기소와 붙어 있는 집에서 살고 있는 그는 그저 문을 열고 들어가, 내일 봅시다, 사촌이 갑자기 죽었다는 연락이 와서, 라고 말하기만 하면 되었다. 주제 씨는 그들이 원한다면, 직장을 그만두게 할 수도 있다라는 생각까지 해보았다. 혹시 양치기가 번호판을 바꾸기 위해 조수를 필요로 할지도 몰랐다, 묘지는 점점 더 커지고 있으니까, 게다가 자살하는 사람은 늘어만 가고 있었다. 결국 죽음이란 다 똑같은 거야, 누구도 피할 수 없는 것이고, 섞이고 뒤바뀌면 어때, 어차피 세상은 아무 의미도 없는 것을.

주제 씨가 일 층 부인의 집을 찾았을 때, 그는 그저 차 한 잔만 마시겠노라 생각하고 있었다. 벨을 한 번, 두 번 눌러보았지만 아무도 나오지 않았다. 초조함과 당황스러움에 옆집의 문을 두드렸다. 한 여자가 나와 차갑게 물었다, 무슨 일이죠, 옆집에 아무도 없어서요, 그런데요, 무슨 일이 있는지 아시나 해서요, 무슨 일이라뇨, 사고나, 병이 나셨다든가 그런 거요, 아, 그럴지도 모르겠네요, 구급차가 다녀갔어요, 그게 언제였나요, 삼 일 전에요, 그 후엔 아무 연락도 없었습니까, 혹시 어느 병원에 있는지라도, 아뇨, 실례합니다. 여자는 주제 씨를 어둠 속에 남겨두고 문을 닫았다. 내일 병원들을 뒤져봐야지, 그는 생각했다. 하루 종일 사방을 걸어다녔기에 그는 진이 빠져 있었다. 잠시 전의 충격은 오늘 하루의 기분을 모두 걷어가버렸다. 건물에서 나와 거리에 멈춰선 그는 다른 방법이 없을까 하고 자신에게 물었다. 다른 집에 가서 물어볼까, 모두 다 조금 전의 여자처럼 쌀쌀맞진 않겠지, 주제 씨는 다시 건물로 들어가 삼 층까지 올라갔다, 아기의 엄마와 지금이면 집에 돌아와 있을, 그러나 그건 아무래도 상관없었다, 주제 씨는 그저 일 층의 이웃에 대해 알고 있는 것이 있는가만 물어볼 생각이었기 때문이었다. 질투심이 가득 찬 남자가 살고 있는 집의 벨을 눌렀다. 계단의 불이 켜지고 문이 열렸다, 여자가 아이를 안고 나오진 않았지만 주제 씨를 알아보진 못했다, 무슨 일이세요, 여자가 물었다, 죄송합니다만, 일 층의 부인을 뵈러 왔는데 안 계셔서요, 옆집에 계신 분이 삼 일 전에 구급차가 와서 그분을 싣고 갔다고 하던데, 예, 그랬죠, 혹시 어디 계시는지 아십니까, 어느 병원인지, 아니면 가족들의 집에 계신지, 아기의 엄마가 대답하기도 전에, 남자의 목소리가 안에서 들려왔다, 뭐야, 여자는 고개를 돌려, 누가 일층의 할머니를 찾아왔어요, 그리곤 주제 씨를 돌아보며 말했다, 아뇨, 모르겠는데요. 주제 씨는 고개를 떨구며 물었다, 절 모르시겠습니까, 여자는 잠시 머뭇거리며, 아, 기억이 나요, 나지막한 소리로 말하곤 천천히 문을 닫았다.

거리에서 주제 씨는 택시를 잡았다, 중앙등기소요, 풀 죽은 목소리로 기사에게 말했다. 빈약한 지갑을 생각하고, 하루를 시작했던 것처럼 마치기 위해서 걸어가고 싶었지만, 피곤이 그를 한 걸음도 움직일 수 없게 했다. 그는 적어도 그렇게 생각했다. 기사가, 다 왔습니다, 라고 말했을 때, 주제 씨는 그의 집 앞이 아니라 등기소 앞에 자신이 있다는 것을 깨달았다. 기사에게 광장을 돌아 옆길로 한 오십 미터만 가면 된다고 설명할 필요도 없었다. 그다지 멀지 않았으니까. 지갑을 탈탈 털어 택시비를 내고 차에서 내렸다, 땅에 다리를 내려놓았다가 고개를 들며, 등기소의 창문이 환하게 밝혀져 있는 것을 보았다, 일순간에 일층의 부인과 아이 엄마의 기억은 사라지고, 내일 해야 할 변명을 생각했다. 모퉁이를 돌았고, 저기 그의 집이 있었다. 나지막히, 거의 폐허처럼, 높은 건물에 기대고 있는 그의 집은 마치 곧 무너질 것 같은 느낌이었다. 그 순간 주제 씨의 심장은 멎을 듯했다. 집 안에 불이 켜져 있었다. 분명히 나올 때 불을 끄고 나왔다고 생각했지만 며칠 동안 그의 혼란한 머리의 상태로 봐선 잊어버리고 나왔을 수도 있으리라 여겼다. 다섯 개의 창문에서 밝게 비추는 등기소의 불빛만 아니었다면. 문에 열쇠를 끼웠다, 그는 누가 있을지 알고 있었다. 소장이 테이블에 앉아 있었다, 그 앞엔 몇 장의 종이가 가지런히 놓여 있었다. 주제 씨는 가까이 가지 않고도 그것이 무엇인지를 알 수 있었다, 두 장의 가짜 증명서와, 모르는 여자의 학교 생활 기록부들과, 진행 상황을 적어놓은 노트와, 등기소의 공식 용지임을. 들어오시오, 소장은 말했다, 당신 집이니. 보조서기원은 문을 닫고 소장이 있는 쪽으로 다가와 멈춰섰다. 그는 아무 말도 하지 않았다, 머릿속의 모든 피가 빠져나가는 듯한 느낌이었다. 앉으시오, 이미 말했다시피 이곳은 당신 집이오. 주제 씨는 기록부 위에 자신의 것과 똑같은 열쇠가 놓여 있는 것을 보았다. 열쇠를 바라보고 있는 거요, 소장이 물었다. 그리곤 조용히 말을 이었다, 몰래 복사해 두었다고는 생각하지 마시오, 직원들의 기숙사가 있는 경우엔 항상 두 개의 열쇠를 준비해 놓지, 그 하나는, 물론 그곳에 살고 있는 사람이 가지고 있고, 다른 하나는 등기소에 보관되어 있지, 알다시피 당연한 일이지. 그렇지만 제 허락 없이 이곳에 들어오시지 않았습니까, 그럴 필요는 없지, 열쇠의 주인은 집의 주인이니까, 말하자면 우리 둘 다 집의 주인인 셈이지, 마치 당신이 등기소의 공식 서류들을 주인이라도 되듯 뒤집어놓은 것처럼 말이야. 설명 드리겠습니다, 그럴 필요 없어, 그동안 당신의 행동을 지켜보고 있었으니까, 게다가 이 노트가 많은 도움이 되었지, 훌륭한 필체에 찬사를 보내네, 내일 아침에 사직서를 제출하겠습니다, 받아들일 수 없어, 주제 씨는 놀란 눈으로 그를 바라보았다, 안 받아들이신다고요, 그래, 받아들일 수 없어, 왜죠, 왜냐하면 나도 당신의 올바르지 못한 행동의 공범이니까, 무슨 말씀인지 이해할 수가 없습니다, 소장은 여자의 기록부를 손에 쥐며 말했다, 이제 곧 알게 될 거야, 그러나, 그 전에, 공동묘지에서 무슨 일이 있었는지 말해 보게, 당신의 메모는 묘지의 보조서기원과의 대화에서 끝나고 있어, 시간이 많이 걸릴 겁니다, 줄여서 말해 보게, 전체적으로 이해할 수 있도록, 공동묘지를 가로질러, 자살한 자들이 묻혀 있는 곳까지 걸어갔습니다, 올리브나무 밑에서 잠을 잤고, 다음날 아침 눈을 떠보니, 저는 양떼에 둘러싸여 있었습니다, 그리고 그 다음에 양치기가, 무덤의 비석을 세우기 전에 번호판을 바꿔놓는다는 것을 알았습니다, 왜, 설명드리기 힘든 문젭니다, 진정 우리가 찾고 있는 사람들을 어디에서 만날 수 있을까를 알기 위해 많은 얘길 나눴지만, 그가 말하기를 결코 알 수 없을 거라고 하더군요, 당신이 얘기하는 그 모르는 여자처럼, 예 소장님, 오늘은 뭘했나, 그녀가 교사로 근무했던 학교와 그녀가 살았던 집에 가보았습니다. 뭔가 찾아냈나, 아닙니다 소장님, 차라리 찾지 않는 것이 나을 것 같다고 생각했습니다. 소장은 기록부를 열고, 주제 씨가 최근에 모으고 있던 다섯 명의 유명인들의 기록 파일을 뽑아냈다, 만약 내가 자네라면 무얼 할지 알겠나, 하고 물었다, 모릅니다 소장님, 지금까지 일어났던 이 모든 일들의 유일한 논리적 해결책이 무엇인지 알고 있나, 모릅니다 소장님, 이 모르는 여자를 위해 새 기록부를 만드는 거야, 옛날 것과 똑같이 정확한 날짜를 기입한, 그렇지만 사망일은 쓰지 말고, 그리고는요, 그 다음엔 산 자의 기록 보관함에 꽂아두는 거야, 마치 죽지 않은 것처럼, 그건 일종의 범죄입니다, 그래, 그럴 수도 있지, 그러나 우리가 하고 들었던 것에 비하면 아무것도 아냐, 자네와 나는, 아무 짓도 하지 않았던 것처럼 느낄 거야, 무슨 말씀인지 도무지 이해가 안 됩니다. 소장은 의자 뒤로 몸을 기대고, 천천히 손을 얼굴로 가져가며 말했다. 지난 금요일, 당신이 면도도 하지 않고 출근했을 때 내가 했던 말을 기억하고 있나, 예 소장님, 전부 다, 예 전부 다, 그렇다면 산 자와 죽은 자를 분리해 놓는 것이 얼마나 어리석은 일인가에 대해 언급했던 것도 기억하고 있나, 예 소장님,

그럼 내가 뭘 얘기하고 있는지 더 설명할 필요가 있나, 아닙니다 소장님.

소장은 일어났다, 여기 열쇠를 두고 가겠네, 더 이상 필요할 것 같지 않으니까, 그리고는 주제 씨가 뭐라고 말을 할 틈도 주지 않고 덧붙였다, 아직 해결해야 할 마지막 문제가 남아 있네, 뭡니까 소장님, 그 모르는 여자의 기록부에 사망 진단서가 빠져 있어, 발견하지 못했습니다, 아마도 보관 창고 어딘가에 떨어져 있거나, 아니면 제가 가지고 나오는 길에 빠뜨렸는지도 모르겠습니다, 그걸 찾지 못한다면 여자는 죽게 될 거야, 찾는다 하더라도 마찬가지로 죽게 될 겁니다, 그것이 모든 것을 들통나게 할지도 모른단 말이야, 소장은 말했다, 그는 그 말을 뒤로 한 채 나갔고, 잠시 후 등기소의 문을 닫는 소리를 들을 수 있었다. 주제 씨는 집 한가운데에 서서 꼼짝하지 않고 있었다. 새 기록부를 작성할 필요도 없었다, 복사를 해두었으니까. 아니, 필요했다, 그래, 원본을 찢어 태워버려야 했다. 여자의 사망일이 적혀 있기 때문에. 그러나 아직 사망 진단서가 남아 있었다. 주제 씨는 등기소로 들어가 소장의 책상이 있는 곳으로 갔다. 손전등과 노끈이 있는 서랍을 열었다. 한쪽 끝을 발목에 묶고 어둠 속으로 나아갔다.

이름 없는 자들의 도시

초판 1쇄 2008년 2월 20일
초판 18쇄 2018년 5월 30일

지은이 | 주제 사라마구
옮긴이 | 송필환
펴낸이 | 송영석

펴낸곳 | (株)해냄출판사
등록번호 | 제10-229호
등록일자 | 1988년 5월 11일

04042 서울시 마포구 잔다리로30 해냄빌딩 5·6층
대표전화 | 326-1600 **팩스** | 326-1624
홈페이지 | www.hainaim.com

ISBN 978-89-7337-942-2

파본은 본사나 구입하신 서점에서 교환하여 드립니다.